HIJA DE LA MUERTE

PRESIONÓ SU BOCA CONTRA MI OÍDO.

—Te has vuelto débil, Eve.

Oh, yo le mostraría qué tan débil. Descendí tan bajo como sus brazos me lo permitieron y con un movimiento barrido de la pierna le hice perder el equilibrio antes de golpear mi cráneo contra su esternón y hacerlo retroceder. Pero no cayó. Apenas y tropezó, cogiéndome de la cintura y tirándome nuevamente hacia él.

En esta ocasión y mientras me retenía, sus brazos se sintieron como bloques de cemento, pero aquello dejó mis manos justo donde yo quería: sobre sus caderas. Alcancé una navaja de su bolsillo mientras se inclinaba para besarme el cuello.

—Decepcionante —murmuró—. Parece que no has continuado con tu entrenamiento.

—¿Ah, ¿sí? —Presioné la hoja contra su muslo interno con suficiente fuerza para que lo sintiera a través de sus delgados pantalones de vestir. Un solo movimiento ascendente lo tendría orinando sangre por al menos una hora.

Sonrió contra mi sensible piel.

—Cuidado, amor. No querrás dañar mi mejor atributo.

—Venga, ponme a prueba.

—¿Han terminado los dos de coquetear? —una profunda voz habló arrastrando las palabras. Un escuálido demonio rubio portador de una expresión descontenta estaba de pie en la entrada.

Xai lamió abriéndose paso hasta mi oreja, mordisqueándome el lóbulo.

—Evangeline, este es Tax. Nos ayudará.

Le dejé sentir el filo de la navaja; metal contra piel, mientras le hacía un agujero en sus vaqueros de diseñador. Una lástima que la plata no lo dañara tanto como a un demonio.

—No pareces entender la parte en la que yo hago esto sola.

—Nunca se está sola, amor —susurró.

UNA SAGA CON ORÍGENES OSCUROS

Heiress of Bael
Hija de la Muerte
Son of Chaos

HIJA DE LA
MUERTE

USA TODAY BESTSELLING AUTHOR
LEXI C. FOSS

TRADUCIDO POR
L.M. GUTEZ

La presente es una obra de ficción. Los nombres, personajes, lugares y acontecimientos o bien son producto de la imaginación del autor o se emplean de manera figurada, y cualquier parecido con personas reales, vivas o muertas, establecimientos comerciales, hechos o escenarios, es mera coincidencia.

Traducido por L.M. Gutez
Edición a cargo de: Jordan Kirksey

Diseño de la cubierta: Atlantis Book Design

Publicado por: Ninja Newt Publishing, LLC

Edición en Print
ISBN: 978-1-950694-63-1

Para Allison, Louise, Melissa y Tracey: Por mantenerme cuerda cuando quería matar a cierto personaje. Él también os da las gracias (porque sin vosotras probablemente estaría muerto).

La concepción del tiempo es relativa
Difícil de entender, lo sé, pero escuchadme
El tiempo transcurre diferente entre los niveles
El Cielo, La Tierra y El Infierno
Sí, existen
No, no detallaré en ellos
Solamente al tiempo
Un año en la Tierra equivale aproximadamente a un día en
El Cielo. Asimismo, un año en el Infierno equivale a un
solo día en la Tierra. Inconcebible, ¿cierto?
Creo que estamos preparados para comenzar.

-E

EL GLOSARIO DE EVE

ESTAS PALABRAS PUEDEN SER O NO DE UTILIDAD...

Ángel: Pedantes seres inmortales que son demasiado buenos para encontrarse en La Tierra

Arcángel: Poderosos ángeles que se la viven ganduleando en lo más alto de las esferas de la jerarquía angélica

Ángel Oscuro: No merece tener una definición

Demonio: Seres inmortales contrarios a los principios de la moral que quieren tomar el control de La Tierra

Ángel Caído: Yo

Modelo Genesis: Una facción de los Nefilim que se creen dotados para proteger a la humanidad; claramente heredaron la arrogancia de su Genética Angélica

Los Nefilim: Creados cuando los ángeles fornican en La Tierra con los mortales, o al menos eso dice la teoría

EL DICCIONARIO SOBRE DEMONIOS DE EVE

PARA AQUELLOS QUE LES IMPORTE...

Archidemonio: Comúnmente conocidos como "Príncipes del Infierno"; demonios que están posicionados en la cima de la jerarquía demoníaca y que son el equivalente a un Arcángel o superiores.

Cíclopes: Gigantes monstruos de un solo ojo expulsados de La Tierra debido a su tendencia de destruir cosas.

Dargarian: Mutantes poco comunes que escupen fuego y que de hecho usan sus cerebros; no se les puede joder fácilmente.

Señor Demoníaco: Una categoría de demonios soberbios que supuestamente dirigen a sus semejantes (especies) y salvaguardan sus propios territorios en La Tierra y en El Infierno; más que evidente que se odian los unos a los otros.

Demonio Necrófago: Demonios con un apetito especial por la carne de los humanos muertos; también son de gran ayuda para la eliminación de cadáveres.

Custodios: Demonios guardianes con gran capacidad de persuasión, pero no los más brillantes que digamos.

Íncubo: Demonios machos y Dioses del sexo que pueden resultar mortales para los humanos, pero al menos mueren felices.

Ōrdinātum: Parte de la totalidad de la jerarquía demoníaca, pero en realidad es solamente un título bonito asignado a demonios que supervisan regiones concretas dentro del territorio de un Señor Demoníaco.

Diablos Orsini: Astutos diablillos que disfrutan de volverse invisibles y acercarse sigilosamente a los demás. Y con la motivación adecuada son los espías perfectos.

Pestes: Aterradores demonios de aspecto humanoide capaces de crear plagas, de ahí la razón por la que se encuentran expulsados de La Tierra.

Moradores del Portal: Seres con la capacidad de ir de un nivel a otro. Son el motivo por el cual los demonios viven en La Tierra.

Guardias de su Majestad: Una categoría élite de demonios que protegen a los Príncipes del Infierno y que deben evitarse a toda costa.

Depuradores: Demonios que pueden borrar o alterar los recuerdos humanos, pero que para lo demás suelen ser inútiles y débiles.

Reptilios: Viscosos demonios serpentiformes que les gusta eyacular toxinas paralizantes y son amantes de lamer a sus víctimas. Matan cuando te ven.

Súcubo: Demonios hembras y Dioses Sexuales que se

asemejan al sueño húmedo de todo hombre, excepto por la parte en la que mueren.

Rastreadores: Pequeños ayudantes que pueden rastrear las auras demoníacas y que son, por tanto, seres de mucho valor.

CAPÍTULO UNO

DOS DEMONIOS ENTRAN A UN BAR, AH... DEMONIOS

—Eve, nuevamente necesito tu ayuda con un cadáver.

Eché un vistazo a mi reloj y fruncí el ceño.

—Son solo las nueve.

—Ajá, mi cita terminó más temprano de lo que creí.

Por supuesto.

Carajo.

No podía cerrar el bar hasta dentro de una hora. El alguacil Montgomery apenas iba en el segundo de sus cuatro habituales tragos, Billy todavía no se desmayaba y Betsy acababa de llegar con el inútil de su marido. Todo indicaba que sería una típica noche de jueves en el Bar de Violet, incluyendo la llamada que acababa de recibir de mi mejor amiga.

Le pasé un vaso con agua a Rosie que parecía a punto de caerse de su taburete mientras sujetaba el móvil entre mi oreja y mi hombro.

—Estaré en casa a eso de las once.

—Aghı, ¿de verdad? Pero él empieza a oler —lloriqueó Gwen—. Y supura por toda tu alfombra.

—¿Alfombra? ¿Qué alfombra?

¿Y por qué coño envolvería un cuerpo allí cuando había

pliegos de plástico para jardinería en el garaje? No era como si se tratara de su primera mala cita.

—Es solo una alfombra —masculló.

—Espera… —me volví hacia la pared trasera y bajé la voz a un susurro—. ¿Te refieres a mi alfombra oriental?

—¿Sobre qué otra alfombra podría estar refiriéndome?

—¡Gwen! —Exploté—. ¡Es una antigüedad!

—Bueno, ¿qué esperabas que hiciera? Ya sabes lo que opino respecto a dejar manchas en los muebles.

—Entonces no debiste de haber tenido sexo en la sala de estar —regañé—. Territorio neutral, Gwen. ¿Recuerdas?

Probablemente no lo hacía. La mujer era una maldita Súcubo. Solamente tenía una cosa en mente cuando llevaba a un hombre a casa.

—Se nos fue de las manos —se le formó un nudo en la garganta al final.

—Obviamente —murmuré. *Ya que él está muerto.*

Me pellizqué el puente de la nariz y cerré los ojos.

Es tu mejor amiga.

Es una Súcubo relativamente nueva.

Gritarle no arreglará nada.

Pero enterró a su más reciente conquista en mi alfombra oriental de seda.

—Tendremos una larga charla cuando llegue a casa.

Me lanzó una pedorreta a través del móvil.

—Vale, ¿pero qué hago hasta entonces?

—Llama a Kevin —Él era de gran utilidad en estas situaciones.

—¿El Demonio Necrófago? Qué asco. No.

Típico de mi quisquillosa compañera de piso dejarse amedrentar por un poco de crujir de huesos.

—De acuerdo, entonces yo lo llamaré después del trabajo. Te veo en un rato —colgué antes de que tuviera la oportunidad de alegar o quejarse acerca de invitar a un Demonio Necrófago a la casa para una recena.

Meter un cadáver en mi puta alfombra. De entre todas las cosas que pudo haber hecho. Dios.

Cogí la copa vacía del alguacil y la rellené para después atender a una pareja en el otro extremo de la barra. Estaba la concurrencia habitual; todos parando para tomar algo luego del trabajo. Bueno, excepto Ray, el residente ebrio. No trabajaba, pero de alguna manera siempre se las arreglaba para pagar su cuenta. Le llevé una nueva lata de cerveza y sonreí. *Mortales y su baja tolerancia al alcohol.*

—¿Qué tal estáis, Violet? —preguntó Betsy mientras me acercaba.

La despampanante rubia era demasiado atractiva para su viejo y gordo marido con debilidad por las mujeres. Ahora mismo esos ojos herrumbrosos estaban puestos en mi escote. Un día de éstos, le metería una cuchilla por la garganta y le obligaría a tragar, pero no esta noche. Betsy todavía adoraba a ese viejo bastardo. Yo esperaría hasta que ella lo dejara.

—Viviendo el sueño —respondí mientras preparaba su usual cubata—. ¿Qué me dices tú?

—Lo mismo de siempre —pronunció lenta y pesadamente—. ¿Irán todos al festival de música country este fin de semana en Nashville?

Qué risa. Eso sucederá cuando un Señor Demoníaco le ceda su territorio a un Diablo Orsini. Pero no podría decir eso sin ofender a todos en el bar.

Abrí la boca para soltar una excusa, pero terminó atorada en mi garganta mientras corrientes eléctricas estimulaban toda mi piel. Oh no. No esta noche.

Demonios.

Por lo menos tres de ellos.

Mis fosas nasales se ensancharon. Un humano no sería

capaz de olfatearlos ni de percatarse del sutil cambio en la atmósfera que generaban, pero yo sí.

Dejé la bebida de Betsy sobre la barra con más fuerza de la necesaria y me centré en mirar hacia la puerta. Los "no humanos impostores" habían elegido el bar equivocado en donde presentarse esta noche, y estaban a nada de recibir una lección mortal.

Tres.

Dos.

La campanilla.

El alguacil Montgomery miró por encima de su hombro listo para sonreír al igual que varios de los presentes, pero el hombre que entró despreocupado no devolvió el gesto sureño. Pretendió que no existían. Sus ojos me miraban a mí y solo a mí.

Joder.

No era un demonio, sino algo mucho peor.

Era el pecado vestido todo de negro.

Y maldita sea, tenía muy buen aspecto. *Siempre* lucía bien.

—Ginebra con hielo —su profunda voz de barítono trajo una oleada de recuerdos y sensaciones no deseados, cada uno de ellos concentrados entre mis muslos. Conocía bien ese cuerpo, cada esbelto centímetro de músculo y recordaba lo que podía hacer. *Placer y dolor.*

El pequeño espacio se había quedado en silencio, como siempre ocurría cuando llegaba un extraño. Era el bar local; no estaban acostumbrados a los forasteros, y Xai en definitiva parecía uno con su traje hecho a mano y a medida. Su alborotado cabello a la medianoche, sus ojos a juego y su piel bañada por el sol lo caracterizaban *indudablemente* como distinto. Pero su acento y sus gestos eran lo que realmente lo distinguían. Siempre sobresalía adondequiera que iba.

Mi mirada subió por encima de su hombro cuando dos de sus acompañantes entraron, ambos en trajes demasiado costosos para este económico establecimiento. Caminaron hasta llegar a un costado de Xai.

Custodios. Sonreí. *Demonios escoltas (no tan impresionantes como su denominación lo decía)*. El Ángel pensó que por hacer esta visita podría necesitar protección. Por lo menos no pude ponerle ninguna falla a su inteligencia.

—Lo mismo para ellos —agregó con ese bajo y sensual murmullo mientras se sentaba a horcajadas sobre el taburete junto al alguacil.

—Seguro —repliqué, sobre todo porque percibí que mis clientes comenzaban a incomodarse por los recién llegados. Ellos podrían no ser capaces de detectar sus auras demoníacas, pero los tres hombres irradiaban peligro. En especial Xai.

Escogí una ginebra de la última repisa, sabiendo que él la odiaría, y serví tres tragos como me solicitó.

—Intrigante —habló Xai mientras yo deslizaba las copas por encima de la barra. No hablaba del trago barato, sino de mi buena disposición para servirle a él y a sus camaradas, quienes miraron al licor con repugnancia, encontrando evidentemente al alcohol ser indigno de ellos. Probablemente querían que la fiesta comenzara, pero no darían el primer paso sin el permiso de su custodiado, y a Xai le encantaban los encuentros interminables.

Me apoyé en el mostrador tras de mí y esperé su primer movimiento. Aquellos malvados ojos se movían en agradecimiento sobre mi top rojo con espalda descubierta y mis vaqueros mientras me registraba con descaro en busca de navajas. No sería capaz de verlas o detectaras y él bien lo sabía, pero lo hizo de todos modos.

—Luces diferente —reflexionó—. ¿Te has aclarado el pelo?

Resoplé. Ninguna de nuestras apariencias había cambiado desde nuestra Caída a La Tierra muchos milenios atrás. Yo siempre sería la luz de su oscuridad con mi tez pálida, ojos azules y cabello color ceniza. Y él lo sabía.

—Debes estar viendo la aureola dorada flotando sobre mi cabeza —repliqué irónica y humorísticamente.

—¿Conoces a este sujeto, Violet? —Intervino el alguacil Montgomery.

—Violet —repitió Xai con las comisuras de sus labios contrayéndose—. Hmm... —Su mirada me recorrió de una manera tal que dio a entender que se encontraba imaginándome en lencería violeta—. Hermosamente conveniente.

Mantuve mi atención en el Ángel Oscuro mientras hablaba:

—Sí, somos conocidos.

—Eso es quedarse cortos, ¿no es así? —Xai se volvió hacia el alguacil y pude darme cuenta por la curvatura de su boca que estaba a punto de decir algo devastador. Algo que requeriría de una depuración bajo la forma de cadáveres humanos. Siempre disfrutaba de una buena matanza. Ese era el problema con los inmortales de nuestra era. No tenían humanidad.

Pero a algunos de nosotros todavía nos importaba.

Aunque sea un poco.

Suspiré molesta. Si yo no intervenía, todo El Infierno se desataría, y yo ya tenía un cuerpo qué depurar esta noche. Sumar un maldito bar a la composición haría a la noche muy larga.

Maldita sea.

Xai me llamaría débil, pero era una práctica opción.

Sus mortales vidas ya eran lo bastante cortas.

—De acuerdo, chicos, momento de dar por terminada la noche —dije antes de que Xai pudiera armar un escándalo. Como todo el mundo aún se les quedaba mirando a los visitantes foráneos, no tuve que levantar la voz para que me escucharan. Pero algunos de ellos me miraron como si me hubieran crecido dos cabezas—. En serio, el bar está ahora cerrado, pero todos los tragos corren por cuenta de la casa.

Porque le enviaré la cuenta al hombre del costoso traje.

Xai sonrió con suficiencia.

—Ya.

—Sí, tener un corazón es una debilidad —mi contestación le arrebató la diversión de su cara bonita. Aquellos ojos faltos de brillo resplandecían con recuerdos disipados y con un dolor que ninguno de los dos podría aliviar jamás.

Xai chasqueó los dedos.

—Ahora.

—Marchaos —dijeron sus custodios al unísono. La orden de una sola palabra retumbó por toda la habitación y obligó a los mortales a ponerse en marcha. Malditos demonios convincentes. Eran de gran utilidad en ciertas situaciones, pero ésta no era una de ellas.

—Eso no era necesario —mascullé.

Xai dejó su bebida intacta a un lado, como si ya no pudiera soportar verla, mientras decía:

—Hay un Depurador esperando afuera. No recordarán nada, excepto que pasaron una buena noche.

Se necesitaba de la fuerza consciente para no mirarlo boquiabierta.

¿Trajo a un Demonio Depurador? Eso explicaba la adicional presencia demoníaca que noté en el exterior. *¿Pero por qué?*

Traer a un demonio especialista en alterar la memoria humana suponía que no estaba allí para hacer daño. Pero el Xai que yo conocía nunca se habría preocupado por aquello. Consideraba que nuestra especie era superior y nunca dudó en hacer el papel de Dios.

—No te sorprendas tanto, cariño —murmuró mientras veía justo a través mío de la manera en que siempre lo había hecho—. No siempre estoy de humor para la sangre.

—Debatible —repliqué tajantemente.

Se alzó de hombros como diciendo: *Cierto*.

Observé cómo el último de mis clientes desaparecía. Ya podía ver a sus cerebros trabajar para formular un motivo lógico para su repentino deseo de irse. Los mortales siempre se apresuraban a ignorar sus instintos e inventar historias para explicar sucesos sobrenaturales. Era la razón por la que El Infierno había encontrado un santuario en este nivel.

—Ahora que estamos solos... —Xai apoyó sus largos y elegantes dedos contra la barra mientras se tocaban entre sí—. ¿Te importaría prescindir de tus cuchillas?

Era una pregunta fácil.

—Ni de coña.

Chasqueó su lengua y su expresión se mostró divertida.

—¿Me harás ir a por ellas?

Sonreí dulcemente.

—¿Me harás acabar contigo?

Su sonrisa creció debido a la expectación.

—La última vez que peleamos acabaste desnuda debajo mío —suspiró—. Un momento que atesoro y que me encantaría repetir. No obstante, está el asunto del recado de Lord Zebulon que debemos discutir primero. Desea verte.

Debí de haber sabido que esa era la razón de su visita. Todo lo que Xai hacía era por Zeb.

—¿Cuándo?

—El domingo —metió la mano en la chaqueta de su traje y sacó un sobre—. Creo que toda la información que necesitas está aquí dentro.

No lo acepté.

—¿Qué es lo que quiere?

—Hablar.

—¿Sobre qué?

—Es algo que él de explicar, no yo.

Típica respuesta de Xai. Ya, sabía exactamente lo que Zeb quería, pero no me lo diría. No tenía nada que ver con la moral o la lealtad hacia su Señor Demoníaco. Solo quería cabrearme; algo en lo que sobresalía mejor que los demás.

Poniendo los ojos en blanco, cogí el sobre y lo abrí. Estaba lleno de documentación de viaje.

—Miami —dije mientras leía el destino. Lo miré con expresión escéptica—. Hay un gran invento llamado "móvil". Quizás hayas oído hablar de él.

—Quizás tenía ganas de verte —replicó mientras una lenta y sensual sonrisa se formaba en sus labios.

—Me refería a Zeb llevándome a Miami con menos de tres días de antelación, no a tu visita sorpresa —sin embargo y pensándolo bien, podría haber usado el móvil y haberme enviado el billete de avión electrónicamente.

—Se trata de algo urgente.

—¿Con respecto a qué?

—Buen intento —contestó Xai mientras se levantaba. Los Custodios lo tomaron como una señal de consentimiento para salir, haciéndolo ágilmente—. Te recogeré en el aeropuerto. Y se trata de una junta de negocios, por lo que no debes olvidar vestirte apropiadamente, por favor.

La manera de mirarme anunció que la ropa que llevaba no sería suficiente. Empezó a caminar hacia la puerta. Objetivo cumplido (aparentemente).

—Te olvidas de algo —le dije cuando me dio la espalda.

Miró por encima de su hombro, su mirada peligrosamente seductora.

—Oh, no me he olvidado de nuestra pequeña pelea, Evangeline. Tengo toda la intención de retomar esa discusión en particular cuando llegues a Miami.

—No estaba hablando de mis cuchillas —contesté con la voz nuevamente apagada—. Me refiero a una pequeña cosa llamada 'acuerdo'. Puede que tenga planes para este finde —no los tenía, pero ese no era el punto. Yo no me sometía a las exigencias de nadie, eso incluía al Señor Demoníaco de

Norteamérica. Si él quería fijar una reunión, pudo haber llamado para verificar mi disponibilidad y entonces programar algo de tiempo en Nashville.

Xai sonrió.

—Estoy convencido de que llegarás a tiempo.

—¿Y por qué dices eso?

—Porque, Evangeline —dijo mientras comenzaba a ir hacia la puerta por segunda ocasión—, la curiosidad vive en ti.

Desde luego que sí. Zeb nunca me mandaba a llamar. Incluso cuando solía trabajar para él me enviaba una nota por mensajería con su solicitud, y yo aceptaba el trabajo o lo rechazaba. Pero enviar a Xai aquí y exigir mi presencia en Miami era sospechoso, por decir lo menos. El odio que Zeb tenía hacia los estados sureños era notorio. Estaban demasiado cerca de las fronteras con Valentino, el Señor Demoníaco de Sudamérica.

Todo este asunto no debía estar relacionado con el trabajo.

Primero que nada, yo estaba retirada.

Segundo, nunca se arriesgaría a hablar de un asesinato estando tan cerca del territorio de otro Señor Demoníaco.

Entonces es algo personal.

Maldición.

Iba a ser una muy larga noche de mierda porque ahora necesitaba arreglar mis asuntos. Nunca salía nada bueno de una discusión privada con un Señor Demonio.

—Ah, por cierto —añadió Xai en el último momento—. Mis disculpas por tu alfombra oriental. Me imagino que será difícil de sustituir, ¿cierto?

Por segunda vez en la noche, luché contra mi impulso de mirarle boquiabierta. Evidentemente había llegado antes que sus colegas demoníacos y deliberadamente escuchado mi conversación telefónica con Gwen. No podía sentirlo de la forma en que lo hacía con los Demonios. Las auras de los Ángeles eran diferentes de las del Inframundo. Pero eso no era lo que me molestaba. Yo podría soportar el hecho de que me espiaran, pero su declaración hipócrita e indiferente reveló mucho más acerca de nuestra situación actual. Y sobre la posibilidad de chantaje.

Sabe sobre el problema de control de Gwen...

Me crucé de brazos para distraer a mis manos de manosear las cuchillas. Como conocía a Xai, supe que ese había sido el propósito de su declaración. Le encantaba una buena batalla, y ambos sabíamos que yo era la mejor compañera de lucha con vida.

—Espiar es una cualidad nada atractiva, Xai.

—Ya, tampoco lo es ese lado débil que últimamente has estado mostrando —su tono sarcástico irritó a mi ya sometido quicio. Entonces sonrió y dejé de respirar.

Perverso.

Despiadado.

Y francamente ruin.

Esto iba a doler.

—Sería una lástima que Lord Zebulon se enterara de las cuestiones relacionadas con el control de Guinevere, ¿cierto? Sospecho que la enviaría de vuelta al Infierno para recibir más entrenamiento, y ambos sabemos lo que eso conlleva.

Su sable de lirios destelló cuando la amenaza se estableció en la boca de mi estómago. Leí el mensaje oculto detrás de sus palabras. *Preséntate el domingo o le diré a Zeb lo de Gwen.*

—Hazlo y te mataré —le prometí. Sabía que mi única debilidad era mi mejor amiga y la utilizaba en mi contra. Por eso lo odiaba. Y también fue la razón por la que alguna vez llegué a amarlo. Sabía cómo manipularme mejor que cualquiera, y el tiempo solo fortaleció ese vínculo.

—No te apures, Evangeline. Tu secreto está a salvo conmigo —el bastardo me guiñó el ojo, joder—. Que paséis una encantadora noche, querida. Espero ansioso el cachearte desnuda el domingo.

CAPÍTULO DOS

LISTA DE COSAS POR HACER:
AL CREMATORIO Y CON EL PRODUCTOR DE PLATA

—No necesitabas quemarlo —masculló Gwen con sus delgados brazos cruzados sobre el torso—. Quiero decir, los mortales tienen tintorería.

—¿Y cómo explicaría las manchas? —Sin mencionar la fetidez.

Había constituido un cadáver-burrito al enrollar a su cita en mi alfombra oriental para luego depositarlo en la sala de estar. Hasta Kevin se había quedado un poco perplejo, y literalmente vivía para esa mierda.

—No lo sé. ¿Tal vez decir que un animal murió? —Sugirió mientras su pequeña y mona sonrisa se arrugaba.

—Es demasiado tarde ahora —de todos modos, no era como que hubiera funcionado. La seda tejida a mano no tenía por objeto ser limpiada a profundidad, así como tampoco contener cuerpos sin vida—. Para la siguiente vez acuérdate de los revestimientos de plástico, Gwen. No quiero volver a pasar por esto.

—Tampoco ha sido agradable para mí —murmuró destrozada. Sus ojos de un azul profundo se mostraban un tono más oscuro de lo habitual con lágrimas retenidas mientras sus carnosos labios temblaban. La mayoría de los Súcubos no mataban durante el sexo a menos que quisieran, pero Gwen

12

parecía no podía evitarlo. Siempre se dejaba llevar por el momento, alimentándose con demasiada fuerza. Y para cuando se daba cuenta de lo que había hecho, ya era demasiado tarde.

Envolví mi brazo alrededor de sus pequeños hombros y la abracé.

—Lo conseguirás.

—Eso dices siempre, Eve. Y cada vez te equivocas.

—Entonces tal vez deberías aceptar la oferta de Zane.

El Íncubo se había ofrecido a supervisar su alimentación bajo la forma de tríada, pero hasta ahora se había negado. Principalmente porque estaba enamorada en secreto de ese guapísimo hombre, algo sobre el cual él parecía completamente ajeno, y también porque una relación nunca podría funcionar. Ambos necesitaban alimentarse sexualmente, pero jamás podría ser entre sí.

—Sé que no es lo que quieres oír —continué—. Pero tienes que considerarlo antes de que alguien más se entere.

Los Demonios en esta región se encontraban sometidos a unas normas estrictas con respecto a las matanzas mortales, y Gwen había más que excedido con creces su cuota otorgada. Si Zeb llegase a enterarse la enviaría a casa, y yo no volvería a verla nunca más. De ahí los comentarios de despedida de Xai. No dudaba de que él cumpliría con su anunciada amenaza si yo no abordaba el avión el domingo por la mañana. Y entonces mi compañera de piso correría un grave peligro.

Ultimátums y juegos enigmáticos.

Oh, sin duda yo me presentaría. En cualquier caso, para poder volver a ver al bastardo de la mano de mis cuchillas. Al hombre siempre le quedó bien el rojo.

—No estoy segura de qué podría ser peor en este momento —Gwen sorbió por la nariz—. Sean era tan dulce, Eve. No merecía morir así.

Su expresión paralizada de placer mostraba que no le

había importado demasiado, pero guardé ese pensamiento solo para mí.

Jugueteó con un mechón de su largo y casi negro cabello, además de morderse el labio para evitar que temblara.

—Mi corazón no lo tolerará más —admitió—. Es el cuarto este mes.

Asentí con la cabeza, pero permanecí callada. No había mucho más que decir aparte de: *Lo sé.*

Gwen suspiró y llevó la mirada a Los Cielos como si mis ancestros tuviesen todas las respuestas, luego sacudió la cabeza.

—Agh, tienes razón. Necesito dejar de ser tan egoísta y hablar con Zane. No podría lastimarme más de lo que me estoy lastimando justo ahora.

Una verdad a medias. Tuve la sensación de que Zane podría causar mucho daño si ella se lo permitía, pero Gwen tenía buenas intenciones.

—Eres una buena persona, Gwen.

La Demonio con escrúpulos era una rareza en este mundo y probablemente por eso se había convertido en mi mejor amiga con el paso de los años. Esperaba que ella nunca cambiara, pero sabía que era muy probable que en algún momento lo hiciera. La mayoría de los inmortales lo hacían.

—La verdad es que no —contestó—. Pero lo intento.

—Y eso es lo que cuenta —la abracé una vez más y comencé a dirigirme hacia la salida del crematorio. Mi alfombra fue reducida a cenizas al igual que las partes del cuerpo que Kevin no había querido, y yo ya había amañado las grabaciones de seguridad del edificio. Ahora era el momento de la próxima parada en nuestro recorrido mañanero por Nashville.

Gwen descifró mis intenciones a los diez minutos de haber comenzado nuestro viaje en coche. Tenía los labios curvados hacia abajo.

—¿Por qué vamos hacia tu armería?

—Por un encargo —apenas repliqué.

Gwen era una de las dos personas que sabían de este lugar, y como yo tenía problemas de confianza, era el único que ella conocía. Pero este arsenal superó al resto de sitios porque contenía a mi recurso favorito: Danny Gleason, también conocido como la otra persona a la que le confiaba esta ubicación.

El estacionamiento estaba vacío, excepto por un sedán gris poco costoso. Con la cantidad de dinero que le pagué a Gleason, podía permitirse algo mejor. Bajé de mi vehículo todoterreno notablemente mejor y Gwen me siguió refunfuñando. El bar no me ayudaba a permitirme este estilo de vida, pero sí lo hacía mi antigua profesión. Hacía unos cuantos miles de años que el mayor asesino sobre La Tierra me había apoyado financieramente para, bueno, la eternidad. Literalmente se me pagó por ser la Hija de la Muerte.

Toqué dos veces en la puerta del acceso lateral, me detuve y luego le sumé un golpe más. Un Gleason somnoliento y ligeramente irritado me recibió con su característico ceño fruncido.

—Hola, guapo —dije plantándole un beso en la mejilla. Su incipiente barba de un rojo intenso me hizo cosquillas en los labios. Muy sexy. Su abundante y bermejo cabello y su complexión musculosa tampoco estaban tan mal. Gwen sabía que no debía tocarlo, así que solo le hizo un gesto con la mano. Era el único mortal sobre La Tierra al que le prohibí acariciar sin importar lo mucho que quisiera hacerlo. Lo necesitaba vivo y haría todo lo posible por mantenerlo así.

—Más vale que sea importante —protestó.

—Yo siempre soy importante —bromeé.

Elevó sus ojos verdes a su manera de ponerlos en blanco antes de posarlos en mí.

—Deja de coquetear y dime por qué estoy aquí.

—Tan dulce para expresarte, Gleason.

—Son las tres de la mañana, Eve. Si queréis una charla dulce, acuéstate conmigo primero.

Le di una palmadita a su sólido pecho.

—Todo a su debido tiempo, amor mío.

Él resopló.

—Ya.

Ambos sabíamos que no podía acostarme con él, no porque lo encontrara falto de alguna manera, sino porque lo consideraba valiosísimo.

La plata no existía en La Tierra debido a los demonios que la erradicaron más de un milenio atrás. Reemplazaron al elemento con número atómico "47" con una nueva versión que era considerablemente menos dañina para los seres del inframundo, y luego desencadenaron un ejército de Depuradores para alterar la percepción humana. Los seres humanos ya no tenían conocimiento sobre la inexistencia de la sustancia y estaban programados para ni siquiera considerar las potenciales propiedades químicas. Todo porque la plata en su estado puro podía matar demonios.

Por eso Gleason significaba tanto para mí; porque a pesar de los bloqueos mentales existentes, había descubierto cómo volver a reproducir el metal precioso. Contribuyó a ello el que yo le proporcionara con la materia prima bajo la forma de una antigua espada.

—¿Tenéis mis juguetes? —Después de que Xai se fue, le había enviado a Gleason una lista con lo que requería de la bóveda.

—Sí —indicó el camino a su laboratorio—. Sabes que tienes una llave, ¿verdad? ¿Y que no me necesitas para sacarte de toda esta mierda?

—Pero entonces, ¿con quién coquetearía? —No era mentira, pero tampoco verdad. Yo le diría por qué era que lo quería presente después de revisar la mercancía. Luego, sería el momento en que el estallido de emociones diera inicio.

Simplemente sacudió la cabeza y siguió avanzando.

Gwen contemplaba su culo con una seductora sonrisa. Le lancé una mirada y solo se encogió de hombros; su forma de decir: *Se ve bien en esos vaqueros.* Y sí, claro que se veía bien, pero mi corazón solo parecía mostrar interés por cierto alto y apuesto Ángel Oscuro de traje negro. Después de dos mil años aun me seguía pareciendo atractivo. Increíble.

Gleason se detuvo en una mesa y se cruzó de brazos. Estiró su camisa gris sobre aquellos fuertes pectorales, causando que la Súcubo a mi lado respirara con dificultad y brusquedad. O tal vez su reacción fue debido a todos los instrumentos de plata sobre la superficie de madera. Cogí los más cercanos a mí.

La plata en su estado puro era demasiado blanda para constituir armas sólidas, pero incluso una cantidad muy pequeña fundida con un metal más firme seguiría matando demonios. Los palillos para el cabello que mi mano sostenía eran exactamente lo que necesitaba. Con la otra mano levanté mis mechones rubios y entonces los deslicé sobre su sitio para comprobar su peso. Los extremos puntiagudos y marcados yacían sobre mi nuca en el lugar ideal.

—Lindos —dije, para después coger los zapatos. Eran de la talla y ajuste correctos con tacón de aguja impregnados en plata. Un collar y unos pendientes a juego fueron lo siguiente, cada uno de ellos con bordes afilados en los lugares correctos y, para terminar, un set de espadas hechas a mano con una letra *E* tallada en la empuñadura. Los acaricié en señal de reverencia mientras me encontré con la mirada impaciente de Gleason.

—Me he enamorado más dc ti   dije.

No se miraba divertido.

—¿Ya acabamos?

—No exactamente —aseguré las espadas sobre la mesa y me preparé para una batalla verbal. Una que me pondría a mí de un lado y a Gwen y Gleason del otro—. Xai vino a verme esta noche.

—¿*Qué?* —Y allí estuvo el grito que esperaba de Gwen—. Hemos estado juntas las últimas *cuatro horas*, ¿y me lo dices ahora?

—Teníamos problemas más urgentes.

—Oh, por favor —se mofó—. Cada semana tratamos con cadáveres, y Xai no es ninguna excepción —sus ojos se entrecerraron mientras la conjetura corrompía sus rasgos—. ¿Te acostaste con él?

Por supuesto que iba a preguntarlo.

—No, se trató de una visita de negocios. Zeb quiere verme.

Se quedó boquiabierta mientras Gleason palideció. Él sabía del Señor Demoníaco porque años atrás le advertí que el trabajo que hacía por mí haría que lo mataran. Pero el tremendamente astuto profesor de química había estado demasiado intrigado por el "nuevo metal" como para ignorar la oportunidad, por no hablar de su fascinación por el Inframundo. Le conté todo porque yo consideraba la situación como un intercambio justo por más productos de plata. La mayoría de los que yo tenía databan de varios siglos y estaban empañados. El efecto no dejó de ser intenso, pero sí la apariencia y el tacto.

—¿Por qué? —Él preguntó. Todo su previo mal humor había sido reemplazado por inquietud.

—No quiso decirme —de ahí la razón por la que convoqué esta reunión repentina—. Pero el domingo volaré a Miami.

—Ya lo creo que lo harás —explotó Gwen—. La última vez que fuiste a ver a Xai, él… —su voz se apagó unos momentos después de recordar al mortal que había en la habitación—. Sí, bueno, sabes lo que hizo.

Yo lo sabía, solo que demasiado bien.

—Yo puedo con Xai.

Sus ojos me mostraron lo mucho que no creía lo que acababa de escuchar. Bastante justo.

—Como sea, hay una pequeña posibilidad de que Zeb sepa de nuestro acuerdo —dije, llevándonos de vuelta al tema—. Es poco probable, pero él no está tras nuestro protocolo establecido. Algo me huele mal.

No podía confirmarlo, pero mi instinto me alertaba. Nada bueno me esperaba en Miami.

—Pero irás —masculló Gwen.

—Sí —esta era la parte que temía decir, pero tenía que hacerlo. Ella merecía saber—. Xai escuchó nuestra llamada de esta noche sobre la alfombra —sus rosadas mejillas se volvieron níveas mientras mis palabras eran formadas—. No fue tanto como para causar un problema inmediato, pero podría despertar el interés de Zeb si Xai se lo dice.

E iba a hacerlo si yo no me presentaba el domingo, y entonces terminaríamos lidiando no solo con un Zeb enfadado, sino también con su curiosidad. Y lo último que Nashville necesitaba era que un cabreado Señor Demoníaco se apareciera con su séquito.

—¿Si le dice…? —Gwen se escuchó incrédula e inquieta —. ¿Te refieres a 'cuándo'?

Apreté mis labios.

—Tal vez, pero si aparezco el domingo es más probable que Xai no abra la boca —le encantaba joderme, pero nunca cruzó la línea hacia una zona imperdonable, y tenía que saber que esto sí iría más allá—. Además, no tiene pruebas suficientes de nada. Nos hemos deshecho del cadáver, y es el único incidente. Pero preferiría que Xai no le diera a Zeb un motivo para vigilarte.

—¿Qué piensas que quiere? —Preguntó Gleason con una expresión que denotaba más curiosidad que miedo—. Porque tengo la sensación de que, si él supiera algo sobre mí, yo no estaría aquí parado.

Sacudí la cabeza.

—Zeb es un maestro de la manipulación que ama una buena partida de ajedrez. Estar vivo podría ser solo temporal, por eso necesito que te tomes unas vacaciones.

Su ceño fruncido nuevamente apareció.

—Estamos a mediados del semestre de verano, Eve.

—Entonces es bueno que tengas profesores auxiliares, profesor Gleason.

No parecía impresionado por aquella respuesta.

—¿Y adónde quieres que vaya?

—Europa —el Señor Demoníaco de esa región aborrecía a Zeb. Les llevaría meses llegar a un acuerdo mutuo, y para entonces, Gleason ya se encontraría en otro lugar. Agregué—: Es solo por precaución.

Dudé que la reunión tuviera algo que ver con mi productor de plata, sobre todo porque yo había hecho un fantástico trabajo ocultándole. Si Zeb hubiera descubierto mi secreto, estaría más impresionada que cualquier otra cosa.

—Probablemente solo te requiere para un trabajo —murmuró Gwen. Su previa inquietud fue sustituida por reflexión—. Y Xai lo usó como excusa para verte —añadió esa última parte mientras ponía los ojos en blanco—. Cabrón.

—Muy probable, pero ambos saben que me he retirado —no era como si les importara.

—Ya, y quieren hacerte cambiar de opinión. En especial Xai.

—Si alguien quiere obligarme a salir del retiro, es Zeb.

Siempre disfrutó de una buena negociación, y le encantaba confundir a su oponente, lo que podría explicar el haber enviado a Xai al bar.

—O a lo mejor —continuó Gwen con tono especulativo—. Tal vez ni siquiera es un trabajo —su frente se arrugó—. No has hecho nada para irritarlo, ¿cierto?

—Últimamente no —podría pensar en más de una docena

de cosas que había hecho solo en la última década, ¿pero algo lo suficiente drástico como para justificar el castigo? Poco probable. A Zeb le simpatizaba mucho.

—No es una respuesta convincente —replicó ella con mala leche—. ¿Qué hay de Lord Valentino? Miami está cerca de su territorio. ¿Quizás solicitó reunirse por medio de Lord Zebulon?

—No he visto a ese cabrón arrogante en más de cincuenta años, así que lo dudo. Además, Zeb nunca me entregaría a él —detestaba a Valentino más que yo y jamás aceptaría un intercambio.

Gwen suspiró.

—Vale, entonces no tengo ni idea.

—Yo tampoco —pero como predijo Xai: la curiosidad vivía en mí. ¿Por qué Miami y por qué el domingo?—. Como yo lo veo, Zeb me ofreció un viaje a Miami totalmente pagado. Y ya que lo ha hecho, podría también disfrutar de unas minis vacaciones —la simpleza de mi voz fue más para beneficio de ellos que el propio. De ninguna manera resultaría ser un viaje divertido, pero no necesitaban saberlo. Lo último que quería era preocuparlos. Podría arreglármelas sola.

Mi intento de broma pareció funcionar porque las comisuras de los labios de Gwen se alzaron.

—Vale. Porque necesitas vacaciones gratis.

—Es la playa. Sería una tonta si no lo tomo.

Y una tonta por ir, sus ojos parecieron decir.

No podía rebatir eso.

Parecía ser un tema común con Xai, desde el día en que Caí. El amor te hacía hacer locuras, y el viaje no sería la excepción.

CAPÍTULO TRES

LOS DEMONIOS NO CAMINAN SOBRE EL AGUA; FLOTAN

—La seguridad en aeropuertos aún apesta —le dije a Gwen mientras atravesaba la recogida de equipaje en Miami y hacia la salida del lugar—. No pueden ver más allá de los estereotipos.

Cuando pasé por el detector de metales en Nashville, había pitado enérgicamente. El oficial le echó un vistazo a mi bikini violeta, a mi blusa prácticamente transparente y a mi corta falda vaquera. Luego sonrió satisfecho. *Ten un buen viaje*, fue todo lo que ella dijo antes de darme un cacheo no tan profundo. Erróneamente asumió que una mujer con mi sentido de la moda no podía ser una amenaza para la sociedad. Una concepción errónea de proporciones épicas. No podía ser más mortífera aunque lo intentara.

—Tal vez deberías considerar trabajar para la STA —sugirió Gwen con la boca llena de comida. Evidentemente al llamarla la pillé con su almuerzo tardío—. Como mínimo, inventar documentos para poder meterse a la fuerza suena a que sería divertido.

—Es AST, Administración de Seguridad en el Transporte, y me haría llorar de aburrimiento.

¿Revisar equipaje todo el día y cachear a personas en busca de armas? ¡Aburrido! A menos que me dejaran quedarme con las armas. Estaría totalmente de acuerdo con dichos términos.

—Cierto —coincidió—. Dime, ¿alguna señal de un alto, oscuro y mortífero?

Comencé a soltar los botones de mi blusa mientras seguía mi camino.

—Todavía no.

Unos cuantos hombres adiestraron a sus ojos para mirarme mientras mi blusa se abría para revelar el hilo de la parte de arriba del bikini.

—Envíale mi amor a ese gilipollas cuando tú lo hagas —la voz de Gwen era empalagosamente dulce.

—¿Como en una patada en la ingle o una bofetada en la cara?

—Ambos, está claro. Y coge bien sus testículos y tuércelos por mí también —sorbió ruidosamente a través de una pajita para después soltarla con un *pop*—. ¿Qué es todo ese ruido?

—Estoy batallando con el móvil mientras meto mi blusa en mi bolso.

Xai había dicho que mi aspecto tenía que ser profesional, así que opté por la vestimenta de Miami Beach. Subí el cierre de la mochila y me la colgué al hombro.

—¿Te estás desnudando en el aeropuerto?

—Ajá —para el entretenimiento del personal de seguridad parados cerca de las puertas—. Estamos en julio, hace calor, y necesito trabajar en mi bronceado.

Resopló.

—Lamento decírtelo, Eve, pero no te bronceas.

—Hasta los ángeles pueden soñar, Gwen.

—Eh-eh —se escuchaba divertida.

Divisé a Xai justo en la salida apoyado sobre un impecable coche negro con sus largas piernas extendidas frente a él y con los tobillos cruzados. Tenía las manos metidas de forma casual en los bolsillos de sus pantalones negros de vestir, y su abundante cabello estaba ligeramente despeinado gracias a la cálida brisa de Miami. Era la indiferencia en persona con las mangas de su camisa blanca de vestir hasta los codos y el botón superior abierto. Una parte de su piel bronceada se asomaba, haciendo alusión al ardiente y robusto hombre que había debajo.

Mi sangre ardió con los recuerdos de sus caricias, su cuerpo rodando sobre el mío, reclamándome como suya... Desechándome como si fuera basura...

Algún día dejaría de reaccionar ante él. Hoy no era ese día.

Me aclaré la garganta.

—Encontré al alto, oscuro y mortífero.

Xai levantó la mirada de la parte de arriba de mi bikini morado al escuchar mi descripción de él. Luego ambas cejas se dispararon cuando escuchó la respuesta de Gwen.

—Bien. No olvides entregarles mi mensaje a sus testículos.

—No lo olvidaré. Intenta no meterte en líos mientras no estoy.

—Yo soy la que debería estar diciéndote eso —protestó—. Llámame después de tu reunión.

—Vale —colgué y dejé caer el móvil en mi bolso.

Xai me examinó mientras intentaba averiguar qué tema abordar primero. Se fue por el que la mayoría de los hombres elegiría.

—Por favor dime, ilumínanos, ¿qué es lo que a la Súcubo le gustaría decir sobre mis pelotas?

—¿Nunca te han dicho que es de mala educación oír conversaciones ajenas? —Yo sabía que él no podía evitarlo. Nuestra audición no era precisamente humana.

Él sonrió.

—Solo porque elijas ignorar tus dotes innatos, Evangeline, no significa que yo lo haga también.

—Sigue hablando así y vaya que dejaré de ignorar dichos dotes innatos —repliqué mientras le devolvía la sonrisa.

—Qué graciosa —cogió mi bolso y lo metió en el maletero
—. ¿Alto, oscuro y mortífero?

—El nuevo apodo de Gwen para ti —respondí mientras
me acomodaba en el asiento de cuero junto a él—. Y
respondiendo a tu pregunta anterior, ella me pidió que te diera
una patada en la ingle y que después tirara y torciera.

La diversión de Xai era obvia mientras íbamos saliendo de
la zona de llegada.

—Bueno —murmuró después de un momento de reflexión
—. Sí que disfruto de su entusiasmo.

—Me aseguraré de hacérselo saber.

—Sí, por favor —replicó—. Y también dile que, aunque
realmente aprecio que te dé consejos sobre moda, tu atuendo
no cumple con los estándares de un profesional de los negocios
sobre los cuales te hice hincapié en nuestro último encuentro.

—Ah, ¿sí? ¿Harás que me cambie de ropa? —
Calladamente lo reté a hacerlo.

—Mmm, desafortunadamente no tenemos tiempo para
tales deleites.

—Te oyes decepcionado.

—Difícilmente, amor. Estoy seguro de que encontraré una
razón para desnudarte más tarde. Pero por ahora, necesitamos
discutir tu reunión con Lord Zebulon.

—¿Vais a decirme por qué estoy aquí?

La expresión de Xai adoptó un matiz pensativo y ocasionó
que mi estómago se revolviera. No me gustaba esa mirada.
Casi nunca la tenía, pero cuando llegaba a suceder, nuestras
conversaciones nunca terminaban bien.

—Tendréis que dejar la plata que cargas en el coche —
aparentemente esa fue su manera de decir 'no' a mi pregunta
anterior. Bien. No tenía que decirme la razón de Zeb al querer
verme, pero estaría loco si pensara que iba a reunirme con un
Señor Demoníaco sin cargar ningún arma.

—No va a suceder.

Sus manos se sujetaron fuertemente del volante, causando que sus antebrazos expuestos se pusieran tensos.

—No estoy jugando, Evangeline. No podéis entrar con armas o habrá graves consecuencias.

Analicé su impecable perfil.

—Siempre he cargado con armas con Zeb cerca.

—Lord Zebulon —corrigió—. Pero no esta vez.

—¿Qué coño pasa, Xai?

Se frotó los ojos y sacudió la cabeza.

—No puedo, Eve. Solo muéstrale al Señor Zebulon un poco de respeto hoy. Todo saldrá bien.

Una sarcástica contestación me comió la lengua, pero mis instintos la contuvieron de salir. Xai destacaba en mentir. En segundos podía convencer a una mujer de quitarse la ropa o poner a un enemigo de rodillas con unas cuantas palabras con sólidos argumentos. Pero su tono y su lenguaje corporal me hicieron creerle.

Algo andaba mal.

Muy, pero muy mal.

Jugueteé con mi falda y consideré su petición mientras continuábamos el viaje en silencio. No había manera de reunirme con Zeb con las manos vacías, pero podría intentar aquello del respeto. Y tal vez también coger una camiseta de mi bolso.

El Señor Demoníaco casi nunca solía cabrearme, y la mayoría del tiempo realmente me agradaba. Tenía un sarcástico sentido del humor que yo podía respetar, por no mencionar sus habilidades para el ajedrez. Me gustaban los retos, y él ciertamente era uno.

Después de unos veinte minutos, Xai salió de la autopista en dirección a la playa. Conté las palmeras que hubo a nuestro paso y admiré las aguas cristalinas que se veían a lo lejos. Cuando giró sobre un embarcadero mi mente asesina entró en acción. Los botes eran una gran manera de aislar a la presa para después deshacerse de los restos. Incluso estar a una milla de la costa daría los mismos resultados.

En definitiva no iba a dejar todas mis armas en el coche.

Xai apagó el motor y salió sin decir palabra y con expresión estoica y lenguaje corporal imposible de leer. Solo aquello bastó para decirme qué esperar de la reunión. Si se hubiera tratado de un trabajo sencillo me lo habría dicho y habría continuado con nuestra charla juguetona.

Me abrió la puerta y apoyó el codo en el techo del coche para impedirme la salida.

—Por favor —fue todo lo que dijo.

Mis cejas se alzaron ante esa única palabra. ¿Xai rogando? Ni de coña. No sucedía. Nunca. Y yo también sabía con exactitud lo que él quería. Mis navajas, objetos que por lo general no le costaba arrebatármelos físicamente dentro de una erótica peleíta. Pero no esta vez.

Presioné la palma de mi mano contra su duro abdomen para empujarlo hacia atrás mientras salía del vehículo. Mis chancletas se agrietaron sobre el concreto, recordándome que había dejado mis nuevos tacones en la mochila. No pasa nada. Aún me quedaban mis palitos para el cabello.

Se me quedó mirando con el codo todavía sobre el coche y su calor corporal irradiando el mío. A pesar de la humedad en el aire, me estremecí ante su cercanía. Ese especial perfume a especias que fue todo lo que Xai arrojó sobre mí, me derritió por dentro y aceleró mi corazón. Él siempre me causaba esto, aun cuando yo lo odiaba.

—No sé qué es lo que está pasando —admití—. Pero ambos sabemos que no me entregaré sin dar batalla.

Desenvainé las navajas de la parte superior de mis muslos y las entregué. Tres cuchillas en total. Me quedé con la afilada cruz de plata en mi cuello y los objetos que sostenían mi cabello. Movió los ojos rápidamente sobre todos ellos identificándolos, pero no solicitó que me los quitara;

simplemente guardó mis armas en sus bolsillos y apoyó su frente contra la mía.

Ni una palabra.

Ni previo aviso.

Solo una suave caricia que me dejó pensando qué diablos le estaba pasando. Xai no era de mostrar gestos amables. No estaba en su sangre.

—Venga, vamos —murmuró. Su mano se deslizó hacia la parte baja de mi espalda para instarme a avanzar. Pateé la puerta del copiloto tras de mí y traté de ignorar la manera en que su piel ardía contra la mía. Se sentía bien. Demasiado.

Esa fue la parte en la que una persona sensata probablemente hubiera intentado huir. No, no exactamente. La mayoría ni siquiera habría llegado hasta este punto. Pero yo nunca evitaba un desafío, y tampoco era de las que huían. Enfrentaba mis problemas de frente porque era la única manera que conocía para hacerlo.

Mantuve mis pisadas ligeras, un andar confiado y mi cabeza bien en alto, incluso cuando una escalofriante sensación me erizó la piel. Había al menos una docena de demonios rodeándonos; algunas de sus aureolas más lúgubres que otras. Mis fosas nasales se abrieron ante el olor a putrefacción que sustentaba su presencia. Un humano captaría el leve indicio de azufre, mientras que en mi caso golpeó mi sensible olfato con la fuerza de un tren de carga. Demasiados demonios.

La mano de Xai se torció mientras me llevaba hacia un muelle que conducía a un impecable yate. Miré la preciosidad con gran interés. Mobiliario elegante, pintura fresca, nuevo revestimiento y madera lustrosa, todo sugiriendo que se trataba de una compra reciente.

—Inframundo 6 —dije mientras leía el nombre puesto a un costado—. Vaya originalidad.

No hubo comentarios de parte del Ángel Oscuro, pero las

comisuras de su boca ligeramente se fruncieron. Claramente no era la única que hallaba humor en ello.

Nos llevó a la cubierta y luego bajamos unas escaleras hasta una lujosa sala de reuniones con un bar completamente equipado. El pasillo al fondo probablemente conducía hacia una o dos habitaciones, o tal vez ellas se encontraban en el piso de arriba. Yo dudaba que una visita guiada estuviera incluida en el programa para esta tarde; no era como si necesitara de una. Solo en esta habitación había al menos tres vías de escape, en caso de necesitar una.

Xai fue detrás de la barra para coger una botella de whisky de la repisa superior, luego reposó dos vasos en la encimera de granito y vertió una buena parte en ellos antes de pasarme uno. Lo acepté e inyecté el líquido directo a mi garganta, disfrutando del ardor durante el descenso. Él hizo lo mismo para después servirse otro trago mientras dos Custodios entraban en la habitación.

—Las confisqué —dijo Xai a modo de saludo. Asumí que se refería a las navajas porque los demonios se relajaron ante sus palabras. Interesante que no hiciera mención de mis otros accesorios. Los demonios serían capaces de percibirlos, pero quizás asumieron que la ligera irritación era el resultado de un remanente o de la proximidad inmediata a las armas en el coche.

Ambos demonios corpulentos se colocaron al lado de cada entrada con sus anchos brazos cruzados y sus pequeños y brillantes ojos en malicia vigilándome. Sus posturas defensivas prácticamente me desafiaron a intentar escapar. Reprimí una sonrisa de satisfacción. Yo podía inmovilizar a dos matones sin cerebro hasta con los ojos cerrados. Los Dargarian de afuera eran los que me preocupaban. Los mutantes escupe fuego no solamente eran rápidos, sino inteligentes, además de una raza de demonios muy poco común. Yo no los podía ver, pero sabía que estaban allí. Zeb no iba a ninguna parte sin sus mascotas favoritas.

—Hola, Evangeline —la suave voz de Zeb vagó a través de la habitación mientras él aparecía de la nada, casi como si mis pensamientos lo hubieran invocado.

Mantuve una expresión de aburrimiento durante su muestra de poder. La transición corporal podía ser muy poco frecuente, pero no era el único demonio que poseía la habilidad.

—Lord Zebulon —saludé, sobre todo para ver lo que él podría hacer y para conseguir una reacción de Xai. Funcionó. Ambos alzaron las cejas ante mi formalidad, ocasionándome una sonrisa—. Miren, sé portarme bien. Ahora, ¿qué tal si me devuelves el favor y me dices por qué coño estoy aquí?

Xai se vio visiblemente avergonzado debido a mi estilo directo, mientras que los labios de Zeb se movieron divertidos. Su impecable camisa blanca fulguraba contra su oscura piel, dándole una apariencia angelical que yo sabía que era una farsa. Cruzó las manos por detrás de la espalda antes de ir hacia mí.

—Tan directa como siempre —murmuró mientras invadía mi espacio personal—. Siempre me ha gustado eso de ti.

No reaccioné a su cercanía, porque sabía que eso era precisamente lo que él quería. Esta manifestación de poder no era nada nuevo, así como el amenazante destello en sus ojos marrones. Ladeó su cabeza calva y su astuta mirada me recorrió. Mis manos colgaron abiertas a mis costados, mis piernas se separaron y mis hombros se relajaron. Pese a su intimidación, no me sentí amenazada. Si él lo tenía en mente yo cambiaría mi posición, pero por ahora, permanecí en calma con el bar y Xai detrás de mí y Zeb por delante.

—Tenías razón, Xai —murmuró.

—Usualmente la tengo —sue su respuesta casual.

Zeb reveló entonces su jugada, sosteniéndola con la palma

arriba, y mis ojos se centraron en el objeto conocido que sostenía.

—Creo que esto te pertenece.

Me quedé boquiabierta, no solo porque lo sostenía sin inmutarse, sino también porque estaba bañada en sangre. Sangre de demonio.

—¿Qué está pasando? —Pregunté mientras la confusión y la impresión me recorrían el cuerpo. Zeb sostenía una de mis cuchillas originales. Era una antigüedad con mis iniciales grabadas en una esquina, y el metal no estaba falto de brillo. Los ribetes rojos cubrían su palma mientras su piel reaccionaba a la empuñadura impregnada con plata, pero lo sostenía como si fuera un utensilio.

—¿De dónde la sacaste? —Pregunté intrigada.

Xai se movió para tomar su lugar junto a Zeb. Había ejercido como la mano derecha del Señor Demoníaco desde el día que Yo Caí, lo que los hacía a ambos muy viejos. Me miraron con la misma inescrutable expresión que me erizaba la piel de los brazos. Tomé como un indicio positivo que el yate aún permaneciera atracado, pero su muestra de solidaridad me dejó inquieta. Siempre causaba eso en mí.

—Fue encontrada cerca de un montón de cenizas —explicó Xai con voz baja y calmada, significando que habían encontrado mi espada cerca del cadáver de un demonio, porque eso es lo que la plata hacía. Incineraba seres demoníacos de adentro hacia afuera al clavarse en sus corazones, similar a un crematorio en humanos, solo que sin todas las molestias. Las escenas de crímenes del inframundo siempre fueron más fáciles de depurar.

—Vale… encontraron mi espada en un dudoso lugar—. Entonces, ¿a quién supuestamente maté? —Porque ese tenía que ser el objetivo de todo esto. Tan pronto como yo obtuviera un nombre podría desmentirlo y marcharme tranquilamente.

Ambos hombres continuaron analizándome de esa escalofriante manera, pero fue Xai quien rompió el silencio.

—La sangre de la cuchilla le pertenece a Kalida.

Mi corazón se detuvo.

O tal vez no iba a marcharme.

Porque ese no era un nombre cualquiera. Le pertenecía a la única criatura de Zeb. Su hija.

Oh, mierda.

CAPÍTULO CUATRO

ATENCIÓN: LOS ASESINOS NO SON SOCIABLES

La traición se sintió como un puñetazo en el estómago. Xai me trajo hasta aquí sabiendo todo el tiempo que yo sería acusada del asesinato de la hija de un Señor Demoníaco, y nunca le pasó por la mente advertirme. O, mejor dicho, no le *importó* lo suficiente como para hacerlo.

Bastardo.

No debería de haberme sorprendido, pero lo hizo. Dolió de cojones. Él sabía lo que sucedería si Zeb me encontraba culpable. Un castigo; pero no mi muerte. Algo mucho peor porque yo no podía morir. Pero sí sentir dolor. Un insoportable e interminable dolor. Y Xai me había sometido a ese destino sin sentir ningún remordimiento.

El corazón me dolió mientras el rencor lo endurecía. Él siempre me hacía daño. Siempre. Y esta vez no fue la excepción. ¿Cuándo aprendería a no confiar en él? ¿A no amarlo?

Atrapé su mirada y le dejé ver por un instante lo que había hecho. No era como si le importara. Jamás, de hecho. Y la estoica mirada que me dio, lo manifestó tal cual.

Otro fragmento de mi alma se quebró en ese momento. Uno pequeño, infinitamente pequeño que nunca volvería a ver.

Se fue a reunirse con a los otros que hasta ahora había destruido. Era en momentos como éste cuando me preguntaba si alguna vez volvería a estar completa. Si siquiera iban a quedarme suficientes fuerzas para intentarlo.

Cerré los ojos. Al abrirlos me aseguré de que fueran tan insensibles como los de Xai y me centré en el muy tranquilo Señor Demoníaco. El hecho de que aún no me hubiese castigado sugirió que sabía lo que yo iba a decir a continuación, pero era preciso que se diera a conocer justo como era.

—Puede que no me agradara Kalida —y fue decir poco—, pero no la maté. Y aunque lo hubiera hecho, no hubiese sido tan descuidada como para dejar un arma con mis iniciales en la escena del crimen. Sin mencionar que todas mis espadas están en mucha mejor condición que esa. Busca en los bolsillos de Xai la prueba A. Además…

—Suficiente —el poder enfatizó esa sola palabra mientras Zeb se afirmaba como el líder en la sala. Su aura me rodeaba, me asfixiaba y demandaba mi sumisión, pero mantuve mi postura. De ninguna manera me sometería a él. Ni siquiera por esto. Pero yo dejaría de hablar. Incliné mi cabeza como una manera de mostrar respeto y después me encontré con su mirada. Nos miramos por largo tiempo y supe que mi destino estaba siendo decidido. Si me encontraba culpable, lucharía. Daba igual que fuera superada en número. No iba a ser castigada por algo que no hice, sin importar cuán convincentes fueran las pruebas.

Xai metió las manos en sus bolsillos.

—Por si sirve de algo, no creo que Eve lo haya hecho.

No me molesté en mirarlo ni en reconocer su voto de confianza. Si realmente me creía inocente, debió de haberme prevenido. Pero no lo hizo.

—Sí, ya lo has mencionado —replicó Zeb con ojos en llamas. Una parte de esa rabia acentuó su voz mientras añadía

—: Consentí dicha reunión por tu convicción y también porque no recuerdo que Eve alguna vez hubiese cometido un error de esta magnitud. Si bien, tal vez su retiro la hizo débil.

—Ella *está* parada aquí mismo, y es más que bienvenido a comprobar su teoría del retiro —le dije. Me encantaría tener un motivo para pelear con Xai justo ahora. Para clavarle un cuchillo en las entrañas, retorcerlo y sacarlo fuera, todo mientras lo miraba directo a los ojos para observar el momento de dolor. Tal vez aquello le daría una pequeña muestra de cómo él me hacía sentir todos los días.

—Sí, poner a prueba tus habilidades es exactamente lo que quiero hacer —Zeb miró a Xai, y sentí que una sonrisa burlona se aproximaba a mi rostro, hasta que continuó—: Propusiste que le diera una semana para descubrir al responsable. Estoy de acuerdo. Pero si regresa con las manos vacías, no tendré otra elección más que vengarme.

Xai inclinó la cabeza a manera de mostrar conformidad.

—Desde luego.

—Trabajareis con ella —continuó—. Y si huye contigo a cargo, su inminente castigo caerá sobre ti, así como cualquier otra cosa que tenga en mente.

Yo esperaba algún argumento de su parte, pero mi arrogante ex novio simplemente se encogió de hombros.

—No veo ningún problema.

Por supuesto que no. Asumió que yo no podría huir de él. Una suposición que sería su perdición un día de estos. Pero no esta semana, porque no tenía intención de huir a ninguna parte.

Alguien me había tendido una trampa, y ese alguien iba a morir. Dolorosamente.

—Entonces os dejo para que empecéis —Zeb finalmente se dirigió a mí de nuevo, con su hipnotizante mirada moviéndose sobre mi atuendo (o la falta de este)—. Un gusto volver a verte, querida. La mejor de las suertes —su tono tenía una pizca de calidez que sugería que hablaba en serio. Luego desapareció en un *¡zas!* Una explosión de energía que causó cosquillas en mi piel y dejó una ráfaga de calor a su paso. El movimiento me sorprendió lo suficiente como para hacerme abrir más grandes los ojos. Zeb no solamente se había teletransportado; había dejado este nivel. Directo al Infierno. Un movimiento que normalmente requería de un Morador del Portal.

—Se ha vuelto más fuerte —le susurré a nadie en particular. *¿Pero cómo?*

—Mucho ha cambiado desde que te fuiste, amor —Xai alargó la mano para tocarme, y di un paso atrás para alejarme.

—Ni se te ocurra.

Sus labios se mostraron desafiantes.

—Sabes que eso solo me excita más.

Lo hice porque la rabia tenía el mismo efecto en mí. Nadie me enfrentaba de la manera en que Xai lo hacía, conociéndome movimiento tras movimiento hasta encontrar mi punto débil. Y cuando me inmovilizaba, yo siempre cedía. Todas las putas veces.

Mis manos se cerraron en puños.

—Pudiste haberme advertido.

No parecía particularmente preocupado por ello.

—Zeb necesitaba verte reaccionar para creerte, Eve. Especialmente en esta situación.

Por poco y me carcajeo.

—¿Así es como te justificas por haberme condenado a muerte? ¿Que Zeb de otro modo no hubiese creído mi reacción? —Sacudí la cabeza—. Eres un gilipollas.

Sus cejas se elevaron.

—Lo soy. Eso nunca ha cambiado ni tampoco es algo nuevo, pero te mantuve al margen para protegerte. Tu reacción te acaba de salvar la vida hoy, y la única razón por la que reaccionaste así fue porque no te conté de Kalida antes de tiempo.

Resoplé.

—Una mierda. Si me lo hubieras dicho pude haber entrado y decirle sin rodeos que yo no lo hice. La escena evidentemente estuvo montada, y ambos sabemos que no soy lo bastante suicida como para matar a su hija.

—¿Tienes idea de lo que he tenido que hacer para evitar que te asesine? —Contraatacó Xai con tono más severo y menos controlado de cuando intentó tocarme—. Su única hija acaba de ser asesinada y todas las pruebas te señalan como la culpable.

—Lo cual es jodidamente muy conveniente, ¿no crees?

—Por supuesto que lo es, pero Lord Zebulon no está de un humor racional. Hay una razón por la que justo ahora se encuentra en el infierno torturando demonios inferiores por diversión. Está dolido y necesita sacar toda esa ira. Hasta hace cuatro días, tú eras su blanco principal. *Yo* cambié eso —me sujetó del cuello con una de sus manos y me obligó a sostenerle la flamante mirada.

—No te advertí porque él necesitaba ver tu sobresalto e indignación. Si hubieses entrado escupiendo desmentidos, él habría explotado. Parece que olvidas lo bien que lo conozco, Evangeline. Hice lo que hice para protegerte, como siempre lo he hecho.

—Como siempre has hecho —repetí—. Ya.

—Eres irritante —gruñó.

—Y tú insoportable —contraataqué con ojos entrecerrados —. Por una mierda trabajaré contigo en este caso. Solo dame la información que tengas y yo me encargaré del resto.

Pude ver en sus ojos las ganas que tenía de dominarme con sus palabras, pero se contuvo. Probablemente porque sabía que lo apuñalaría. Su explicación tenía mérito, pero siglos de sufrimiento me impidieron perdonarle por completo o siquiera reconocer que tal vez hoy sí me había salvado de un doloroso castigo. Lo que fuera que hubiera hecho no fue por mí, sino por él. Era el ser más egoísta que alguna vez llegué a conocer, y de ninguna manera pudo haber cambiado desde nuestra última década distanciados.

Su aliento tocó apenas mis labios mientras reía antipáticamente.

—Oh, cariño, olvidas que no solo es tu vida la que está en juego, también la mía. Si desapareces, yo seré el único al que Lord Zebulon castigue.

—¿Se supone que eso me anime a trabajar contigo? Porque tengo que ser honesta, eso me hace querer huir solo por el placer de hacerlo.

Xai intensificó su agarre sobre mi cuello y mordí mi labio inferior como consecuencia. El sabor metálico de la sangre impregnó mis paredes bucales, impulsándome hacia la acción. Lo empujé lejos, solo para hacer que me diera la vuelta y quedar de espaldas contra su pecho. Presionó su boca contra mi oído.

—Te has vuelto débil, Eve.

Oh, yo le mostraría qué tan débil. Descendí tan bajo como sus brazos me lo permitieron y con un movimiento barrido de la pierna le hice perder el equilibrio antes de golpear mi cráneo contra su esternón y hacerlo retroceder. Pero no cayó. Apenas y tropezó, cogiéndome de la cintura y tirándome nuevamente hacia él.

En esta ocasión y mientras me retenía, sus brazos se sintieron como bloques de cemento, pero aquello dejó mis manos justo donde yo quería: sobre sus caderas. Alcancé una navaja de su bolsillo mientras se inclinaba para besarme el cuello.

—Decepcionante —murmuró—. Parece que no has continuado con tu entrenamiento.

—Ah, ¿sí? —Presioné la hoja contra su muslo interno con suficiente fuerza para que lo sintiera a través de sus delgados pantalones de vestir. Un solo movimiento ascendente lo tendría orinando sangre por al menos una hora.

Sonrió contra mi sensible piel.

—Cuidado, amor. No querrás dañar mi mejor atributo.

—Venga, ponme a prueba.

—¿Han terminado los dos de coquetear? —una profunda voz habló arrastrando las palabras. Un escuálido demonio rubio portador de una expresión descontenta estaba de pie en la entrada.

Xai lamió abriéndose paso hasta mi oreja, mordisqueándome el lóbulo.

—Evangeline, este es Tax. Nos ayudará.

Le dejé sentir el filo de la navaja; metal contra piel, mientras le hacía un agujero en sus vaqueros de diseñador. Una lástima que la plata no lo dañara tanto como a un demonio.

—No pareces entender la parte en la que yo hago esto sola.

—Nunca se está sola, amor —susurró.

Sus palabras me sobresaltaron tanto que la cabeza me comenzó a dar vueltas. Me llevó un segundo percatarme de que *literalmente* había dado vueltas porque él me había hecho girar para presionar mi espalda contra la barra y atrapar mis manos en la suyas. Un apretón en mi muñeca me hizo soltar la empuñadura del cuchillo.

¡Joder!

Furiosa comencé a patear, solo para que sus fuertes muslos me bloquearan e inmovilizaran las piernas. Lo miré cabreada.

—Te odio.

—Lo sé —con su boca rozó la mía y se apartó cuando intenté morderlo. La gota de sangre en sus labios hizo que mis muslos se contrajeran. Luchar con él de esta manera ponía a hervir mi sangre, y su erección contra mi vientre solo complicaba las cosas—. No harás esto sola, y si peleas conmigo a cada paso del camino nunca te exoneraremos. Así que o trabajas conmigo o ambos terminamos en las abrasadoras fosas del Infierno. Tú eliges.

¿Ambos? Seguramente solamente yo.

—Trabajamos bien juntos —me recordó, su voz suavizándose como la utilizada en el dormitorio. Persuasiva, seductora y engañosamente tierna. ¡Dios! Amaba y odiaba ese tono.

Comencé a retorcerme, pero me mantuvo sujeta mientras me miraba con demasiada intensidad.

—No iré a ninguna parte, Evangeline. O lo aceptas o empiezas a despojarte de todo. Una vez más, tú eliges.

Su lengua recorrió mi labio inferior, aliviando la ya casi cicatrizada herida que él mismo había provocado minutos antes para después sumergirse en el interior de mi boca y explorarla delicadamente. Whisky, menta y un sabor que abarcaba todo lo que Xai era estimularon mis sentidos y forzaron a mi cuerpo a someterse. Lo deseaba más que al propio oxígeno, y no importaba cuánto luchara contra ese deseo, nunca podría negar sentirme atraída hacia él.

Un carraspeo me recordó que no nos encontrábamos solos. No solo Tax nos estaba mirando, también dos Custodios. El primero parecía irritado, mientras que el segundo bastante interesado en el espectáculo, lo que en efecto nos cortó el rollo.

Xai soltó mis manos y se agachó para recoger el objeto que usé para tajarle los pantalones. Luego me lo ofreció como una manera de hacer las paces. *Trabaja conmigo.*

Maldita sea. ¿Qué otra opción tenía? Siete días parecían un santiamén para un inmortal. Yo iba a necesitar toda la ayuda que pudiera conseguir, especialmente porque no me había mantenido al día con la política demoníaca durante mi retiro. Y aunque podía nombrar a todos mis enemigos, no tenía listas completas para Zeb o Kalida. ¿Y quién mejor para informarme de ellos que Xai?

—Supongo entonces que tienes un punto de partida —Le dije mientras aceptaba el objeto de su mano.

Una sonrisa digna de llevarme al éxtasis cambió por completo la decisión que había tomado. Había tareas más difíciles que mirar esa cara bonita por una semana.

—Oh, tengo más que eso. Una pista.

Mi respiración cesó. ¿Qué? Eso suponía que había empezado a investigar por su cuenta. ¿Por qué? ¿Para demostrar mi inocencia? No. Así no era Xai. Lo que hacía, lo hacía para él. Y tampoco le importaba Kalida, a menos que su relación hubiera cambiado en los últimos años. ¿Acaso habían comenzado un romance durante mi ausencia? Mi estómago se revolvió de solo pensarlo.

Él acostándose con ella... Era una imagen que no necesitaba en mi cabeza.

—Venga —murmuró, rodeando con sus brazos mis rígidos hombros para apartarme de la barra—. Te pondré al día en el coche. Tax nos seguirá.

—Sí, porque eso es lo que los Rastreadores hacemos —dijo entre dientes el otro hombre. Su tono sarcástico y sus oportunas interrupciones hicieron que de inmediato me comenzara a caer bien. Deduje de su comentario que era un Demonio Rastreador, lo que significaba que podía resultar útil, tal y como Xai lo había dado a entender.

Suspiré. *Bien.* Nosotros podríamos colaborar en esta misión, pero eso no significaba que éramos socios. Los asesinos trabajaban solos por una razón; no llevábamos bien el estar con otros (no sociables). Pero sí sabíamos cómo hacerle para obtener información, y eso era exactamente lo que yo haría. Por ahora.

Recuperé mis otros puñales de los bolsillos de Xai y los envainé mientras caminábamos. Fingió no darse cuenta, pero su sonrisita señaló que había sentido mis manos traviesas.

El que me permitiera recuperar mi plata pareció ser otro

gesto de paz. Llevé una hacia atrás para no quitarme su brazo de los hombros. O al menos eso fue lo que me dije.

La razón sería la única manera de sobrevivir a la semana, porque en el momento en que yo le permitiera la entrada a cualquier emoción, sería mi fin, y Xai no dudaría en acabar conmigo una vez más.

Como la noche en que Me Enamoré por primera vez.

CAPÍTULO CINCO

WHISKY CON HIELO
Y CON UN TOQUE DE DESCONCIERTO, POR FAVOR

Scott Streator.

Un hombre de treinta y siete años con una sonrisa hecha para acaparar la atención y con una encantadora personalidad que complementaba todo lo demás. Fue hecho para estar en playa, con su pelo rubio, ojos color avellana y figura tonificada. Hojeé el archivo una vez más antes de ponerlo sobre la mesa.

—¿Tu mejor pista es un humano? —La incredulidad estimuló el tono de mi voz. Kalida nunca fue muy capaz o fuerte, pero fácilmente pudo haberle hecho frente a un mortal.

Xai terminó su whisky y llamó a la barman del hotel con un asentimiento de cabeza.

—No estoy diciendo que él la haya matado, pero tengo la sospecha de que sabe algo que podría ser útil —su expresión se volvió pesada cuando la tetona mujer se movió exageradamente para llamar la atención, y claro, para cumplir sus órdenes—. Quiero otra copa.

—¿Whisky o algo más? —preguntó en un tono seductor que gritaba *sexo*.

Su mirada cayó en su abundante escote antes de elevarse lentamente hacia sus labios.

—Más whisky, cariño.

—Enseguida —puso algo de vaivén extra en el movimiento de sus caderas que Xai pudo admirar mientras se alejaba.

Puse los ojos en blanco.

—Esa chica no sobreviviría ni diez minutos en la cama contigo.

Pudo haber fingido interés, pero yo conocía sus gustos, y esa pelirroja era puras curvas y nada de chispa. Xai prefería una mujer que pudiera combatirlo en el dormitorio y a veces ganar.

—Mmm, terminaría con ella en menos de cinco —murmuró—. Pero, para empezar, nunca la invitaría a la cama.

—Entonces será mejor que le digas con gentileza que no estás interesado, porque creo que espera una gran propina esta noche.

No parecía deslumbrado en lo más mínimo, a pesar de haber observado sus "generosos atributos".

—Sé admirar a una mujer segura de sí misma, pero no a una cegada ante la realidad. Tiene que saber que ningún hombre en su sano juicio la escogería cuando te tiene a ti como pareja.

—Vaya frase, ¿eh? —Me burlé, tratando de aligerar el repentino ambiente pesimista. No teníamos que llegar a eso—. Puedes hacerlo mejor.

—No es una línea, Evangeline, sino la verdad —ni una pizca de humor o burla, solo Xai. Siempre hacía esto; soltaba lo que consideraba hechos sin tener idea de cómo me afectaban.

Nuestra mutua atracción no era el problema. Siempre nos quisimos el uno al otro y probablemente siempre lo haríamos, pero mientras Xai deseaba mi cuerpo no decía lo mismo sobre mi corazón, y esa era nuestra perdición. Yo quería más, pero su naturaleza egoísta no lo permitiría. Lo había demostrado una y otra vez, y sin embargo e incluso ahora mi cuerpo lo buscaba a pesar de toda una vida de hipocresía. Una caricia y yo terminaba cediendo. Todas. Las. Veces.

—Siempre viviendo en el pasado —susurró.

—Y siempre condenando mi futuro —contesté en voz baja.

Sus pupilas se dilataron con mucha emotividad que chamuscó las cosas entre nosotros.

—Algún día lo entenderás.

—Vienes diciendo eso desde hace cientos de años.

—Sí, y de todos modos sigues cegada por lo que eliges creer y te niegas a *ver*.

Puso su mano en mi nuca para abrazarme, silenciando de manera efectiva mi réplica en espera. La mesita entre nuestros cuerpos repentinamente se sintió aún más diminuta mientras se inclinaba sobre ella, invadiendo de pronto mi espacio personal.

—Xai…

—Shhh —sus labios rozaron los míos en el momento en que la mesera regresó. No le prestó atención, simplemente me besó de esa manera engañosamente delicada; esa manera tan suya. Luché por no corresponderle, pero mi boca se movió automáticamente, y cuando mis labios se abrieron anticipándose a la entrada de su lengua, él se apartó.

—Dime, ¿fue lo suficiente gentil, amor? —preguntó contra mi boca y con sus ojos oscuros sosteniendo los míos—. ¿O debería ser menos sutil?

—No, por favor —dijo Tax mientras arrastraba una silla. Había llegado poco después que nosotros, pero desaparecido sin soltar explicación alguna. Ninguna de nuestras habitaciones estaba lista todavía, según Xai, de ahí nuestro repentino encuentro en el bar.

Xai me soltó y cogió su vaso para tomar un sorbo.

—¿Ha venido? —Preguntó en tono pesado.

La ausente pelirroja dio a entender que el mensaje de Xai había sido recibido alto y claro. Pobre chica. Al menos no fue dejada temblando como consecuencia de su muestra de afecto. *Bastardo burlón.*

—Habitación 2517 —contestó Tax. El flaco demonio miró con interés el costoso mobiliario del bar—. Por lo menos él tiene buen gusto en hoteles.

—Asumo que ese "él" del que estamos hablando es tu pista humana —cogí nuevamente el archivo para releer las anotaciones sobre su empleo. Un criminal charlatán vinculado a la industria del narcotráfico de Miami y con tendencia a lastimar a las mujeres. Y sin domicilio permanente debido a que prefería trasladarse de un hotel a otro; según las exigencias propias de la industria.

Como mis cargos anteriores, pero no lo que esperaba para este caso.

Dejé caer los papeles y permití que la incertidumbre cambiara el tono de mi voz:

—No veo cómo él se relaciona con Kalida.

—Eran amantes, cariño. Pero lo que sea que llegó a ver en él es algo que no entiendo.

—Suenas un poco molesto por eso, Xai.

—Apenas —se mofó—. Solo esperaría que una mujer como ella tuviera estándares más altos.

Por supuesto. Porque no hay duda de que un Señor Demoníaco educó a su hija con específicos valores de pareja en mente. Seguro que sí.

—¿Cómo sabes que eran amantes? —Todas las fotografías de vigilancia eran de Streator y sus socios de negocios. Ninguna prueba contra Kalida.

—Tax —simplemente respondió.

—Su esencia me llevó a él —explicó el Rastreador.

—¿Era él un humano a través del cual se alimentaba? —Pregunté, refiriéndome a la necesidad de Kalida de alimentarse sexualmente, como Gwen. A pesar de que Zeb era su padre, ella había heredado la genética Súcubo de su madre. El desarrollo de los Demonios era impredecible en el mejor de los casos.

Xai hizo que el contenido de su bebida diera vueltas.

—No puedo imaginar otra razón por la que decidieran involucrarse.

—Tal vez, tal vez no —Tax frunció el ceño—. Él apesta a demonio, y no solo a Kalida.

—Interesante —dijo Xai, pensativo—. Programó quedarse por un par de días y mañana tiene una reunión con los socios comerciales junto a la piscina. ¿Te apetece un poco de sol, cariño?

—Sois el fisgón, Xai. Tal vez deberías trabajar en tu bronceado dorado mientras yo registro la habitación de Streator.

—Yo lo haré —interrumpió Tax—. Quiero familiarizarme con las diferentes auras demoníacas que lo rodean a él y a sus hombres. Por lo que llegué a sentir, Kalida no es la única con la que se ha acostado.

Mis cejas se alzaron.

—¿Un hombre capaz de seducir a tantas Demonios? ¿Acaso tiene ancestros Íncubos? —Un vistazo a su fotografía hizo que mi nariz se arrugara—. No, definitivamente no lo bastante guapo para demasiadas conquistas.

—¿Intentas decir que estás de acuerdo con mi análisis de que el sujeto es una intrigante pista?

Me encontré con la mirada divertida de Xai.

—Estoy más impresionada de lo que estaba hace diez minutos, pero no estoy segura de que esté involucrado con su muerte. Parece mucho más probable que uno de los enemigos de Zeb sea el responsable, uno que, o bien deseaba mi castigo o pensaba en tenderme una trampa.

El culpable claramente tenía deseos de morir porque yo no me tomaba a la ligera el ser incriminada por asesinato de una manera tan pocamente descuidada. Como una asesina, retirada o activa, aplaudía mi labor de depuración. Dejar mi degradada y ensangrentada espada en el lugar de los hechos solo empeoraría más las cosas. Como si alguna vez pudiera ser tan descuidada.

—También necesitamos una lista con los adversarios de Kalida —continué—. Específicamente aquellos que no aprobaron que Zeb nombrara a su hija como Ōrdinātum de esta región.

Ese cargo normalmente se reservaba para Demonios de alto rango propensos al poder, pero Zeb tenía la autoridad para asignar en su territorio roles de liderazgo a quien él quisiera. Y su hija había deseado los estados sureños, de ahí que se le asignara el tan codiciado título.

Xai le dio la razón a mi argumento con un simple asentimiento de cabeza.

—Esta noche compilaremos una lista con los posibles candidatos y empezaremos a investigar llegado el momento. Mientras tanto, me gustaría saber más sobre el mortal con conexiones con el Inframundo. Algo me dice que Lord Zebulon también estaría fascinado por él.

No pasé por alto su mensaje entre líneas. *En caso de fracasar, usaríamos una carta de negociación.* Si le presentábamos a Zeb un caso alternativo, podría estar dispuesto a concedernos más tiempo. Un juego muy peligroso, pero si alguien sabía cómo jugarlo, era el Ángel Oscuro frente a mí.

—Voy a necesitar protector solar —no para evitar una quemadura, sino para algo completamente distinto—. Ya tengo el traje de baño.

La mirada de Xai se posó en mis pechos cubiertos por mi blusa translúcida gracias a la política de vestimenta del bar.

—No puedo esperar a ver lo de abajo.

Sonreí. Me conocía demasiado bien.

—Estoy seguro de que lo aprobarás.

—Sin duda —murmuró y su móvil comenzó a sonar—. Nuestra habitación debe estar lista.

Mi sonrisa decayó un poco. No me gustó la falta de cierto plural en dicha oración.

—Querrás decir "habitaciones".

Simplemente sonrió.

—Xai, no pienso compartir una habitación contigo.

—¿Prefieres dormir con Tax?

—Ni de coña —dijo el Rastreador de manera rotunda—. Se me quema toda la piel de tan solo estar cerca su plata. Y una mierda si duermo al lado de eso.

Bueno, al menos la plata no me causaba tanta aversión como mi tendencia hacia los juguetes de metal.

—Quiero mi propia habitación.

A veces juraba que Xai se parecía más a Lucifer que a su propio padre, y éste era uno de esos momentos. Sus ojos brillaban amenazadoramente mientras su deliciosa boca mostraba una sonrisa devastadoramente hermosa.

—Tal vez pasaste por alto la advertencia de Lord Zebulon sobre lo que sucederá conmigo si desapareces. Así que dejame ser claro, Evangeline. El peligro que corro al aceptar un castigo en tu nombre es demasiado grande para como para que me dé el lujo de ignorarlo, porque ambos sabemos lo mucho que disfrutarías verme caer. Por lo tanto, compartiremos habitación, aunque solo sea para asegurar que no intentes huir.

Mis manos anhelaban un objeto puntiagudo para arrojárselo.

—Te odio —sobre todo porque él tenía razón.

La tentación de hacer lo que acababa de decir —desaparecer y dejarlo caer—, me atrajo más de lo que quise admitir, pero también cabreaba porque una parte de mí se quebró ante la idea de verlo herido por mí. Pero ambos sabíamos que merecía sentir dolor por mí. Estaba atrapada en este miserable nivel debido a él y a sus manipulaciones; algo por lo que nunca había sido castigado ni sentido el más mínimo arrepentimiento.

—Sí, cariño, esa mirada es exactamente la razón por la que te estaré vigilando muy de cerca, no es que me importe —paseó la mirada con admiración sobre mis pechos, lo que aumentó mi deseo de abrirle la carne.

—Tócame y lo lamentarás —una falsa amenaza, dado que ambos sabíamos que pelear solo nos excitaba más. Malditas hormonas.

—Siempre lo hago, Evangeline —al dar esa declaración se puso de pie para ir tranquilamente al área de recepción.

Tenía pensado irme también, pero el maldito Rastreador a mi lado se aseguraría de mi eventual regreso. *Vino a ayudar. ¡Una mierda!* Aunque sí que podría volverse útil en el caso de Streator, pero en estos momentos su presencia adquirió un sentido totalmente diferente.

—Xai te contrató para rastrear a Gwen en caso de que yo huya —no fue dicho en forma de pregunta. Porque él no podría seguir mi aura angelical, pero sí rastrear y capturar con facilidad a mi mejor amiga demoníaca. Y Xai sabía que yo no iba a dejar que Gwen enfrentara el castigo por mis faltas.

Bastardo astuto.

—No es nada personal —replicó Tax encogiéndose de hombros. Le hizo señas por un trago a la pelirroja del bar, quien ahora se encontraba mucho menos coqueta. Ni siquiera me miró. Probablemente algo bueno, porque mi expresión la habría asustado.

Cólera mezclada con dolor. Entendía el afán de Xai de hacer de niñero conmigo después de la amenaza de Zeb, pero su intervención total con el caso me dejó perpleja. Evidentemente no había tenido nada que ver con la desaparición de Kalida, pero aun así su jefe pareció insistente en cuanto a que uniéramos esfuerzo. ¿Por qué? ¿Acaso era un castigo por hacerle frente al Señor de los Demonios... por mí? ¿O había algo más?

Zeb mencionó algo acerca de que ya conocía la opinión de Xai respecto a lo que estaba sucediendo, lo que sugería que lo habían hablado antes de que yo llegara. ¿Me había defendido y alentado este acuerdo de siete días? No parecía algo que él haría y, sin embargo, aquí estábamos, en un costoso hotel en Miami Beach. ¿Para qué coño se molestaría siquiera? No había nada que pudiera obtener de esta situación, excepto un posible dolor.

Más de dos mil años y seguía sin entender al Ángel por el cual CAÍ. Su complicado razonamiento hacía que mi cabeza diera vueltas, y su incorregible comportamiento dejaba mucho que desear. Pero luego llegó e hizo una cosa como esta, ocasionando que reevaluara todo lo que sabía de él. Y como si yo no contara con lo suficiente para resolver este caso, Xai tuvo que llegar y formularme otra pregunta más a considerar:

¿Por qué me está ayudando?

CAPÍTULO SEIS

LOS HOMBRES SIEMPRE CONFÍAN EN UNA RUBIA EN TANGA

Xᴀɪ, siendo tan pedante como siempre, nos reservó una suite en una planta alta del hotel. Disponía de tres dormitorios con baños privados, cocina, sala de estar y un comedor con capacidad para diez personas. Otro gesto de paz de su parte, o quizás una costumbre por lo lujoso; probablemente un poco de ambos.

Después de una larga noche haciendo una lista de sospechosos, caí rendida en el dormitorio principal mientras Xai dormía en otra parte. Al despertar encontré el desayuno servido, una pila de documentos y una nota esperándome en la enorme mesa de comedor.

Nos vemos en la piscina a mediodía. —X

De las anotaciones que examinamos sobre Streator, ese horario propuesto por Xai se cumpliría pasada la primera mitad de su primera reunión, y al mismo tiempo sería el horario pico para pasearse por el área de la piscina con mi revelador bikini violeta. Mordisqueé el pan tostado y los huevos que había dejado para mí —no cabía duda de que había sido el servicio a la habitación—, y revisé el archivo que había dejado debajo de la nota.

—Santo Fuego Infernal…

Había asumido que él se había ido a dormir cuando yo lo hice, pero el informe que había compilado sobre todos nuestros sospechosos sugería lo contrario. Ya había descartado un tercio de la lista de sospechosos basándose en fechas encontradas y ubicaciones conocidas. No había manera de que pudiera encontrar toda la información visitando internet, lo que significaba que había pedido un favor, probablemente a otro Rastreador o a alguien con conocimientos técnicos. Y como si yo necesitara de alguna prueba sobre que él iba a tomarse el caso en serio, terminó dejándola en el mostrador para mi análisis. Pero, aun así, aquello no me dijo el *porqué* de su acto.

Terminé con lo último en mi plato antes de beber el zumo de naranja recién exprimido. El paraíso mismo, y sin duda mi delicia preferida de Florida. La playa y las palmeras quedaban en segundo lugar.

Un vistazo al reloj sugirió que justo me quedaba tiempo suficiente para llamar a Gwen antes de bajar a la piscina.

—Entonces, ¿te contrató para un caso? —Me preguntó después de que yo vagamente analizara los acontecimientos del día anterior. Omití algunos elementos clave porque no quería preocuparla.

—Sí, necesita que le ayude a pensar en algo. Debemos terminar en aproximadamente una semana —Y si no, entonces la vería dentro de un par años o décadas, tal vez siglos.

A los Demonios no se les permitía cruzar las fronteras sin previa autorización, pero yo no vivía según sus reglas. La mayoría de los Señores Demoníacos de otros territorios me respetaban lo suficiente como para permitirme la entrada sin dudarlo, y puesto que no eran amables con otros de su mismo estatus, yo no tendría que preocuparme por ser extraditada de vuelta a Zeb. Aquello lo consideraba como un último recurso ya que me negaba a aceptar el castigo por un crimen que no había cometido.

—Ya. Una misión no muy definida en Miami por siete días en la que trabajas con Xai (yo daba por hecho que era así. En fin), y no pareces enfadada por ello —hice una mueca ante la recapitulación de Gwen—. Te das cuenta de que te conozco mejor que eso, ¿verdad? ¿Qué es lo que sucede realmente, Eve?

Cogí mi mona bolsa de playa que compré en la tienda de regalos del hotel y me la colgué en el hombro. Adentro había una toalla rosada y protector solar. Nada de navajas hoy. Si llegara a necesitar un arma, crearía una. Incluso el objeto más simple podría convertirse en un instrumento letal si se usaba de la manera correcta.

—Gwen, sabes que te quiero —dije mientras me dirigía a la entrada de la suite. Era casi mediodía—. Pero necesito que justo ahora confíes en mí, ¿de acuerdo? Lo tengo bajo control.

Su silencio retrató una clara imagen en mi mente de su expresión actual. Ojos entrecerrados, labios fruncidos y cuerpo rígido. No le gustaba que le ocultaran la verdad y yo odiaba hacerlo, pero involucrarla solo traería complicaciones. Si Zeb pensaba que podía usarla en mi contra, lo haría, pero yo me negaba a meterla en aquella situación.

—Por favor —añadí, con mi mano en el pomo de la puerta del vestíbulo de mármol de la habitación del hotel. El lugar apestaba a elegancia y encanto, y no había duda de que a Xai le había costado un dineral. Pero no era como si le importara. Sus bienes competían con los míos.

Soltó una pedorreta a través del móvil.

—Vale, está bien —arrastró las palabras—. Pero si descubro que todo esto fue una artimaña para forzarte a pasar una semana a solas con Xai en algún sofisticado hotel, la pagareis caro.

Puse los ojos en blanco.

—Imposible.

—Ajá.

Dos podían jugar este incrédulo juego.

—¿Cómo va el entrenamiento con Zane? —Pregunté mientras caminaba por el pasillo hacia el ascensor, llevando nada más que un par de tacones de aguja de plata y un transparente top negro que dejaba al descubierto mi exuberante bikini púrpura.

—Mono —murmuró—. Jodidamente guapo.

—Me molestas por Xai; yo te molestaré por Zane.

—Vale, bien, pero solo uno de los dos es una amenaza para nuestra salud mental.

Buen punto.

—Me mantendré cuerda. Es una promesa.

—Bien, porque no puedo perderte de nuevo.

El recuerdo de la última vez que Xai me traicionó envió escalofríos a mi columna vertebral. Él me dejó en el Infierno. Literalmente. Si no hubiera encontrado a un Morador del Portal cuando lo hice, habría sufrido un insoportable dolor. Los Ángeles, Caídos o de otro tipo, no estaban hechos para visitar el Inframundo por períodos de tiempo prolongados.

—No me perderás, Gwen —porque nunca volvería a confiar en él de esa manera. Presioné el botón del ascensor con más fuerza de la necesaria—. Tengo que irme.

—Cuídate y repórtate pronto —su previa broma había sido reemplazada por sinceridad—. Te echo de menos.

—Yo también te extraño.

Nos despedimos antes de que yo colgara y bajara al nivel principal del hotel. Las miradas se posaban sobre mí mientras iba hacia la piscina con una inocente expresión puesta. Hacía mucho tiempo que había llegado a dominar este alias, el que llevaba una avergonzada mirada y un leve sonrojo que atraía a los admiradores masculinos.

Me llevé el móvil al oído y fingí estar en plena conversación mientras entraba al área de la piscina. Mi objetivo estaba del otro lado en una alta mesa con otros dos hombres completamente vestidos con camisetas tipo polo y pantalones caquis. Los tres disfrutaban de las bebidas del mediodía, pero sus serias expresiones indicaban que su tema de conversación era todo menos alegre.

Había cuatro guardaespaldas puestos alrededor de la cubierta, los cuales fracasaron en confundirse con la multitud que se encontraba vacacionando, pero sospeché que a Streator le gustaba de esa manera. Xai, por otro lado, se encontraba relajándose en el jacuzzi con sus musculosos brazos tendidos sobre los bordes como si fuera el dueño del lugar. Parecía un hombre seguro de sí mismo con la esperanza de tener sexo, y las tres mujeres en el agua con él parecían felices de complacerlo.

Lo ignoré mientras pasaba por allí, sintiendo a sus ojos acariciar mi culo. Dijo que quería ver la parte de abajo del traje de baño, y pudo verlo directo desde el top transparente hasta la tanga púrpura por debajo. Su favorito.

—¿Me estáis jodiendo? —Le pregunté a mi amigo imaginario a través del móvil—. ¿Qué se supone que haga? —Hice una pausa para llamar la atención mientras me detenía junto a la mesa de Streator—. Bueno, no me importa lo que Billy haya dicho. No. ¡No puedo creer que me estéis abandonando! —Di golpecitos con el talón y me llevé una mano a la cadera—. ¿Y qué se supone que haga ahora? ¿Salir sola? —Se me escapó un suspiro fingido de incredulidad —. ¡Sabéis lo peligroso que es!

Streator y sus hombres ahora se habían vuelto a mirarme con interés. Perfecto.

—Bien. Más te vale —colgué con un gran efecto notorio y resoplé en voz baja—: Qué mal rollo —luego fingí sentir un escalofrío para después arrojar mi bolsa a la silla junto a los hombres de negocios—. Entonces me las arreglaré —me murmuré a mí misma mientras pretendía no haberlos notado —. Pasando el rato sola en la playa toda la semana. Simplemente increíble.

Me quité lo que cubría mi bikini y con cuidado lo doblé y dejé a un costado, al tiempo que les permitía a los hombres admirar mi figura con poca ropa. Los lazos de mi bikini me cosquilleaban la espalda y en la parte superior de los muslos mientras una ligera brisa azotaba el área de la piscina. Mi cola de caballo rubia se agitaba un poco junto con ella, mostrando una seductora imagen que parecía haber silenciado a mi público.

—Oh, miércoles de ceniza —dije mientras cogía el protector solar—. Hmm… —puse un poco brazos y piernas, inclinándome a propósito en los ángulos correctos para llamar la atención y frotando lentamente. La diversión de Xai era palpable desde el otro lado de la piscina. Siempre lo sentía a él, aun cuando no quería. No le iba a gustar lo que estaba por hacer a continuación, pero tenía que hacerse.

Una vez que terminé de frotar la crema por todo mi plano abdomen y el hueco entre mis senos, intenté llegar a mi espalda.

—Por esto una chica no viaja sola a Miami —me quejé mientras me rendía con un suspiro. Mis ojos se movieron con timidez intentando encontrar a alguien que me ayudara. Cuando divisé a los tres hombres a mis espaldas, forcé un sonrojo en mis mejillas y solté un pequeño chillido—. ¡Perdonadme! Me he metido en vuestros asuntos sin quererlo. ¿Queréis que me vaya?

Los ojos color avellana de Streator se movían elogiosos sobre mí mientras me daba el visto bueno y se lo murmuraba a sus colegas. Mis labios formaron una tímida sonrisa mientras fantaseaba con clavarle una daga en su malvado corazón.

—Eres bienvenida a quedarte, dulzura —su expediente lo etiquetaba como un adulador, y lo pude ver en la forma en que me estaba sonriendo. Zalamero, seguro de sí mismo y poderoso. Lástima que podía con suma facilidad ocuparme de hombres como él.

Puse una mano sobre mi pecho y suspiré aliviada.

—Oh, gracias. No sabes cuánto significa para mí. Este viaje no está saliendo como lo planeé —dejé que mis ojos se empañaran un poco para enfatizar mi frustración. Malditos amigos que no aparecían cuando esperaba que lo hicieran—. Prometo no molestaros.

Empecé a girarme, luego me mordí el labio y miré a los hombres una vez más. Sacudí un poco la cabeza como si me arrepintiera de algo, pero terminé dejándolos a solas cuando Streator mordió el anzuelo.

—¿Te echo una mano? —Preguntó, refiriéndose al protector solar.

—Eh, no podría... —tragué saliva y llevé la mirada al suelo para después mirarlo a través de mis pestañas—. Eh —nuevamente me mordí el labio para impresionar—. ¿Te importaría aplicármelo en la espalda? Lo intenté, y eh... —mi voz se apagó mientras él se acercaba y levantaba una mano.

—Claro que no, nena —me dedicó una sonrisa bien ensayada mientras le pasaba el protector solar.

—Eres mi salvador, cariño. Gracias —me llevé la cola de caballo hacia el hombro, obsequiándole mi espalda. Su caliente palma se deslizó sobre mi piel con una caricia mucho más suave de lo que esperaba, y terminé fingiendo que aquello me había estremecido. Ayudó el hecho de que no era feo, pero conocer la verdad tras la fachada ciertamente frenó cualquier sentimiento que pudiera tener por él. Simulé que era Xai el que me estaba aplicando el protector solar, lo que ayudó a avivar el calor del momento mientras los dedos de Streator se movían hacia mi tanga.

—¿Cómo te llamas? —Preguntó mientras descendía hacia la parte baja del lazo para toquetearme encima del culo.

Cuando terminó de aplicar la crema me volví hacia él, lo que hizo que su mano viajara hasta mi cadera.

—Violet O'Hara —respiré. Mis pestañas se agitaron como

si su roce me hubiera adormecido hacia una sensación de profunda comodidad—. ¿Qué me dices tú?

—Scott Streator —cierta excitación sexual había oscurecido sus ojos avellana a un verde intenso.

—Un placer conocerte, Scott —me mojé los labios—. Gracias por ayudarme con, eh, mi espalda.

—Cuando quieras —entregó la crema y retrocedió. Luego llamó a un mesero de modo similar a como Xai lo había hecho la noche anterior—. Todo lo que ella beba lo pago yo —dijo cuando un muchacho en bermudas y camiseta polo se acercó.

—Sí, señor —sus ojos grises se cruzaron con los míos—. ¿Qué le gustaría beber?

—Vaya —me llevé la mano el pecho fingiendo sorpresa—. Es muy generoso, pero realmente no es necesario…

—Insisto —replicó Streator con su encanto totalmente presente—. Considéralo mi manera de mejorar tus vacaciones.

Forcé otro sonrojo en las mejillas mientras le dedicaba una sonrisa.

—Aceptaré, pero solo si te tomas una copa conmigo en algún momento también —levanté las comisuras de mis labios después de decirlo, como dudando de mi atrevimiento. Y sí, tuvo el efecto deseado.

—Ciertamente le tomaré la palabra, Srta. O'Hara —regresó con sus divertidos socios, y al que estaba a su izquierda le dedicó una mirada que decía: Esta noche sí que me divertiré.

Lástima que nuestras definiciones de diversión variaran significativamente.

Pillé al camarero mirando mi escote y fingí no darme cuenta.

—¿Podéis hacer un Manhattan? Probé uno la otra noche y están para morirse —eché la cabeza hacia atrás como si le rezara al Cielo por crear una bebida tan asombrosa. En realidad, debería mirar al suelo ya que el Infierno inventó el alcohol.

Mi entusiasmo hizo que sus ojos viajaran hasta los míos, además de un sonrojo real coloreándole las mejillas. Si no podía lidiar con el verme en bikini, entonces necesitaba un nuevo trabajo porque había mujeres vestidas de manera similar por toda la cubierta de la piscina. Mi ascendencia angelical me daba una ligera ventaja sobre de ellas, pero hacía un rato noté a unas cuantas muy atractivas mientras me encontraba analizando la escena.

—Eh —el chico se aclaró la garganta—. Sí, podemos hacerlo.

—Gracias, cariño —le dediqué una sonrisa y me relajé en una tumbona.

Streator y sus hombres habían mirado divertidos el intercambio. Analicé sus gestos con una sonrisa interna. Me veían adorable e inofensiva. Justo como yo quería.

Que empiece el juego, chicos.

CAPÍTULO SIETE

ÁNGEL CAÍDO O NO, TODOS LOS HOMBRES SON SERES POSESIVOS

CINCO FUERTES cócteles Manhattan me arrullaron hasta un aparente sueño. Mis brazos estaban estirados sobre mi cabeza mientras descansaba sobre mi estómago y con el culo totalmente expuesto. Separé los labios para aparentar una borrachera causante de somnolencia mientras Streator se reunía con sus colegas.

Se habían apoderado de las tumbonas detrás mío y deduje que no formaba parte del plan original de dicho encuentro. Streator lo había sugerido, diciendo que podían admirar el paisaje mientras hablaban de negocios. Una lástima que ese paisaje no dejaba de distraerlo de lo importante.

—Es jodidamente perfecta —murmuró, volviéndose a desviar del tema. Aparentemente mi bikini funcionaba demasiado bien.

—¿Piensas que sea virgen? —Preguntó George. No se trataba de su nombre real, sino de un apodo que yo le había dado. Con su cabeza calva, voz profunda y complexión robusta, George parecía apropiado. Y al encantador a su izquierda con la melena llena de rizos oscuros, le llamé Calvin. Mucho más corto que Asociado Gilipollas Número Uno y Asociado Gilipollas Número Dos.

—¿Con ese cuerpo? Lo dudo, pero en definitiva es

inexperta. Claramente no tiene ni idea de cómo sacarles provecho a sus atributos.

Si tan solo supieras, Streator. Esperaba que Xai oyera aquello. Lo disfrutaría también.

—Qué mal. Valdría una fortuna —no veía venir la respuesta de George fue inesperada. ¿Una fortuna?—. Coño, con un cuerpo así a muchos postores no les importaría.

—Leíste mi mente. Y está sola también.

Parecía que hacerla de la chica abandonada había jugado a mi favor, pero no de la manera que esperaba. Solo quería una excusa para sentarme cerca de los hombres y escuchar su conversación. Ahora parecía que Streator tenía otros planes. Su expediente no mencionaba nada sobre prostitución o trata de personas, pero encajaba con su perfil criminal y su tendencia por lastimar mujeres. Prometía ser el tipo de humano al que no me importaría matar.

—¿Quieres que investigue sus antecedentes solo para asegurarme de que no sea un problema si desaparece? —El tono de Calvin mostró un poco de hastío, sugiriendo que ese tipo de conversación era muy frecuente en ellos. Lo que confirmó mis sospechas sobre las actividades de trata.

Nada de esto tenía que ver con el asesinato de Kalida o con incriminarme, pero Streator había oficialmente despertado mi interés. Una vez que averiguara quién me había tendido una trampa, yo tendría que aceptar su caso sin cobrar. Liberar a este nivel de su espantoso culo sería mi regalo para la humanidad.

—Sí, estoy curioso por saber más, y resolveré la duda sobre su virginidad mañana por la noche —vaya, muy seguro de sí mismo. Streator sin duda planeó usar el alcohol como medio para aprender más sobre mi tesorito. Va a ser divertido—. Lo haría esta noche, pero el cargamento entrante tiene prioridad. La consideraré como mi recompensa por un trabajo bien hecho.

Vale. Y ahora de regreso al punto de la reunión.

Habían mencionado dicho contenedor unas cuantas veces, así como una hora de llegada, pero nada más. A pesar de que ellos me etiquetaron como inofensiva, no fueron tan con la información como yo quería. De ahí mi borrachera causante de somnolencia.

—Mi contacto afirmó que todo va según los planes para la recogida, por lo que debería ser una transferencia sin ningún problema —continuó Streator—. Tendremos guardias listos para evitar que se repitan los problemas del mes pasado, pero el metal adicional debería mantenerlos a raya.

—¿Cuántos envíos más esperamos? —El poco de vacilación en la voz de George me intrigó. ¿Qué eran lo que traficaban que lo tenía tan nervioso? En definitiva no mujeres a juzgar por como lo dijo, y tampoco drogas. ¿Armas, quizás?

Hubo una pausa mientras Streator sorbía su trago para después responder:

—Geier dice que al menos tres más.

El conocido nombre me dio escalofríos. Había vivido demasiado como para creer en las coincidencias. El apellido germánico no era necesariamente poco popular ya que varios humanos lo usaban, pero también cierto ex Señor Demoníaco. El mismo que Zeb destronó cuando se apoderó de este territorio, enviando a Geier con el rabo entre las patas de vuelta al Inframundo.

Reconsideré la situación. Este hombre podría muy probablemente estar relacionado con Kalida, o quizás ser el que condujo al enemigo más viejo de Zeb a su hija.

El trío continuó su conversación principalmente acerca de la logística de la transferencia, los tiempos y los trabajos para la noche. Deduje la ubicación general del cargamento, pero no el número del contenedor. Después de una hora fingiendo que descansaba, bostecé con un pequeño gimoteo que sabía que a los hombres les gustaba, y rodé sobre mi espalda para estirarme. Necesitaba contactar a Xai. Su oído inhumano probablemente le permitió pillar mucho de la conversación, pero yo había escuchado cada palabra.

La excitada mirada de Streator se encontró con la mía mientras le echaba un vistazo. Parpadeé como si tratara de recordar cómo había terminado junto a la piscina, para después sentarme rápidamente fingiendo sorpresa.

—Dios Santo —me cubrí la boca con una mano mientras reía—. ¿Qué hora tenéis, chicos? Creo que me quedé dormida.

El increíble físico de Xai llamó mi atención mientras se paraba a un lado de la piscina. Había estado relajándose en una tumbona similar a la mía mientras trabajaba en ese exquisito bronceado. Su bañador negro se ajustaba sus caderas, dejando al descubierto la marcada V de su abdomen. Y Gwen se preguntaba por qué no podía resistirme a él. Tenía el cuerpo de un vikingo y la tez de un espartano. *Apetitoso*.

Pillando mi manera de examinarlo, me miró con un guiño. *No eres la única que se ve bien en bañador, cariño*, pareció decir.

Contuve una sonrisa y me concentré de nuevo en mi objetivo. Xai solo me distrajo por un par de unos segundos, además estaba lejos de la vista del trío que estaba a mi lado, así que nadie se dio cuenta de que me encontraba embobada. Es más, funcionó a mi favor ya que el calor natural impregnó mis mejillas. Ellos asumirían que la vergüenza provocó aquello, cuando en realidad se trataba de mi cuerpo reaccionando al espécimen masculino perfecto al otro lado de la piscina.

Streator miró su reloj para responder a mi pregunta.

—Pasadas las cuatro y media.

Mis ojos se abrieron de par en par.

—¡¿Lo dices en serio?! ¿He estado durmiendo todo este tiempo? —Sacudí la cabeza—. Debes pensar que soy terriblemente aburrida.

—Difícilmente, cariño. Eres adorable.

¿Le dices eso a todas las chicas que quieres vender? Me mordí el labio, sobre todo para no preguntar eso en voz alta.

—Eres un encanto —murmuré mientras me estiraba de nuevo.

Su mirada se posó sobre mis pechos y luego en mis caderas mientras me levantaba de la tumbona sobre mis inestables pies. El alcohol en realidad no me afectaba, pero ellos no lo sabían. Fingí tropezarme un poco y luego volví a reír.

—Definitivamente necesito comer, chicos. ¿Qué me recomendáis?

—El bar de la piscina prepara una buena hamburguesa —contestó George, dirigiéndome la palabra por primera vez.

Estrujé mi nariz.

—Oh, eso suena grasoso —y absolutamente delicioso, pero no apropiado para el personaje que estaba interpretando—. Hmm, me pregunto si puedo encontrar una buena ensalada adentro, o un sándwich —para decepción de todos, me coloqué la prenda tapadera por encima del bikini—. ¿Os veré esta semana?

—Definitivamente —contestó Streator—. Mañana por la noche.

Alcé las cejas.

—¿Mañana por la noche? —Repetí.

—Para bailar y beber —irradiaba seguridad en sí mismo que normalmente yo encontraba sexy. Me gustaba un hombre que sabía lo que quería y yo iba a por él sin dudar. Una lástima que éste poseyera una propensión a hacer daño—. Te veré en el vestíbulo a las ocho. Ponte un vestido.

Fingí considerarlo.

—Me gusta bailar…

—Y te prometí un trago —agregó, refiriéndose a mi previa propuesta de beber juntos en algún momento como pago por agregar mis cócteles Manhattan a su cuenta.

—A las ocho en punto —mis labios se arquearon mientras cogía mi bolso y me colocaba los talones—. Será un placer.

—Bien —me mostró la clase de sonrisa por la que la mayoría de las mujeres se desmayaría—. Hasta mañana, Srta. O'Hara.

—Hasta entonces —le contesté y me tropecé mientras me alejaba.

Su risita en respuesta fue música para mis oídos. Un verdadero caballero se aseguraría de que la mujer ebria y sola llegara a salvo a su suite, pero Streator solo expresaba diversión. Algo me dijo que iba a darme un montón de esos cócteles mañana por la noche, asumiendo que me presentara a nuestra *cita*, por supuesto.

Una vez que estuve fuera de su vista, enderecé mis hombros y caminé de manera normal. Tenía la posibilidad de comprobar las cámaras de seguridad, pero yo dudaba que llegara tan lejos. Le había dado el nombre de mi actual alias. Y cuando Calvin lo comprobara, se daría cuenta de que Violet O'Hara era una fracasada Vanderbilt que entró al negocio familiar dedicado a mantener el bar local por su recientemente fallecido tío que por casualidad le puso su nombre a la propiedad. Justo ahora no tenía más familia con vida, pero sí una cuenta bancaria que dejaba mucho que desear. En otras palabras, la presa perfecta.

Utilicé mi tarjeta de acceso para entrar en la suite. Arrojé mi bolsa en el mostrador de la cocina.

—¿Has oído sus comentarios sobre Geier? —Pregunté mientras Xai aparecía con nada más que una toalla alrededor de la cintura. Las gotas de agua que brillaba de entre sus oscuros mechones sugería que acababa de ducharse. Mi ritmo cardiaco se elevó un poco al verlo mientras mi mente seguía enfocada en el trabajo.

—No hay manera de que sea una coincidencia —agregué.

Al acercarse a mí no dijo nada; esos intensos y obsesivos

ojos negros. Retrocedí hacia el mostrador mientras él congestionaba mi espacio personal.

—Xai…

Sus dedos se enredaron en mi cola de caballo mientras me tiraba la cabeza hacia atrás en el ángulo que él prefería.

Oh, joder… Conocía esa mirada. Nada bueno salía de ella.

Llevé mis palmas hacia su pecho desnudo, pero se abrió paso a través de mi barrera física y tomó mi boca con una fiereza que gritaba posesión. Su lengua exigía entrar, y cuando traté de resistirme, me mordió el labio lo suficientemente fuerte como para hacerlo sangrar. Al jadear, él aprovechó para entrar y liberar su deseo en un beso que me quitó todo el oxígeno.

Mis rodillas amenazaban con doblarse, consecuencia de su embestida. Folló mi boca como lo hacía con mi cuerpo, recordándome lo que significábamos el uno para el otro con medidas atrevidas. Me provocó muchas cosas, como sucedía siempre, mientras una excitación sexual me recorría todo el cuerpo.

Dios, como echaba de menos esto.

A *él*.

Odiaba esto; lo amaba, lo deseaba.

Mis brazos le rodearon el cuello para tenerlo más cerca y él correspondió del mismo modo al cogerme de la cadera y tirar de mí hacia su firme cuerpo. La mano en mi pelo intensificó el agarre hasta el punto de ocasionar dolor mientras devoraba mi boca y yo lo arañaba en respuesta.

Cabrón sádico y sus oscuros deseos.

Sonrió contra mis labios.

—Mmm, hazlo de nuevo.

En vez de eso, traté de darle un rodillazo, pero él me hizo girar para mirar hacia el mostrador con su pecho recargado sobre mi espalda. Arrastró sus dientes en mi cuello mientras me rodeaba la cintura para mantenerme allí.

—No es lo que pedí —murmuró mientras clavaba su

erección en mi trasero. El gemido que se me escapó fue el resultado de la necesidad y él tirando fuertemente de mi cabello, forzando mi cabeza hacia atrás y hacia un lado. Su boca nuevamente encontró la mía y esta vez su beso tuvo la intención de castigar.

Intenté liberarme de su agarre, pero me sostuvo con la facilidad de un hombre fuerte que conocía demasiado bien a su oponente.

Eran pocos los que podían hacerme esto, y detestaba lo mucho que me gustaba su muestra de dominio. Solamente lo había superado un puñado de veces, y yo sospechaba que me había dejado ganar la mayoría por diversión más que por otra cosa. Sacudí mi pierna detrás mío para desequilibrarlo, pero fue más hábil y me inclinó contra el mostrador. El mármol se sentía frío contra mi estómago y pecho. Moví las manos para hacerme alejar de la superficie, pero Xai me agarró las muñecas y llevó mis brazos por detrás de mi espalda. Un escalofrío me recorrió la columna vertebral mientras los aseguraba con una gran palma.

Se metió entre mis muslos, acorralándome en la posición más vulnerable.

—Tu combate necesita mejorar, amor.

—Dame una espada e intentémoslo de nuevo.

Sus dedos subieron por mi muslo bajo la tela de mi tapadera hasta la abertura de mi desnudo culo.

—El protector solar fue un truco ingenioso que casi arruina nuestra única pista.

Lo fulminé con la mirada por encima de mi hombro.

—¿Disculpa?

Sonrió.

—Oh, estuviste perfecta, amor. Mucho.

Su mano se desplazó hasta el lazo de mi tanga para después acariciar con cariño la piel expuesta.

—Cuando te tocó aquí casi lo mato por haber pensado que tenía el derecho.

El tono de posesión con el que habló me provocó un estremecimiento desde muy adentro. Solo Xai tenía la capacidad de hacerme aquello.

Nunca permitiría que otro hombre me reclamara porque mi corazón solo le pertenecía a uno, aun cuando Xai no lo quería así. Pero era en momentos como éste que me preguntaba si eso era verdad. Yo comprendía la línea entre la lujuria y el amor, pero lo que teníamos superaba por mucho una etiqueta emocional.

Pertenecíamos el uno al otro de una manera en que muy pocos lo hacían. Nuestro vínculo no era literalmente de este nivel.

Su pulgar trazó los hilos sobre mi cadera mientras murmuraba en señal de aprobación.

—Me matas, Evangeline —la pasión en su voz acarició mis sentidos e hizo que se me erizara la piel de los brazos. Se inclinó sobre mí con su pecho presionándome la espalda. Me mordisqueó la oreja—. Cada puta vez.

Me estremecí bajo él. *Aquel* era el Xai por el que no me podía resistir. Mi primer amor, el Ángel por el que Caí y el hombre al que quería más que para un propósito sagrado.

Renuncié a todo por él, incluyendo la razón de mi existencia, solo para ser engañada una y otra vez. Y justo cuando me convenció de que las cosas podían ser diferentes, pudo finalmente encontrar su condición de humano y todo se terminó por derrumbar. La farsa, los sentimientos, mi corazón; todo se fragmentó, dejándome sola para juntar los pedazos hasta su próximo asalto.

Decir que era una *relación tóxica*, no era suficiente para describir la verdadera situación.

Si tan solo pudiera encontrar una manera de romper este maldito y eterno vínculo entre nosotros. Lo único bueno era saber que él también lo sentía y, que, a pesar de todos sus esfuerzos por marcharse, siempre volvía a mí porque no podía evitarlo.

Al percatarse de mi cambio de ánimo, suspiró.

—Más de dos mil años y sigues sin entenderlo —brevemente juntó nuestras sienes para después apartarse.

—Entonces deberías explicarlo —sugerí con amargura—. Oh espera, esa sería la salida fácil.

Un escalofrío me invadió mientras el frío aire reemplazaba su calor corporal. Con un empujón me aparté del mostrador y me puse de pie con facilidad antes de darme la vuelta para verlo a la cara.

La tormenta que se avecinaba en su negra mirada contradecía su paciente expresión.

—Dijiste que Streator mencionó a Geier como el ex Señor Demoníaco. ¿Bajo qué contexto?

Reprimí un gruñido.

Después de haberme azotado contra el mostrador y reclamado su derecho, quería hablar de negocios. Como de costumbre, sin comentarios sobre mis supuestos malentendidos.

Vale.

Nos enfocaríamos en el trabajo, solamente resolviendo el asesinato de Kalida y regresando a mi vida sin Xai. Y luego esperar hasta la próxima vez que decidiera entrar y destruirlo todo.

—Se refirió a él como socio de negocios. ¿No estabas escuchando?

—No muy bien —murmuró—. No confiaba en mí para acercarme más cerca.

Ya. Porque quería matar a Streator. Maldito Ángel posesivo rompecorazones.

Ignoré mi diatriba mental y le hice saber todos los detalles relevantes de la conversación. Se cruzó de brazos mientras yo hablaba y escuchó sin interrumpir.

—Así que quiero darme una ducha y comer algo, luego iremos al muelle de embarque porque quiero ver cuál es el producto que está transportando. Y con suerte eso nos dirá si es necesario ir a beber y a bailar mañana —la última parte me dio un poco de escalofríos. Pasar la noche en compañía de Streator y sin asesinarlo resultaría todo un desafío.

—Le informaré a Tax nuestros planes —fue todo lo que dijo antes de darse la vuelta y alejarse. Su trasero cubierto con la toalla se mofó de mí mientras se movía. Maldita sea aquella frustración, mi cuerpo aún lo anhelaba. Muchísimo.

Xai era el único hombre que realmente podía satisfacerme. No importaba con quien me acostara; nunca llenaban mis expectativas. Él nunca lo admitió, pero yo sabía que sentía lo mismo por mí. De ahí nuestra interminable lucha sexual.

Bueno, al menos teníamos algo más esta noche para distraernos. Ambos disfrutamos del sexo en lugares depravados, pero no había nada remotamente atractivo en un muelle de embarque.

Hora de ponerse a trabajar.

CAPÍTULO OCHO

INCLUSIVE EL HIJO DEL CAOS SE PONE SERIO DE VEZ EN CUANDO

Estaba rodeada por Diablos Orsini. Retorcidos hijos de puta sin lealtad, excepto a sus cuentas bancarias.

Seguían desapareciendo y reapareciendo por todo el maldito lugar, como diminutos y emocionados subordinados a la espera de sus órdenes. Atravesé una daga de plata entre mis dedos y los desafié a robarme mi billetera. Ninguno de ellos parecía demasiado ansioso por aceptar la oferta letal. Ni idea del porqué.

Tax lanzó una patada para hacer tropezar a uno cuando se le apareció por delante, éste último con la breve y regordeta excusa de ser un ente caído. La habilidad del Rastreador para detectar auras le dio una ventaja.

El minúsculo Diablo se puso en pie resoplando disgustado y con sus rasgos humanoides puestos en un gesto casi cómico.

—Lo siento, no te vi —dijo Tax con humor socarrón. El Rastreador me empezaba a agradar.

Xai saltó de un contenedor y aterrizó hábilmente sobre sus pies resguardados por botas. Sus vaqueros negros y su camisa oscura acentuaban su ágil silueta. El hombre se asemejaba a un Dios cuando llevaba sus trajes característicos, pero el estilo informal le hacía parecer casi humano. Sin embargo, su rostro lo delataba. Ninguna persona en su sano juicio podría confundir sus rasgos angelicales con los de los humanos.

Había estado haciendo reconocimiento de los sitios que le sugerí para nuestra misión porque no confiaba en mi juicio. Pero retirada o no, yo podía con una misión de reconocimiento.

Levanté una ceja y esperé por las palabras que me encontraba esperando.

—Parece que después de todo conservaste algunos de tus talentos naturales, Evangeline.

Vale, no era la oración que esperaba.

—Tal vez todavía haya esperanza para ti.

La cuchilla salió volando de mi mano y él la atrapó hábilmente de la parte filosa antes de que tuviera la oportunidad de atravesar su frío corazón.

—Qué bueno que vistes de negro, Xai.

Yo la había lanzado con la suficiente fuerza como para cortar al momento del impacto, lo cual era evidente por su palma que ahora sangraba. En lugar de devolverme la plata la estrujó con más fuerza más, incrustando los bordes cortantes en su piel sin siquiera inmutarse.

Hubo sangre escurriéndose de su mano mientras sostenía mi mirada.

—Al menos has conservado algunas de tus tendencias letales.

—Sigo siendo la hija de Azrael.

La muerte corría en mi sangre. Literalmente.

—Efectivamente —me regresó la daga de la misma manera, pero en vez de apuntar a mi corazón, se dirigió a mi arteria femoral. Gilipollas.

La atrapé por la empuñadura y limpié la sangre contra mis vaqueros negros antes de envainar la daga a lo largo de mi antebrazo. Como respuesta, su mirada ardió con una nueva excitación sexual. Esta era nuestra versión de juegos sexuales, y ambos jugábamos en modo experto.

—El contenedor que Streator desea está del otro lado del parque industrial —Xai volvió a la actividad como de costumbre—. Tax, te quiero en la entrada para que leas las auras de nuestra presa y de su séquito. Avísanos de cualquier cosa rara a través del intercomunicador.

El Rastreador asintió una vez con expresión aburrida. No parecía molestarle en lo más mínimo.

—Nick —continuó Xai, dirigiéndose al más alto de los Diablos Orsini que no estaba diciendo mucho. Mi altura de un metro setenta seguía siendo muy pequeña en comparación con la del hombre de al menos uno ochenta—. Tú y tus diabólicos amigos pueden tomar posiciones cerca del embarcadero. Solo debéis observar. Cualquier otra conducta queda fuera de mi protección. ¿Está claro?

Los pequeños subordinados inclinaron enérgicamente las cabezas, lo que no significó nada. Si querían andar jodiendo lo harían bajo su propia responsabilidad. Porque ni Xai ni yo íbamos a ayudarlos si los pillaban robando.

Los tres se escabulleron con sus cortas y rechonchas piernas mientras parloteaban entre ellos como una manada de hienas. Tenían las habilidades necesarias para ser espías, pero la madurez de mortales de cinco años.

—Espero que no les estés pagando mucho.

Porque dudaba que pudieran darnos algo valioso.

Levantó un hombro en su versión de un encogimiento de hombros. El dinero le significaba poco, como para la mayoría de los inmortales de nuestra edad.

—Ven. Quiero mostrarte algo.

Se sujetó del costado del contenedor para comenzar a trepar con la gracia de un Arcángel. La sangre de su mano trazó una ruta mientras avanzaba, pero no pareció darse cuenta. Todos esos músculos fibrosos se flexionaron con el movimiento, distrayéndome de obedecer rápido. Su buen culo se veía fantástico con esos vaqueros. Y Gwen se preguntaba por qué rara vez salía con alguien. ¿Cómo podría un mortal comparársele?

Sacudí la cabeza y le seguí. Las botas de combate eran nuevas, así como mis vaqueros y mi camisa de manga larga. No había pensado siquiera en ello cuando hice las maletas.

Estábamos en Miami. Había traído pantalones cortos, bañadores, tapaderas, vestidos de tirantes, tacones y chancletas.

La molestia de Xai fue evidente cuando mencioné mi necesidad de hacer una parada en el centro comercial. Para su suerte yo odiaba ir de compras, o lo habría torturado un poco más. En vez de eso, corrí por la tienda cogiendo lo que necesitaba para después cambiarme en el auto. Esa última parte él la había disfrutado demasiado, a pesar de decirle que pusiera toda su atención en el camino.

Saltó de un contenedor a otro; sus largas piernas lo impulsaron más lejos que las mías. Cuando subió a una pila de cosas de mayor altura, suspiré. El Ángel siempre tuvo cierta debilidad por las alturas. Era una afición que no compartíamos. Sentí una pequeña punzada en el corazón mientras lo seguía. El cielo siempre me recordó a mi hogar, a una vida pasada que ahora solo existía en mis sueños.

Me subí a otro contenedor y casi me estrello con la espalda de Xai. Se había detenido cerca del borde con las manos en las caderas y el rostro inclinado hacia arriba. Tenía los ojos cerrados. Estábamos a casi quince pisos de altura, dejándonos al mismo nivel que las terrazas superiores de los cruceros atracados en el puerto de pasajeros vecino.

—¿Qué es lo que querías mostrarme aquí? —El contenedor en cuestión ahora estaba demasiado pequeño como para observarlo, por no mencionar el hecho de que no estábamos ni por asomo cerca del acceso—. Este lugar no tiene ninguna ventaja táctica ni tampoco un apropiado espacio para los francotiradores.

Los rifles no eran lo que yo prefería, pero sabía cómo usarlos. Mi genética me predefinió con la capacidad de manipular armas de todo tipo y también de hacer letal hasta el objeto más inofensivo. Pero aun así yo tendría dificultades para ser efectiva en esta posición estratégica.

—¿No lo sientes? —Susurró. Su expresión estaba más relajada de lo usual.

Sentí un nudo en el estómago mientras una cálida brisa alborotaba mi cola de caballo. La caricia familiar suscitó un escalofrío desde lo más profundo de mi alma. Mis hombros se flexionaron por instinto, haciendo memoria del peso que solían cargar mucho tiempo atrás, así como la sensación del viento bajo mis alas. Me palpé el pecho para evitar el dolor que allí crecía, pero fue inútil. Estando ahí de pie bajo el oscurecido cielo y con el sentir de esa parte faltante de mi persona, en verdad que dolió.

Tenía casi decidido empujar a Xai al vacío y verlo caer. ¿Qué tal mi gesto no verbal?

—Te estás creyendo que quiero torturarte —susurró con ojos cerrados—. Pero no es así. Extraño esto tanto como tú.

—¿Por eso me has traído aquí arriba? ¿Para compadecerte? —No pude evitar el toque de amargura en mi voz, pero esto era una puta pérdida de tiempo. Teníamos cosas más importantes de las que preocuparnos que un pasado al que nunca íbamos a poder reparar.

—No, Evangeline —fue entonces que me miró, con ojos abrasadores y apasionados—. Te he traído aquí porque la brisa cálida me recordaba a casa, y durante unos segundos me permitió un momento de paz. Pensé que querrías compartirlo conmigo.

—Paz no es lo que siento estando aquí arriba —mi voz

baja se quebrantó. No pudo evitarse. Él tenía que saber lo que ocasionaba en mí.

—Eso es porque te niegas a aceptar el destino —llevó su mano herida hasta mi nuca y me tiró hacia él. Lo agarré de las caderas para apartarlo, pero su otro brazo se arrastró a envolverme la cintura para mantenerme en esa posición—. Mientras no dejes el pasado atrás, nunca aceptarás el futuro.

—Tan enigmático como siempre, Xai.

—Tan terca como siempre, Evangeline —sus labios respiraron sobre los míos mientras iba hablando—. Si pudiera devolverte las alas, lo haría. Pero no puedo —atrapó mi boca antes de que pudiera siquiera preparar una respuesta.

¡Santo cielo! ¿Se trataba de una manera retorcida de pedir perdón? No. Xai nunca se disculpaba. Era demasiado egoísta para entender el concepto. Pero el arrepentimiento enfatizó su tono, justo como lo hizo su beso. Su parte dominante pasó a un segundo plano frente a una versión más amable que yo no sabía de qué manera tratar. Se palpaba cierta veneración en aquella aceptación que no logré entender. Me dejó sintiéndome muy querida; una emoción que nunca había experimentado en su compañía.

¿Quién era este enigma y qué le hizo a la versión cruel?

Todo empezó la otra noche cuando le permitió a mis clientes vivir, un acto muy poco característico de él. Luego se ofreció como voluntario para ayudarme con la misión, y ahora esto. Todo lo previo mostrado era él mismo, pero este lado tierno me dejó inestable. No hizo uso de su lengua para profundizar el beso, solo permitió que sus labios se movieran suavemente contra los míos, como si memorizaran la sensación de mi boca.

Era jodidamente estimulante y tan diferente a todo lo que me había hecho. ¿Se trataba de una nueva táctica? ¿Había identificado otra forma de hacerme daño? O… ¿algo ha cambiado? Me estremecí ante mi peligrosa manera de pensar.

Tan pronto como lo creyera, Xai acabaría conmigo. Justo como lo había hecho todas las veces anteriores.

Estrujó mi cuello con la fuerza suficiente para decir que se había percatado de mis sentimientos encontrados. Ninguno de nosotros poseía la habilidad de leer mentes, pero nuestro mundano vínculo nos concedió una singular comprensión del otro. Pero a veces, como ahora, juraba que su intuición superaba a la mía.

—Llegó la hora —me acarició la nariz antes de dejarme ir. Un nuevo gesto. Otro más. Me dejó desconcertada.

—¿Qué coño te pasa? ¿Por qué estás actuando así?

Un fuerte mordisco o una bofetada en mi culo eran más sus maneras.

¿Esta mierda de las caricias? No.

Prefería al gilipollas de Xai sobre su lado tierno. Podía lidiar con el primero mostrando odio por él, y me había funcionado. Sin embargo, este nuevo y extraño comportamiento me sacaba de la jugada. Realmente podría gustarme este nuevo lado suyo, y eso me aterrorizaba.

—Perspectiva —contestó vagamente.

—¿Perspectiva de qué?

—De cómo sería la vida sin ti, Evangeline —un tinte de desesperación expuso el tono de su voz, pero desapareció cuando añadió—: Ahora trata de seguirme el ritmo.

Con eso, dio un paso atrás del borde de la plataforma.

CAPÍTULO NUEVE

HAY PEORES OLORES QUE EL DE UN PEZ MUERTO

EL FRÍO metal penetraba mi delgada camisa mientras rodaba boca abajo sobre mi posición de reconocimiento. Si llegué a escuchar bien la conversación de Streator, su próximo punto de encuentro estaría a unos quince metros de distancia. Pero si me equivocaba, Tax nos lo diría a través del auricular y entonces yo buscaría un nuevo punto, pero por ahora, éste era perfecto. Carecía de luces en el techo, una falla que los diseñadores de obra obviamente no tuvieron en cuenta cuando colocaron colocar sus postes.

—Mmm —murmuró Xai mientras rodaba sobre su estómago junto a mí—. Verte así me trae todo tipo de recuerdos —por su cariñoso tono, supe a qué momentos de nuestro pasado se refería—. Admítelo, amor. Una parte de ti lo echa de menos.

Me apoyé sobre mi codo y lo miré.

Un elegante y seguro macho cubierto de negro.

Mi debilidad.

¿Extrañaba esto? Vaya que sí.

¿Me arrepentía de haberme ido? No. Vale, tal vez un poco.

Vivir con Gwen y dirigir un bar tuvo sus cosas buenas, pero condujo hacia una vida aburrida. Pensé que me ayudaría a encontrar un propósito, porque desesperadamente ansiaba un cambio. Pero una vida cotidiana era aburrida. Echaba de menos la emoción y el subidón de adrenalina que resultaba de estar en una misión y, por encima de todo, echaba de menos a mi amado y la forma en que me ponía a hervir la sangre.

Xai me hacía sentir más viva que nadie, pero con ello llegó un inevitable dolor. Por cada sensación que él provocaba, una igualmente desagradable se mostraba, dejándome hecha un lío y sin poder funcionar. Uno pensaría que dos mil años en este nivel debilitarían mis emociones y condición humana, pero estar con Xai tenía el efecto opuesto en mí. Sacó una parte de mí que se preocupaba más de lo que debía, y yo lo amaba y lo odiaba por ello.

Se acercó para recorrer mi labio inferior con su pulgar, y siguió el movimiento con su hipnotizante mirada.

—También te extrañé, Eve. Más de lo que imaginas.

—No dije que te extrañaba.

—No hizo falta. Tus ojos dijeron todo.

—Estás viendo lo que quieres ver, Xai.

Mentira. Podía esconderle mis emociones a los demás, pero nunca a él. Siempre veía a través de mí, sin importar cuánto lo intentara.

—Sí —coincidió—. Pero eso no lo hace menos cierto.

Este nuevo y más tierno lado suyo iba a matarme. No como que realmente pudiera morir; el arma para eso no existía en este nivel, pero había peores destinos que la muerte. Como vivir una eternidad con el alma rota. Y sospeché que aquello mismo era el objetivo de Xai. Verme completamente destruida, solo para decir que *yo me lo ocasioné*. Disfrutaba de un buen desafío, y eso es lo que le presenté. Yo era la presa que siempre se escapaba.

—Eh, ¿chicos? —La voz de Tax se escuchó a través del auricular—. Streator acaba de llegar, y percibo a tres Custodios en su remolque.

Xai me miró rápidamente antes de llevar los ojos hacia la entrada. Rodé para volver a quedar sobre mi estómago, con mi brazo tocando el suyo mientras seguía lo que estaba mirando.

—¿Seguro? —Pregunté.

—Puede que sean cuatro. Algo no anda bien, es decir, nada bien —aparentemente, esta noche Tax se encontraba compitiendo por el papel del Capitán Obvio—. Se dirigen hacia donde vosotros estáis.

Los Custodios no podían detectar las auras demoníacas de la manera como lo hacía un Rastreador, pero por naturaleza estaban en sintonía con su entorno. Hasta el cambio más sutil en la atmósfera les alarmaría, y si llegaban a percibir un disturbio por parte de Tax o los Diablos Orsini, se encontrarían particularmente atentos. No me preocupaba tanto el primero como lo hacía el segundo.

Xai descansó la barbilla en sus manos y yo hice lo mismo. Guardar la calma mantendría nuestra ubicación oculta. E incluso si nos encontraran, nosotros podríamos con algunos Custodios.

—Tu expediente sobre él no ha mencionado ningún séquito de Demonios, solo sus conexiones con Kalida —dije. Aunque Tax había mencionado detectar otras auras en Streator. Tal vez éstas fueron las que él sintió.

—Porque no lo sabía. Lo que encontré sobre él fue suficiente para despertar el interés, de ahí mi sugerencia de investigarlo.

—Fue una buena sugerencia.

Sus labios temblaron ante mi confesión, pero permaneció concentrado en la misión.

—Que empiece la función —dijo.

Una caravana de camionetas negras todoterreno se aproximó al contenedor.

—Son muchos coches.

—Trece —Tax confirmó a través del auricular.

—No hay forma de que la recogida sea de armas —Streator no necesitaría tanto espacio para unas pocas armas, ni siquiera para drogas—. Apuesto a que hay chicas en ese contenedor —no pude evitar el tinte de repugnancia en mi voz. Había un lugar especial en el Infierno para monstruos como Streator. Tenía la intención de enviarlo allí en cuanto terminara de cortarlo en cubitos. Su muerte sería lenta y deliberada.

—Tómatelo con calma, amor —murmuró Xai—. Por ahora lo necesitamos vivo.

Sin duda había podido leer en mis ojos el deseo letal. Cuando quería matar, mis iris azules se tornaban de un zafiro más profundo. Un rasgo que heredé de mi padre.

—Me lo pido —fue todo lo que dije mientras acariciaba la cuchilla de plata cerca de mi muñeca. Una acción que calmó mi instinto de buscar justicia. Un hombre con el historial de Streator me movía algo como pocos mortales lo hacían. La mayoría de mis objetivos eran Demonios, e incluso en ese caso, solo asesinaba a aquellos que merecían mi versión de un castigo.

—Es todo tuyo —replicó Xai en voz baja mientras uno de los coches aparcaba junto a nuestro contenedor. El resto se detuvo en fila detrás del primero, haciendo alusión a una larga serpiente negra.

Lo llamativos que eran confirmó que les habían pagado a las autoridades portuarias o que tenían contactos en la plantilla. En cualquier caso, se mostraban claramente despreocupados por ser pillados esta noche. Nuestro equipo había aparcado al final de la calle, trepado el alambrado y ocultado por todo el perímetro. Y Xai, por si acaso, contrató a alguien para manipular las cámaras de vigilancia. Claramente una medida innecesaria de nuestra parte.

Streator salió del vehículo más cercano a nosotros y fue de inmediato abordado por dos hombres con trajes de sastre, ambos humanos y demasiado bien vestidos para una noche de verano en Miami. Mis vaqueros y camisa se me adherían por haber corrido y trepado. No me irritaba como lo haría con un mortal, sobre todo porque en ciertos momentos de mi larga existencia me había encontrado mucho más incómoda.

Xai movió la cabeza hacia el segundo coche mientras un Custodio salía con sus regordetes brazos cruzados. Dos más se le unieron; todo músculo (voluminoso) y nada de cerebro. Reaccionaban ante el peligro, y eso era todo.

—Abridlo —exigió Streator.

Para mi sorpresa, los Custodios se pusieron en marcha para cumplir su orden. Requerí de un gran esfuerzo para no decir nada y continuar observando.

Entonces las puertas se abrieron para revelar el contenido del maletero, y las fuerzas necesarias para permanecer en silencio se cuadruplicaron. Cogí a Xai del brazo para mantenerlo a mi lado, o quizás para calmarme. No estaba segura. Pero sus músculos estaban entumecidos —como si quisiera abalanzarse sobre ellos—, y mis extremidades estaban plenamente de acuerdo.

Porque allí dentro no había chicas.

Sino Demonios.

De todos los tipos.

Observé con horror cómo una criatura serpentiforme con dos cabezas se deslizaba fuera primero. Apestaba al Inframundo, más que el Demonio promedio. Mi nariz se movió, confundida. ¿Cómo había pasado por alto esta peste? Xai parecía estar preguntándose lo mismo mientras su ceño fruncido se acentuaba. Ambos debimos de haberlo notado.

Un gigante fue el segundo en salir. *Cíclope* —despiadados Demonios que unos cuantos milenios atrás causaron estragos en el mundo. Se Encontraban en la "lista prohibida", algo que sabía que Zeb se tomaba muy en serio. En este nivel solamente eran permitidos los Demonios con formas humanoides y, evidentemente, ninguno de estos sujetos se ajustaba al perfil.

La atmósfera se concentraba más a medida que el Inframundo escupía a más de sus más infames monstruos sobre el asfalto que había debajo. Mis ojos se humedecieron gracias al abrumador olor, pero los mortales de allí abajo ni se inmutaron. Sospeché que se trataba de mi angelical genética reaccionando ante los seres peligrosos y operando como un mecanismo de alerta. Xai parecía pasando por los mismos efectos secundarios, contra los que luchó comenzando a respirar por la boca.

Cuando un sujeto de aspecto particularmente grotesco salió, mi estómago se revolvió. De sus dedos supuraba una especie de líquido verde que crepitaba contra el pavimento. Mis labios se abrieron en un grito ahogado cuando el entender lo que estaba sucediendo me golpeó de lleno en el estómago. La mirada de Xai se encontró con la mía. Su horror era evidente.

Demonio Peste.

¿Qué coño hacía Streator con un ser que podía provocar una plaga mortal? Al menos tenía el aspecto de un humanoide, pero a los de su especie se les prohibía estrictamente estar en este nivel. Todo lo que se necesitaba era un estornudo para que él aniquilara a millones.

Las reglas no eran sobre la humanidad, sino por una forma de prevenir la guerra. Los Ángeles le autorizaron al Inframundo instalarse en la Tierra, siempre y cuando mantuvieran un nivel bajo de población, se comportaran y permanecieran en secreto. Allí fue donde los Señores Demoníacos entraron en escena. Gobernaban sus determinados territorios, designaban a Ōrdinātums para supervisar regiones específicas dentro del territorio y mantenían una buena conducta en la población.

Lo que se encontraba sucediendo debajo quebrantaba todas las leyes.

Mi cabeza giró mientras la gama de criaturas infernales continuaba saliendo del contenedor, cada una siendo escoltada a una camioneta por un Custodio donde fueron apretujados dentro sin protestar. Streator observó con las manos en su pantalón caqui mientras sostenía una expresión apática.

Evidentemente esto ya había sucedido. Entonces, ¿en dónde se estaban escondiendo todas esas espantosas criaturas? ¿Cuál era su propósito de estar aquí? Seguramente no era deambular por las calles de Miami.

—Es el último —anunció una voz desde el interior del contenedor después de que un puñado de lo que parecían ser un tipo de Demonios sancionados de la Tierra pusieran un pie fuera. No obstante, sospeché que en realidad no se encontraban en la lista de bienvenida ya que llegaron con ese grupo de indeseables.

—¿Misma hora en dos semanas? —Preguntó Streator.

—Sí —confirmó el hombre oculto. Y luego la puerta se cerró desde adentro. Mi frente se arrugó. La voz le pertenecía a un Morador del Portal o a alguien que había llegado con la ayuda de uno. Lo que explicaba la repentina pestilencia. Al menos mis sentidos seguían intactos, pero me hubiera gustado que no lo estuvieran.

Esto pinta mal, usé mis ojos para decírselo a Xai.

Asintió ligeramente con la cabeza en respuesta. *Lo sé.*

—Terminen ya —Streator chocó las manos en aplausos, como si eso animara a todos a moverse más rápido. Los Custodios intentaban meter al Cíclope en un vehículo, pero su armazón de cinco metros parecía muy indispuesto a complacerles el capricho. Parpadeó irritado su único ojo y gruñó como un bebé. Me habría reído de no haber sido tan nefasto.

Un fuerte golpe me hizo llevar el cuello a la izquierda

donde los mortales estaban. Sonó como un látigo golpeando el asfalto, pero las manos de Streator estaban dentro de sus bolsillos. ¿Acaso se encontraba sosteniendo algún tipo de mecanismo que emitía una agua y alta señal pensada exclusivamente para el oído de los inmortales?

Al suceder de nuevo me estremecí. Xai también parecía incómodo, pero no tan irritado como los Demonios que había debajo. Un quejido a través del auricular anunció que los Diablos Orsini tampoco estaban encantados. Tensión envolvió el aire mientras dos de los Custodios miraban a su alrededor, percibiendo el disturbio.

Contuve la respiración, esperando. Si encontraban a los pequeñines nuestra tapadera quedaría arruinada, y por mucho que quisiera matar a Streator, lo necesitábamos vivo ahora más que nunca. Porque yo tenía muchas interrogantes, y él las contestaría.

El Cíclope finalmente logró entrar en el coche, disipando un poco de la ansiedad que se irradiaba allí abajo, pero no toda. Mis uñas se clavaron en el brazo de Xai —estuve sostenida a él todo este tiempo—, cuando Streator y sus hombres volvieron a entrar en sus vehículos. El rugir de los motores nunca sonó tan melodioso, y pronto se encontraron partiendo en el mismo orden en que habían llegado.

Saqué el aire que había estado aguantando mientras los últimos coches desaparecían.

Mierda.

¿Qué coño acaba de pasar?

Esperaba un contenedor repleto con cuerpos humanos, no al Infierno liberando sus peores creaciones sobre la Tierra. Los Ángeles, incluso los Caídos, estaban predispuestos al bien, y al enfrentarse con tal maldad toda de golpe crearon un desequilibrio. Por eso a los de nuestra clase no les fue bien en el Inframundo.

Incluso esa poca peste me dejó inquieta.

El infierno está cerca. Demasiado.

Podía lidiar con ojos cerrados a la mayoría de los Demonios, pero esos seres de allí abajo eran la más pura maldad y no tenían nada que hacer en este nivel. A menos que alguien pretendiera empezar una guerra. *Una vez más.*

Por puro impulso rodé hacia Xai e inhalé su sabroso aroma, necesitando reemplazar a lo putrefacto que bloqueaba mis sentidos. No dijo nada y simplemente me envolvió en sus brazos mientras yo me orientaba.

La familiaridad de su roce tranquilizó mi alma al nivel más profundo, llevándome a un estado de paz que muy desesperadamente anhelaba después del espectáculo de horror que acabábamos de presenciar. Él lo necesitaba casi tanto como yo. Podía sentir la ansiedad en sus tensas extremidades y escucharla a través del respirar tembloroso que me alborotaba el pelo mientras besaba la parte superior de mi cabeza. Intensificó su agarre como si necesitara recordarse a sí mismo que yo seguía allí.

—Se han ido —dijo Tax a través del auricular—. ¿Estáis todos bien?

Luego un parloteo comenzó a escucharse cuando los Diablos Orsini hablaban todos a la vez. Quité el altavoz de mi oreja y me acurruqué más adentro del pecho de Xai. Todavía no me sentía lista. Me frotó muy suave la espalda mientras me proveía su fuerza y consuelo.

—Henos aquí —la monotonía de su tono contrastaba fuertemente con la manera en que se encontraba abrazándome. Sus labios me rozaron la frente, una disculpa por estropear el momento, pero necesitaba responderle a nuestro equipo. Le agradecí en silencio por ser quien lo hiciera.

Llevó mi mentón hacia atrás y plantó un beso en mis labios. Gentil, tierno, y por primera vez lo acepté. Era lo que necesitaba en ese momento, y como siempre, él lo sabía. Me acarició la mejilla antes de besarme de nuevo, esta vez con mayor firmeza. Suspiré contra él y dejé que su lengua se deslizara contra la mía.

Whisky, menta y un sabor que solo era suyo abrumaron la última de las influencias del Inframundo sobre mi mente, volviéndome a situar decididamente de vuelta al presente. Cogí su camisa, aferrándome a él mientras intensificaba nuestro abrazo y le devolvía el favor, dándole todo el acceso que necesitaba para acordarse de la realidad. Y para cuando nos separamos, ambos estábamos jadeando con una mezcla de lujuria y confusión.

Parpadeé apenas una fracción y solté una risa que al mismo tiempo tenía histeria y alivio. Qué manera tan jodida de reaccionar ante una situación realmente extraña. Pero nos envolvía por completo.

Me di cuenta de que el miedo era el culpable. Ver a esas horribles criaturas entrar en este nivel —un nivel que consideraba mi deber proteger—, provocó en mí un miedo que solo Xai podía calmar. Y le devolví el favor del mismo modo, no importando si él lo quisiera admitir o no.

Sus ojos brillaron cuando se encontraron con los míos, y la compasión se posó entre nosotros. Él fue el primero en ponerse de pie, para después ofrecerme una mano para ayudarme a levantar. Normalmente me habría burlado, pero nada de lo ocurrido esta noche era normal. Ya no más.

—Necesitamos reunirnos con Lord Zebulon. Ahora —no sabía si me hablaba a mí o a Tax, pero asumí que esa orden iba para el Rastreador. Lo confirmó cuando añadió—: Vale —luego su pulgar me recorrió el pómulo, bajando por el cuello y hasta la mano. Le dio un apretón—. ¿Lista? —Esa gentil pregunta era para mí.

Me aclaré la garganta y me tragué todas las emociones que burbujeaban en mi interior. Había tenido mi momento para reaccionar, y ahora debía recobrar la postura. Porque lo que había empezado como una horrible misión se había vuelto mucho peor, y yo iba a necesitar serenidad para superarlo. Y quizás un poco de sarcasmo.

—¿Que si estoy lista para decirle a un Señor Demoníaco que el Infierno literalmente se ha desatado en su territorio? —Fingí considerarlo—. Claro. ¿Por qué no?

CAPÍTULO DIEZ

¿POR QUÉ LOS CUCHILLOS TIENEN QUE SER TAN SEXIS?

—Demonios clandestinos pasando a través de un portal no autorizado —murmuró Zeb mientras se paseaba por la suite del hotel con las manos en la espalda. Sus vaqueros de color claro y su polo celeste tenían como destino un campo de golf. Un traje apropiado para mezclarse con los humanos de Miami —. ¿Y vosotros creéis que esto está relacionado con el asesinato de mi hija?

—Sí —contestó Xai. Estaba de pie junto a mi silla, apoyado contra la pared y con las piernas cruzadas. Su relajada posición ocultaba la tensión en la habitación, y las palabras que dijo a continuación no ayudaron en nada—: Es la distracción perfecta. Mientras tú estás de luto y buscando venganza, el verdadero enemigo está creando un ejército. Además, incriminar a Evangeline por la muerte de su hija elimina a uno de los obstáculos más fuertes del camino.

Una calidez me cosquilleó el pecho ante el develado cumplido. Yo conocía mi valor en este territorio, pero fue lindo oír que Xai lo reconocía. Los dos guardaespaldas Dargarian que merodeaban en la cocina resoplaron ante el comentario, o tal vez se habían atragantado con una bola de fuego. Sus ojos verdes brillaban con sofocadas brasas mientras inspeccionaban la sala de estar, buscando la plata que sin lugar a duda percibían en mí. Si decidían calentarla aquí y ahora, tendríamos un problema, principalmente constituido por mis puñales injertados en sus pechos.

Zeb se rascó la barbilla, pensativo.

—Hay lógica en este análisis —admitió—. Mi reacción inmediata fue castigar, y luego la semana pasada volviste sin Eve, lo que desvió mi objetivo.

Xai se encogió de hombros.

—Sin daño no hay falta.

La duda cambió los gestos del Señor Demoníaco.

—Quieres insultar mi creatividad.

—No me impresionó tanto, no.

—¿Estás invitando a intentarlo de nuevo?

El Ángel Oscuro volvió a encogerse de hombros.

—Si lo considera necesario.

Hubo diversión filtrándose a través de la expresión de Zeb.

—Puede que lo haga.

Miré a uno y después a otro. Claramente se me había escapado algo, pero sabía que lo mejor era no preguntar. Ambos eran fanáticos de los acertijos, y justo ahora yo no estaba de humor para resolver uno.

—¿Ya podemos volver a la misión, chicos? Hay un Demonio Peste deambulando por ahí, y me muero por clavarle una espada en el corazón.

Los Dargarian en la cocina estrecharon sus feroces miradas ante la amenaza de mi tono. Les lancé un beso a cada uno. *Venid a jugar conmigo. Os reto*. Mi sangre anhelaba venganza por encima del oxígeno. Era un efecto secundario de las atrocidades que habíamos presenciado hacía tres horas. Necesitaba matar algo, preferiblemente a un demonio.

—Tómatelo con calma, amor —murmuró Xai—. Pueden ser valiosos.

Eso estaba por verse. Prefería no depender de criaturas peligrosas, de ahí mi explosiva relación con Xai. Era el ser más amenazante de la habitación, lo que, considerando la actual compañía, decía bastante.

—¿Piensas que Geier esté detrás de todo esto? —Preguntó Zeb, ignorando la paralela conversación sobre sus guardaespaldas.

—Streator mencionó el nombre antes. Aún no tengo pruebas de que se trate del mismo Geier que todos aborrecemos, pero ya sabes lo que pienso de las coincidencias —yo había vivido demasiado como para creer en la casualidad —. Parece que alguien quiere recuperar su antiguo trabajo.

—O algo mucho peor —el tono especulativo de Xai mantenía una callada característica que se sentía inquietante —. Meter a un Demonio Peste en el territorio que se quería poseer parecía ir en contra de la lógica del objetivo de un Señor demoníaco. Ellos existen para proteger el equilibrio, lo que requiere una gestión apropiada, y hay algunas criaturas que no pueden ser regidas.

Me estremecí cuando mencionó a los seres liberados del Infierno esta noche. Todos eran *criaturas* que nunca atendían razones. Su ingreso a la Tierra creó una alteración que iba a sentirse en cada uno de los niveles. Si esto inclinaba demasiado las balanzas del poder, el Cielo se vería forzado a intervenir y entonces los mortales aprenderían el verdadero significado de la palabra *apocalipsis*.

Xai puso su mano sobre mi hombro. Un mínimo toque que calentó mi helada piel y fue directo a mi corazón. Detestaba lo bien que él me interpretaba y, sin embargo, también me encantaba cómo me calmaba con aquel simple gesto. Los sentimientos encontrados me dejaron con ganas de apuñalar algo. Por ejemplo, a los llameantes Demonios en la cocina.

—¿Cuál es tu plan? —Preguntó Zeb—. Que es por eso por lo que asumo que convocaste esta reunión a las dos de la mañana.

—Evangeline tiene mañana una cita con el humano. Propongo que asista y averigüe más.

—¿El mismo que Kalida usó como alimento? —Por supuesto que esa sería la forma de Zed de decirlo. Los humanos eran inferiores a los Demonios, similar a lo que los mortales considerarían como gallina.

—Sí, hace un rato él se le insinuó en la piscina —el agarre de Xai se intensificó de manera sutil ante el comentario, como para recordarse a sí mismo que yo estaba junto a él y no a Streator. Nunca le gustaron las misiones en las que yo seducía a otros hombres.

—No insinuó demasiado como lo requerido —corregí.

—¿Piensas que el mortal posee un don por la compulsión? — Preguntó Zeb curioso—. Eso explicaría su habilidad para darles órdenes a sus superiores.

—De ser así, no lo noté cuando nos conocimos esta mañana —Streator poseía cierto encanto, pero se lo atribuí a la confianza que tenía en sí mismo. Era algo natural para algunos hombres, y él me pareció que era uno de ellos.

—Un Demonio sometiéndose ante las demandas humanas. ¿En qué se está convirtiendo este mundo? —Musitó Zeb—. En cualquier caso, Xai, tu idea parece incompleta. ¿Por qué no atraparlo ahora y exigir respuestas? Seguramente Eve puede sacarle información.

Le sonreí al panorama descrito. A veces el Señor Demoníaco aportaba ideas sensatas, pero Xai tuvo que descabalar el glorioso plan al sacudir la cabeza.

—No. Si lo atrapamos ahora nos arriesgamos a obtener solo las respuestas que él pueda facilitar, y perderíamos la pista que tenemos sobre su jefe, que puede o no puede ser Geier.

—¿Cómo es que una cita con él nos guiará hasta su jefe? — Pregunté. Sería mucho más prudente amenazarlo estratégicamente con una cuchilla para hacerse de unas cuantas respuestas y seguir avanzando. No tenía sentido dejar que ese imbécil me tocara una vez más.

Xai volvió a sacudir su maldita cabeza.

—Por lo que referiste, él está interesado en prostituirte, tal vez, de forma ilegal, ¿vale? ¿Acaso eso no nos daría un mayor acceso a sus negocios y a sus posibles socios?

Maldición. Podía ver hacia dónde se dirigía esto.

—Quieres usarme como cebo.

Puso una sonrisa.

—Venga, cariño. Sin duda te dará la oportunidad de salvar de a alguno de tus valiosos mortales de un horrible humano. Y una vez que tengamos nuestras respuestas con mucho gusto te dejaré asesinarlo como mejor te parezca.

Agh. Xai sabía demasiado bien cómo manipularme. *Maldito zalamero.*

—Quieres que me haga la virgen —porque eso era lo que tenía intrigado a Streator, y lo que me garantizaría la entrada a su versión del Inframundo.

—Así que piensas que su negocio de trata está relacionado con lo que has observado esta noche —dedujo Zeb, quien todavía se paseaba por la habitación—. Y te gustaría probar esa teoría. Pero ¿y si te equivocas?

—Entonces lo encierro en un cuarto con Evangeline por treinta minutos, donde le dará a conocer su afición por las navajas —sonaba muy hastiado, pero el afecto le oscureció la mirada mientras decía la última parte.

Aprobé plenamente este plan B.

—Sí, por favor.

Zeb hizo una pausa. Su mirada yacía en el Ángel Oscuro a mi lado.

—Deduzco que te gustaría una extensión de la fecha límite.

Xai se encogió de hombros.

—No hace falta. Todavía nos restan seis días.

Cierto. La fecha límite para mi castigo. Me habrían

gustado algunos meses o años extra, pero al parecer mi voto era nulo e inválido. No era como que *mi vida* estuviera en juego ni mucho menos. Ser testigo del alivio en los gestos de Zeb me impidió hacer comentarios sarcásticos al respecto. Los Demonios tenían una extraña relación con la venganza. No importaba de quién se vengaran, siempre y cuando sucediera, de ahí la razón por la que yo cumpliría condena en el Infierno aunque Zeb supiera que era inocente.

La política del Inframundo me desconcertaba. Prefería la justicia angélica.

—Excelente —murmuró Zeb—. Mantenedme informado.

El azufre abrumó mis sentidos cuando el Demonio desapareció, tal como lo hizo en el yate. Excepto que esta vez sus guardaespaldas Dargarian se fueron con él.

Me paré de un salto mientras Xai permanecía impasible a mi lado. Nuestra suite de hotel estaba vacía, excepto por la pestilencia fresca del Infierno. Tax y los Diablos Orsini no habían estado con nosotros en la reunión, más que nada porque sin una invitación formal no se les permitía estar en la presencia de un Señor Demoníaco. Más política demoníaca; algo que no me importaba en este momento.

Zeb había creado un portal, pero no solo para sí mismo, también para sus secuaces. El gesto de Xai me dio a entender que aquella información no le había sorprendido como debería de haberlo hecho, significando que ya estaba acostumbrado a ella.

—Oh, será mejor que empieces a hablar, y rápido —porque esa fue una exhibición de poder de la hostia, incluso para un Señor Demoníaco—. No debería ser capaz de hacer eso.

—Mencioné que los tiempos han cambiado, Evangeline.

—Déjate de chorradas esotéricas, Xai. *¿Cómo* es que Zeb lo hace?

—Parece que ha crecido en poder.

—¿Lo juras? —Puse los ojos en blanco ante su falta de precisión—. Deja de ser un capullo y dime qué coño está pasando aquí.

La mirada que me lanzó dijo que no le agradaba para nada la autoridad en mi tono y que no tenía ningún interés en cumplirla. Se empujó fuera de la pared y se dirigió a su habitación sin decir palabra. Típico de Xai. Y yo ya lo había superado.

Había adrenalina corriendo por mis venas; poniéndome a hervir la sangre.

Detestaba el silencio. Normalmente podía ignorarlo, pero no después de la muestra de poder sobrenatural de Zeb. No se trataba de una broma o información que debía ocultarse. No después de todo lo que habíamos visto esta noche. Un aumento en el poder sugería un desequilibrio que era necesario solucionar, o un posible ascenso dentro del inframundo.

—Xai —la advertencia en mi voz le rogaba que no me ignorara, pero lo hizo. Sus zancadas ni siquiera titubearon cuando lo seguí por el pasillo.

Bien. Llamaría su atención de otra manera.

Una cuchilla se deslizó hasta mi mano mientras yo llegaba al suelo para golpear sus piernas y derribarlo, pero anticipó el movimiento con un salto. Su patada de respuesta estuvo a milímetros de golpear mi rostro, pero dio un salto hacia atrás y luego me le eché encima.

Toda la frustración acumulada, el miedo y la furia de los últimos días se desplomaron a la vez, dejándolos salir de la única manera que sabía. Luchando.

Xai contrarrestó cada uno de mis golpes y patadas, recordándome lo rápido que se podía mover, y cuando sus brazos me rodearon para sujetarme firme, gruñí. Detestaba ser retenida y él lo sabía, pero también quería recordarme que tenía el poder de ponerme donde él quisiera.

—¿Has terminado? —Preguntó sin un indicio de agotamiento. *Gilipollas*.

Como respuesta, con mi talón golpeé sus dedos revestidos con el calzado, lo que provocó que dijera una palabrota. Una patada hacia atrás en su espinilla le obligó a soltarme porque sabía que mi próxima patada sería en su rodilla. Me di la vuelta y con la espada le rasgué el estómago.

Miró el corte con muy poco enfado.

—Además de los vaqueros que me robaste ayer, ahora también me debes una camisa.

—Venga, cóbrame.

—Ajá, esa es mi intención —se sacó la camisa por la cabeza para mostrar cada centímetro de su dorado torso. Sus músculos se tensaron mientras arrojaba la tela al suelo. Luego sus manos se subieron hasta su cinturón—. Supongo que te prometí un entrenamiento esta noche —aflojó la hebilla y fue sacando el cuero negro de su lugar.

Se me secó la boca al verlo.

—Eso no es lo que tenía en mente —conseguí decir.

Se encogió de hombros como si dijera: *Una maldita lástima*, y me azotó con la punta de su cinturón. Cogí el liso objeto y se lo arranqué de la mano antes de que pudiera volver a intentar arrojármelo.

Pero eso era precisamente lo que él quería.

Mientras estaba distraída con la improvisada arma, dio un paso adelante, me rodeó con esos fuertes brazos y me arrojó a la cama. Traté de usar el empuje para continuar rodando, pero Xai fue condenadamente rápido. Su mano envolvió mi tobillo y lo siguiente que supe fue que me encontraba debajo de un sexy y pesado hombre. Mis muñecas fueron capturadas con una de sus manos y puestas por encima de mi cabeza, y sus muslos clavaron los míos contra el colchón.

—Mmm —murmuró—. ¿Mejor?

Sí.

—Pregúntamelo de nuevo después de que te clave un cuchillo en el corazón.

Resopló.

—Ahora, Evangeline… —arrastró su mano disponible por mi costado hasta el dobladillo de mi camisa y volvió arriba para que envainara la daga a la altura de mis costillas—. ¿Cómo pretendes apuñalarme sin tus cuchillas? —Con toda tranquilidad arrojó el objeto al suelo antes de deslizar sus dedos en la parte delantera de mis vaqueros para quitarme la segunda daga.

Me retorcí bajo él, ocasionándole una risita divertida que mandó sacudidas a todos los lugares correctos. El haberme retirado había realmente mermado mis habilidades, y la facilidad con la que me contuvo lo demostraba. Joder.

Me desabrochó los vaqueros y bajó la cremallera, levantando lo suficiente para meter su mano traidora. Pero en lugar de explorar mis bragas negras de encaje, fue hasta mi muslo interno para lentamente quitarme dos armas más y arrojarlas bruscamente al suelo.

Se me erizó la piel de los brazos. Detestaba los huecos silenciosos, ¿pero éste? Oh, lo adoraba, aunque fuese su manera de dominarme.

—¿Cuántos más? —Musitó en voz baja.

Respondí al tratar de quitármelo de encima una vez más, lo cual fracasó. A pesar de encontrarse suspendido sobre mis caderas, sus muslos mantenían mis piernas sujetas justo como los poderosos dedos rodeando mis muñecas.

No ayudó el que fuera inhumanamente fuerte. Todos los Ángeles lo eran, pero Xai era hijo de dos Arcángeles, lo que lo colocaba por encima de mí en la jerarquía angélica. Nunca pude vencerlo, ni siquiera cuando estaba en mi mejor forma. Era uno de los cuantos elegidos con esta habilidad, de ahí la razón por la que su dominio me cautivó.

Me estremecí bajo él, amando y odiando su muestra de control.

Me agarró de la cadera y estrujó en un lugar sensible, haciendo que se levantara contra su prominente erección. Intenté volver al colchón, pero su mano rápidamente fue hasta mi espalda para detenerme y atrapar la última pieza de plata que yacía contra mi espina dorsal. En vez de arrojarlo al suelo como a los otros, arrastró la punta afilada desde mis costillas hasta la base de mi garganta, donde presionó la cuchilla lo suficientemente fuerte como para arder, pero no sangrar.

—Cielos, me encanta tenerte debajo de mí así, Evangeline. Lo he extrañado muchísimo —relajó la parte inferior de su cuerpo y presionó su duro miembro en el lugar sensible entre mis muslos.

Me mordí el labio para sofocar mi gemido. No era el único que lo había extrañado. Se sentía tan pesado, tan *bien*, contra mí. El deseo puso a hervir mi sangre, haciendo que el mundo avanzara con lentitud. Sentí cada movimiento, palpitar y estremecimiento. Disfruté de la tranquilidad de todos ellos.

Xai siempre tuvo este impacto en mí. Unos cuantos roces y azotes eran todo lo que se necesitaba para crearme sensaciones por dentro y por fuera hasta yacer complaciente debajo de él.

El borde cortante contra mi cuello solo contribuyó al efecto. En lugar de sentirme amenazada o asustada, me sentí segura y protegida; una respuesta muy peculiar a una práctica claramente posesiva. Pero conocía a Xai. Era el gilipollas que siempre me traicionaba, mas, sin embargo, nunca me dañaba físicamente. Oh, él podría provocar que sangre se derramara, pero sin dolor. Todo lo que hacía era para incitar al placer, y mi cuerpo lo amaba por ello.

Sus labios rozaron los míos en un púdico beso para después pasar el metal por mi clavícula y luego hacia abajo en un intencionado ángulo que cortó la tela de mi camisa en el proceso. La habilidad en ese solo movimiento me dejó jadeando mientras me dejaba expuesta desde el esternón hasta el ombligo. Yo sabía que mis cuchillas estaban afiladas, pero rasgó el algodón como si se tratara de mantequilla, algo que requería el grado adecuado de presión y precisión para lograrlo. E hizo todo sin dejar rasguños en mi piel.

—Considero que ahora estamos a manos con la camisa, amor —susurró contra mi boca.

—Xai…

—Shh, lo sé —el beso que tuvo lugar a continuación me quemó de adentro hacia afuera, dejándome toda temblorosa bajo él. Había pasado tanto tiempo, *demasiado*, desde que lo sentí así. Él era mi única adicción, y mi vida nunca se sintió completa al no estar juntos. El odio y el amor se fusionaban en mi corazón, gestando un torbellino de emociones que me recorría el flujo sanguíneo.

Quería follarlo, matarlo y estar con él por la eternidad.

Los sentimientos eran tan conflictivos y abrumadores, y terminé por liberarlos todos con un beso. Nuestras lenguas se ocuparon en una extenuante lucha por el control. Mis dedos se morían de ganas de meterse entre su cabello para tirar de él y sujetarlo contra mí.

Había demasiada confusión.

Intensidad.

Arrebato pasional.

Recuerdos.

Tantos momentos en el pasado en los que me dejé llevar, solamente para consumirme.

—*Mi querida Evangeline. ¿Por qué querría estar contigo para siempre?*

—*Nunca te elegí, cariño. Y nunca lo haría.*

—*El amor es un concepto ingenuo. ¿Cuándo dejarás de esperarlo de mí?*

—*Goza del infierno, cariño.*

—*¿Cuándo aprenderás, Evangeline? No te quiero a ti. Nunca te he querido.*

Se me partió el corazón con todas esas palabras crueles, pero mi espalda dolía más. Siempre en momentos como éste, ese lugar significativo entre mis omóplatos lloraba la pérdida de mis más preciados atributos.

Mis alas.

Anhelaba volver a volar…

Para sentir al viento erizármelas.

Para vivir.

Xai se apartó con un agonizante jadeo y se estremeció sobre mí. Mi intención nunca fue emitir mi dolor, pero debió de haberlo sentido; tuvo que ver con ese vínculo anormal que ninguno de nosotros entendía pero que siempre nos volvía a unir. El mismo con el que él luchaba con cada fibra de su ser y juraba que no existía.

—Evangeline —susurró con voz ronca. Dejó caer el cuchillo y me tocó la mejilla. Su pulgar bajo mi ojo machacó a mi ya magullado corazón y perturbó mis recuerdos. Se trataba del momento en el que usualmente le restaba importancia a mis emociones y me regañaba por hacerme más humana. Pero en lugar de hacer o decir lo que yo había anticipado, me abrazó con más fuerza y besó mis húmedos párpados antes de presionar su frente contra la mía.

Liberó mis muñecas y acunó mi rostro entre sus manos, sosteniéndome con veneración. Me estremecí bajo él mientras su consuelo se abría paso a través de mis barreras y me acariciaba el alma.

¿Por qué me está haciendo esto?

—No puedo —sonaba tan destrozado, tan diferente al Xai que conocía—. Lo he intentado todo, y no importa lo que haga, tú siempre estás allí. Me agota, Evangeline.

Me mantuve inmóvil bajo él.

—¿De qué estás hablando?

Solo sacudió su cabeza contra la mía.

—No es nuestro momento. Todavía no —con un suspiro, puso sus codos a cada lado de mi cabeza y se alejó para contemplarme—. ¿Te has sentido tensa últimamente? ¿Quizás un poco inestable? ¿O tal vez mareada?

Su repentino cambio de tema me sacudió a soltar la verdad.

—Siempre me siento así cuando estoy contigo —no pretendí que sonara sarcástico, pero probablemente él lo percibió de esa manera.

—¿No has sentido el traspaso de poder? Del inframundo, quiero decir. ¿Te ha afectado en algo?

—Yo… —*¿Traspaso de poder?*—. Realmente no sé qué estás diciendo.

Las comisuras de sus labios se curvaron hacia abajo.

—¿En verdad no lo sientes?

—Obviamente sentí algo esta noche, pero hace un rato.

—¿Y antes de eso? —La severidad en su tono me obligó a considerar. Esto claramente significaba algo para él. No obstante, después de un minuto de pensarlo, sacudí la cabeza.

—Aparte de esta noche y las dos veces que Zeb creó su propio portal, no. No paso mucho tiempo con Demonios, aparte de Gwen.

Esa no era la respuesta que quería. Lo pude ver claramente manifestado en su intensa mirada.

—Algo está viniendo —susurró—. No sé lo que es, pero lo puedo sentir en cada fibra de mi ser. Como si se acercara una nube presagiando fatalidad —aquello fue muy extravagante para él, implicando gravedad en lo que decía—. La fuerza incrementada de Lord Zebulon es un acontecimiento reciente, pero no es el único mostrando indicios de nuevos dones.

—¿Te refieres a los otros Señores Demoníacos? —Conjeturé.

Asintió con la cabeza.

—Algunos se regodean de ellos más que otros, como es de esperarse. Pero algo más se acerca.

Xai, como Hijo del Caos, palpaba la alteración antes que los demás; me lo imaginé, ya que siempre podía detectar los aspectos más oscuros.

—No siento nada —susurré. La muerte me llamaba a diario, ya fuera con un mortal enfermo o un alma exigiendo venganza, pero esos sentimientos formaban parte de mi naturaleza—. Nada.

Volvió a asentir, esta vez más lento y moderado.

—Hay algo más que necesito decirte —este lado conversador de Xai era algo nuevo, pero no lo cuestioné.

—Vale… —lo incité a hablar cuando no dijo nada.

—Lord Zebulon… —se detuvo, como si las palabras le resultasen difíciles de decir—. Evangeline, alguien le dio una espada bendita.

—¿Una bendita…? —Mi voz titubeó cuando el terror se apoderó de mi corazón.

—Sí, y la mantiene en el Inframundo —lo que significa que alguien podría robarla. Un artefacto así de raro le podría llamar la atención a un alma condenada, sin mencionar el poder que tenía.

Me quedé sin palabras.

Sin sentimientos.

Nada más que miedo.

Porque una espada bendita podía matar… no a Demonios… sino a seres de descendencia angélica.

Como nosotros.

CAPÍTULO ONCE

INCLUSIVE UN ÁNGEL COMO YO A VECES LLEGA A NECESITAR
UN POCO DE ALIVIO

La confesión de Xai me siguió en sueños, haciéndose
pesadillas. Una en la que Zeb gestionaba un castigo que se
sentía muy similar a morir. Cuando me desperté con un grito
ahogado, Xai me envolvió en sus brazos y me besó de nuevo
para dormirme.

Fue la noche más extraña que había experimentado en su
cama, pero no la menos importante solo porque ambos no nos
encontrábamos desnudos. Cambié mi rasgada camisa por una
de las suyas, me quité los vaqueros y me quedé dormida junto
a un Xai en calzoncillos.

Pasamos la tarde profundizando en los negocios ilegales de
Streator. El expediente original proporcionaba un panorama
general preliminar que carecía de algunos detalles importantes,
como su participación en la trata de personas y demonios.

Xai, utilizando uno de sus personajes más influyentes,
consiguió localizar una subasta exclusiva de esclavos vinculada
a nuestro objetivo. Streator no era el dueño, pero
frecuentemente tomaba parte en las actividades y
"donaciones". Dada la conversación que había escuchado ayer,
el imbécil planeaba convertirme en una de esas donaciones.
Tenía mis dudas sobre que su afición por vender mujeres
estuviera relacionada con lo que habíamos presenciado la

noche previa, pero solo había una manera de estar seguros: mi cita.

Me deslicé con mis tacones de aguja de plata hacia la sala de estar donde Xai me esperaba de pie. Gratitud iluminó su expresión.

—Traes el púrpura.

Le dediqué una exageradísima reverencia antes de acariciar juguetonamente la cruz de plata sobrevolando mi escote.

—Parecía apropiado para la Srta. O'Hara.

—Mmm, ¿y bragas a juego? —Sus ojos ardían mientras recorrían mis piernas expuestas. El vestido violeta se acampanaba a la mitad del muslo, volviéndolo perfecto para una noche de baile.

Puse una sonrisa.

—¿Quién dice que las llevo? —Lo dije bromeando, pero él lo tomó como una invitación. Sus manos fueron hasta mis caderas mientras me empujaba contra la pared del vestíbulo, y las mías contra su sólido pecho para apartarlo, pero en su lugar, mis uñas se enroscaron en la suave tela de su camisa. Se parecía al Ángel Oscuro de mis sueños en sus vaqueros pecaminosamente ajustados y una camisa de vestir negra con las mangas hasta los codos. Un estilo del que nunca me cansaría.

Mi vestido se apiñó mientras deslizaba un muslo entre mis piernas y presionaba mi área más sensible. La áspera tela se sentía deliciosa contra mi montículo cubierto de seda, especialmente cuando se desplazó sutilmente para comprobar el impedimento. Si yo estuviera realmente desnuda, lo notaría.

—Provocadora —gruñó.

Me aferré a él mientras frotaba un poco más fuerte con ese musculoso muslo. Después de milenios de práctica, sabía exactamente qué ángulo me afectaba más, y Dios, vaya que se sentía increíble. Especialmente después de la estimulación erótica de anoche. Nuestra tarde de investigación hizo poco para frenar a la lujuria creciendo entre nosotros, aunque hayamos decidido ignorarla. Hasta el momento, en todo caso.

—¿Negras o violetas? —Susurró las palabras contra mis labios entreabiertos.

—Negras.

—No necesariamente las de una virgen, amor.

—No me las puse para Streator.

Era posible que fuese a fisgonear la mercancía, pero primero yo lo apuñalaría con mi tacón de aguja.

—Mmm, entonces lo apruebo —tomó mi boca en un beso de castigo para recordarme el lugar que ocupaba en mi vida.

Mi alma lloró con la familiaridad de la acción mientras mi cuerpo se rendía ante los deseos de Xau. Envolví mis piernas alrededor de su cintura mientras me levantaba y grité mientras presionaba esa parte perfecta suya contra mi cachondo núcleo. Iba a hacerme llegar tarde a mi cita, pero no me importaba. No cuando me tocaba de esta manera.

Quería controlarme, y yo lo dejaba por propia voluntad. No había otra manera. Era el dueño de una parte de mí que nadie más tocaría, así como yo era dueña de una de sus partes que él nunca admitiría.

Su lengua exploró los profundos rincones de mi boca; memorizando, saboreando, recordando… Devolví el beso, deleitándome en la intimidad que fluía abiertamente entre nosotros. Cuando presionó con fuerza mi núcleo, me sacudí, y una corriente de calor se dirigió hacia la parte baja.

Mi cuerpo sabía lo que Xai quería. Había sido entrenado para responder hasta la más sutil de las señas. Cogí su nuca, entrelacé mis dedos en sus gruesos y oscuros mechones y me sujeté mientras volvía a empujar sus caderas contra las mías. Su ritmo y su sutileza me movían a un nivel profundo, llamando a mi placer hacia la primera fila, como lo hacía el canto de una sirena.

—Xai… —podía sentir a mis nervios tensarse. Pero necesitaba más.

Esta provocación me puso al límite, pero sin la presión adecuada…

Oh…

Su mano se deslizó bajo mi vestido hacia la parte superior de mis bragas.

Allí…

Gemí cuando la yema su pulgar separó mis pliegues, y entonces estuvo justo donde lo necesitaba.

—Tus bragas están empapadas, cariño —murmuró—. Justo como las quiero.

Tiró de mi labio inferior y chupó fuerte mientras frotaba mi clítoris con habilidad de experto. Cada caricia me acercaba más, nublando mi mente con deseo y forzándome a olvidar todo excepto a él. Me encantaban estos momentos.

—Cada movida que hagas esta noche te recordará quién fue el último que te causó placer; sobre lo que más tarde tendrás que afrontar —me besó con fuerza y su lengua se sumergía profundo mientras empujaba dos dedos dentro mío. Tosco, caliente y tan Xai. Mi cuerpo temblaba, esperando y anhelando la palabra que se necesitaba para dejarlo ir. Porque conocía a Xai. Si yo empezaba a moverme hacia el clímax sin que lo aprobara, se detendría y yo necesitaba tanto que continuara.

Solté un gemido que no ocultaba para nada mi necesidad.

—Eso es lo que quería oír, amor —sonrió contra mis labios y presionó con fuerza con el pulgar—. Córrete para mí, Eve. Ahora.

Joder.

No podía negar la orden en su voz. Un espasmo se disparó y me recorrió la espalda, provocando escalofríos de excitación en mis extremidades. Sofocó mi gemido con su boca mientras masajeaba mi centro.

—Mmm —murmuró en aprobación—. No te atrevas a cambiártelas por otras —rasgó las bragas elásticas enfatizar su punto—. Más tarde quiero quitártelas con mis dientes.

La promesa que hacía hincapié en sus palabras y las réplicas de mi orgasmo me pusieron a temblar.

—Vale —la aceptación abandonó mis labios por voluntad propia. Mi mente inducida por el placer no podía pensar más allá del momento o de las deliciosas sacudidas de calor que se paseaban por mi bajo vientre. Siempre era así con él. Explosivo y adictivo.

Mi nuca golpeó la pared por detrás mientras lo último del éxtasis me estremecía. Todavía no había dejado de tocarme. Sus dedos estaban en lo más profundo y ese pulgar palpaba con malicia mi protuberancia hipersensible.

—Xai… —fue en parte súplica y en parte deseo—. Voy tarde —probablemente ya lo estaba.

—Lo sé —me acarició la mejilla y presionó sus labios contra mi oreja—. Y el hermoso rubor de tus mejillas le dirá por qué.

Tragué duro.

—No ayuda con mi farsa de virgen.

—Hasta las vírgenes se masturban, cariño. Pensará que fue por él, pero tú sabrás la verdad —empujó más profundo sus dedos para después sacarlos y lamerlos mientras sostenía mi mirada—. Al igual que yo.

Esas cuatro palabras provocaron que escalofríos me recorrieran la espalda. Pero de los buenos.

—¿Marcando tu territorio, Xai? —Salió en un ronco murmullo.

—Tu cuerpo ya conoce a su amo —su mirada se oscureció con excitación—. Es tu mente la que necesita que se lo recuerden —sus manos fueron hasta mis caderas para ayudarme a parar y arreglar mi vestido.

—Si quieres controlar mi mente, tendrás que hacerlo mucho mejor.

El reto dilató sus pupilas.

—Oh, cariño, ambos sabemos que esto ni siquiera fue un calentamiento.

Mis muslos se apretaron con el recuerdo de lo que sabía que él era capaz de hacer.

Xai tenía razón.

Ese orgasmo se volvía insignificante en comparación con el placer que su contacto provocaba.

Yo quería más. Mucho más. Y sabía que él también. No obstante, alisó su camisa, reajustó sus pantalones y señaló hacia el vestíbulo en lugar de demandarme que me arrodillara. Él siempre necesitó de dar y recibir, y no era como que me importara. Se aseguraba de que yo tuviera varios orgasmos primero, pero él también recibía lo suyo. Excepto en este momento que parecía estar postergando su propia satisfacción.

Un nuevo juego.

Uno que me gustaba.

Agarrándole el cuello, lo acerqué para un beso que expresaba gratitud y algo más penetrante que desempeñó el papel de promesa y amenaza.

Dos podían jugar a *si yo soy tuyo, tú eres mío*. Me pertenecía a mí tanto como yo a él, y mi boca se esforzó por recordárselo. Mi lengua lo marcó mientras mis uñas arañaban su cabellera. Y cuando me tomó por la espalda baja para empujarme contra la dura cresta de su erección, sonreí.

—Compartes eso con alguien más y nunca conquistarás mi mente.

Su boca se enroscó contra la mía.

—No te preocupes, amor. Mi cuerpo también conoce a su pareja —me mordió el labio inferior para evitar que respondiera a su sorpresiva respuesta—. Ahora vámonos. Tienes que seducir a un mortal y, con suerte, matarlo.

—Zalamero —murmuré. Siempre tenía las palabras adecuadas para motivarme. Con mi boca rocé la suya y luego me aparté—. Será mejor que traigas mis juguetes —las cuchillas no encajaban del todo con mi vestido corto.

Sonrió con suficiencia.

—Por supuesto, cariño. Sabes cuánto me gusta verte en acción.

Que empiece la función.

CAPÍTULO DOCE

BAH, HE TENIDO PEORES CITAS

Streator estaba de pie en el centro del vestíbulo llevando una camisa con botones y pantalones caqui. Llamó la atención de varias mujeres que pasaban por allí, y la curvatura en sus labios anunciaba que lo sabía. Pero toda su atención se posó en mí cuando salí del ascensor a las diez con ocho.

—Ay, cielos —dije mientras corría hacia él con una mano contra mi pecho—. Perdí la noción del tiempo y… —callé y me mordí el labio; dejarle pensar lo que quisiera de él—. Lo siento, cariño. ¿Puedes perdonarme?

—Hmm —murmuró mientras me examinaba con una sonrisa elogiosa—. Creo que puedo encontrar una forma de que me lo compenses.

Lo miré a través de mis pestañas.

—¿Qué tienes en mente?

—Es una sorpresa —llevó la mirada hacia mis manos vacías—. ¿Asumo que estás lista?

—Eh —me reí mientras me tocaba el escote—. No quería llevar un bolso de mano, así que elegí mi… eh, mi bolso a la antigua.

Mi tarjeta de identificación, el dinero y la llave de la habitación del hotel estaban metidos en mi sostén, y no había cargado intencionadamente con un móvil, algo que le sumaba puntos a mi rollo de chica virgen toda indefensa e ingenua.

Su sonrisa se amplió.

—Eres adorable, Violet.

Me pavoneé para él.

—Gracias, cariño. Tú tampoco estás nada mal.

—¿Vamos? —Me ofreció su brazo y lo acepté.

—Sí, por favor.

El asentimiento que le dio a sus guardaespaldas se mostró bastante ensayado y sutil. Ambos se pusieron en fila detrás de nosotros a una prudente distancia, como cualquier otra cita normal.

Streator abrió la puerta del pasajero de un elegante biplaza negro estacionado justo afuera de la entrada de la recepción.

—Dios Santo. ¿Es tuyo? —Pregunté mientras fingía sorpresa y emoción.

Sonrió con suficiencia.

—Hoy lo es.

Fanfarrón. Acaricié el asiento deportivo de cuero con artificial veneración.

—Vaya…

No era la marca más sexy del mercado, y yo prefería por mucho el que estaba estacionado justo atrás. Xai apareció a paso lento sin mirar hacia nosotros, dándole propina al hombre que salía de su elegante coche negro. Escondí mi sonrisa mientras entraba al biplaza y miraba a través del espejo lateral cómo mi Ángel Oscuro absorbía al aparcacoches en una charla. Una táctica de distracción para seguirnos a nuestro destino que ninguno de los dos guardaespaldas notó cuando se subieron a una todoterreno estacionada en la esquina del camino.

—Espera, cariño —murmuró Streator mientras encendía el coche—. Te voy a dar un paseo que nunca olvidarás.

Por poco y me atraganto. Vaya frase. Gilipollas. De todos

modos, me abroché el cinturón de seguridad y me sujeté del asiento para evitar apuñalarlo con un palillo para el pelo. Rio ante lo que asumió que era mi nerviosismo. Si tan solo supiera.

Su mano cayó en la palanca de velocidades mientras nos alejaba del hotel. Al menos optó por un coche manual. Nada me molestaba más que cambios en automático en un coche rápido. ¿Cuál era el maldito punto?

—Háblame de ti. ¿Qué te trae a Miami?

Qué bien, una conversación trivial. Mi favorita.

Le seguí la corriente todo el camino hasta nuestro destino, respondiendo cada pregunta con información que él ya conocía.

Xai había reservado una habitación bajo mi alias para mantener la fachada, dándole a Streator todos los detalles que necesitaba para realizar una comprobación inicial de antecedentes. El mortal tenía conexiones, tanto políticas como de otro tipo, por lo que yo no dudaba que supiera todo sobre Violet O'Hara. Un hombre de negocios con su experiencia no tenía citas sin haber obtenido previamente toda la información necesaria.

—Madre mía —dejé que mis labios se entreabrieran con asombro.

Streator había elegido uno de los clubes más ricos de Miami. El exterior presumía de una preciosa terraza-patio con escalones que conducían a la playa, mientras que el interior se mostraba elegante, excesivo y repleto de usuarios de élite.

Las parejas se relacionaban, bailaban, brindaban con copas de cristal y gozaban de la exuberante atmósfera. Varias celebridades se encontraban presentes, algo que emocionaría a mi compañera de piso amante de la prensa amarilla. Gwen usaba las revistas de chismes como una forma de mantenerse informada sobre los asuntos humanos, transmitiéndome ese conocimiento trivial.

—¿Impresionado? —Sus labios me rozaron la oreja

mientras nos instalaba en una mesa de banco corrido dentro del área VIP cerca del bar.

En realidad, no.

—¿Cómo nos has metido aquí, cariño?

Pasó su brazo sobre mis hombros y sus dedos por mi antebrazo.

—Mmm. Puede que conozca a algunas personas.

Lo miré entre parpadeos.

—¿A qué te dedicas?

Se encogió de hombros.

—Soy un empresario especializado en el comercio de productos exóticos. Nada interesante —levantó la mano para llamar a un mesero y pedirnos una ronda de martinis—. ¿Lista para beber juntos?

Puse una sonrisa.

—Sabes que sí.

Mis ojos vagaban mientras me bombardeaba con más preguntas triviales. Me preguntó sobre mi familia, mis amigos y relaciones en general. Todas las preguntas típicas hechas en citas, pero sabía que su curiosidad era mayor. Quería saber si alguien vendría a buscarme en caso de que él decidía prostituirme por sus medios igual de nefastos. Lo invité a intentarlo.

Cuando me sugirió que pasáramos de charla a baile, acepté, sobre todo porque quería ver más del club. Sus guardaespaldas se habían quedado fuera de la sección VIP mientras que Xai seguía desaparecido de la escena, aunque lo percibía merodeando en alguna otra parte. Pero no de la misma forma en que podía sentir la presencia de un Demonio. Esto iba más allá.

Streator agarró mis caderas y me empujó hacia él en el centro del lugar para movernos paralelos al ritmo. Pronto quiso que nuestros cuerpos se conocieran, además de explorar mis curvas.

El deseo de destripar a mi cita entretuvo mis pensamientos. Fue bueno que Xai tuviera mis cuchillos.

Hablando de...

Levanté las manos sobre mi cabeza mientras me meneaba al ritmo y miraba el club. No había ni rastro de mi Ángel Oscuro.

¿Dónde te escondes?

Streator depositó besos con la boca abierta a lo largo de mi cuello y hasta la oreja donde me mordisqueó el lóbulo. Me retorcí y reí, y sus brazos me rodearon la cintura. Presionó su prominente erección en mi trasero, diciéndome lo mucho que le gustaba mi actuación de virgen. Jadeé para crear un efecto porque parecía algo que una inocente haría, y luego me giró para besarme.

Hubo un incremento.

Bien.

Pero jugar a seducirnos comenzaba a aburrirme. Necesitaba que lo llevara a otro nivel para que yo pudiera ponerme manos a la obra. Evidentemente él no trabajaba en este club, y sus guardaespaldas no eran relevantes. Quería más detalles sobre sus negocios ilícitos y sus socios. Algunos de sus nombres estaban en los expedientes, pero nada de lo que investigamos explicaba el desfile de Demonios de la otra noche.

Necesitaba más información. No solo sobre la droga y la trata de personas, también sobre los contactos en su círculo de élite. Esperaba que unos cuantos se encontraran con nosotros aquí, pero parecía que esta noche Streator solo tenía una cosa en mente.

Su lengua se sentía incorrecta en mi boca, pero le dejé explorar mientras que con indecisión le devolvía el beso. La tentación de morderlo y darle un rodillazo en los testículos cruzó mi mente unas cuantas veces. Pero algo me decía que no iba a disfrutarlo tanto como yo.

Cuando sus manos subieron hacia mis piernas por debajo del vestido, lo detuve.

Vale. Primero que todo, puaj.

Segundo, Xai era el único con acceso allí.

Tercero, una virgen no permitiría tal comportamiento.

Aparté mi boca de la suya y le dediqué una mirada asustada.

—Yo… Nosotros… Pero…

Sonrió ante mi incapacidad de formar una oración y descendió sus manos para palparme el culo.

—No te gusta ni un poco el pavoneo, ¿eh? —Me habló al oído.

No contigo, al menos.

—No es eso —dije en voz alta mientras el calor me recorría el cuello. Imaginarlo con una cuchilla clavada en el ojo me excitaba mucho—. Yo… Oh, Dios, ¿de qué manera lo digo? —Me mordí el labio y aparté la mirada—. Yo… ¡Esto no es algo que hago! —Tuve que gritar para hacerme escuchar por encima del alboroto del club.

Me aclaré la garganta en un falso intento de hablar de nuevo, y luego abrí y cerré la boca como si no pudiera articular las palabras. Levantó mi barbilla para obligarme a mirarlo y, cualquier cosa que logró ver en mi rostro, pareció convencerlo. Sus labios volvieron a encontrarse con mi oído.

—Háblame, cariño.

Caray, él era bueno. Con el encanto y el interés suficientes como para que una mujer se sintiera a gusto y se dejara llevar. No necesitaba involucrarse en la trata de personas para tener sexo, pero algo me decía que le gustaba el intercambio de poder durante el acto. Y no del tipo consensual.

—Eh… —me volví a aclarar la garganta y elevé la voz para hacerme escuchar por encima del irritante ritmo—. Te dije que mis padres ya no están pero que me criaron con ciertos ideales. Como acostarme con un hombre hasta mi noche de bodas.

Su marcada manera de respirar fue música para mis oídos.

Mientras tanto, en algún lugar, percibí a Xai reírse. Traté de encontrarlo mientras Streator me maniataba fuera de la pista de baile, pero claramente mi Ángel Oscuro había encontrado una sombra decente en la que esconderse contra una de las paredes.

—¿Esperas hasta el matrimonio? —Preguntó Streator una vez que estuvimos en un lugar tranquilo. Su tono curioso no correspondía con la emoción que recorría su mirada.

Estaba cayendo redondito.

Asunto terminado.

Me mordisqueé el labio.

—Bueno, no. Sí. No lo sé. Nunca he encontrado a alguien que me haya hecho querer… eh, ¿explorar límites?

Asintió pensativo.

—Ya veo.

—Arruiné totalmente nuestra noche, ¿cierto?

—Oh, no, por supuesto que no —me frotó el brazo de manera reconfortante—. ¿Qué tal si nos vamos de aquí para poder hablar un poco más?

Hablar. Sí. No me cabe duda de que eso es lo que tienes en mente.

Que empiece el juego.

Opté por una tímida sonrisa.

—Creo que me gustaría eso.

Le dedicó otro de sus sutiles asentimientos a sus subordinados antes de palpar mi espalda baja y escoltarme hacia la salida. No hablamos mientras esperábamos por su coche, y yo jugueteé con el dobladillo de mi vestido.

En cierto modo esperaba que Xai apareciera. Pero no lo hizo.

El estómago se me revolvió de la inquietud. No sería la primera vez abandonándome a mitad de la misión.

¿En dónde estás?

¿Acaso me había imaginado su presencia en el club? ¿Una distracción para mofarse de mi corazón?

Streator abrió la puerta del pasajero y yo entré.

Los vellos de mi brazo se movieron frente a la incertidumbre.

Algo se sentía mal.

La confianza que antes tenía en mí disminuía a medida que mi *cita* me acompañaba en el coche. El brusco cambio me alteró los nervios.

Los instintos milenarios estallaron para advertir.

Confiar en que Xai me había jodido tantas veces, pero en esta ocasión él se había comportado diferente. ¿Una artimaña para atraerme hacia una sensación de comodidad? ¿Solo para traicionarme en un momento de necesidad?

¿Me había engañado con la facilidad con la que Streator había engañado a Violet?

Mi alma lloró en negación mientras las grietas de mi corazón dolían en señal de protesta.

¿Qué es lo que podría ganar al dejarme sola en esta misión?

Streator era un humano. Uno que aparentemente se relacionaba con demonios, pero un mortal al fin y al cabo. No necesitaba de una cuchilla para hacerlo caer.

—Violet —murmuró mientras que hábilmente nos llevaba lejos del club.

—¿Hmm? —Miré los espejos laterales buscando algún indicio de Xai.

Un estúpido y jodido movimiento. Uno que sabía que no debía hacer en presencia de alguien como Streator.

El pinchazo en mi cuello me pilló completamente desprevenida y, para cuando me moví para encontrarme con su penetrante mirada, fue demasiado tarde. Ya me había inyectado algún tipo de droga. Mi cuerpo lo metabolizaría más rápido que un humano, pero aun así no me dejaría inconsciente.

Joder.

Sabía que eso era lo que pretendía, pero *joder*.

—Shhh… —Streator tuvo la audacia de taparme la cara con una mano mientras que con la otra condujo el coche—. Disfruta del sueño, cariño. Será el último que tengas en un tiempo.

—Tú bastaaa…

Joder. Ya estaba farfullando.

¿Qué diablos me inyectó?

Hubo más toqueteos. Hacia mis pechos, pero de repente mis manos se encontraban demasiado entumecidas para empujarlo. Me acarició con la facilidad de un hombre que lo hacía a menudo mientras conducía.

—Lástima que no te puedo guardar para mí —murmuró casi con tristeza—. Pero valdrás una fortuna.

Mi gruñido salió en forma de gárgaras cuando manchas negras nublaron mi visión.

Carajo.

Cuando despertara alguien iba a morir. Streator.

Su risa me siguió a la oscuridad donde no tuve ningún sueño. En todo caso, no del todo.

Cualquiera que fuera el narcótico que me había dado, me puso en un estado de subconsciencia. Nunca había experimentado con drogas, pero sospechaba que me había llenado de una, porque caray.

Puertas.

Muchas malditas puertas.

Y el pasillo en el que estaba de pie era totalmente blanco.

El ideal cielo paradisíaco, supuse. Excepto que no lo fuera.

Agarré la manija a mi izquierda y me abrí paso hacia una pesadilla.

Mi pasado.

CAPÍTULO TRECE

AUTO RECORDATORIO: DI NO A LAS DROGAS

ALAS DEL COLOR de la medianoche pintaban un camino a través de las nubes a escasos centímetros de mí. Me encantaba este juego a pesar del inevitable resultado.

Él ganaría.

Siempre lo hacía.

Pero aun así lo intenté. Mis alas teñidas de púrpura me golpeaban fuerte en la espalda mientras perseguía al Hijo del Caos. Su risa me erizó la piel, enviando escalofríos de placer a mi bajo vientre.

Ambos sabíamos lo que vendría después.

Una larga noche acurrucados en los brazos del otro, amándonos hasta el amanecer.

—¿Ya estás cansado, amor? —Xai se mofó.

—Nunca.

Se zambulló de cabeza en una nube, pero reconocí ese truco y me quedé quieta en lugar de seguirlo. Manos calientes agarraron mis caderas mientras iba subiendo por debajo de mí, alineando nuestros cuerpos en pleno vuelo y guiándome con sus alas más fuertes.

—Estás aprendiendo —elogió contra mis labios. Su beso como recompensa me dejó mareada, o tal vez fue debido al giro de nuestras alas.

Xai me dejó ir tan repentinamente como me cogió y descendió girando a través de otra nube. En esta ocasión fui tras de él con una carcajada en mis labios.

Me echó un vistazo con esa sonrisa característica de lo radiante que era.

—¿*Quieres probar algo nuevo?*

—¿*Qué tienes en mente?*

—*Sígueme* —*contestó con términos vagos.*

Y lo hice.

Porque siempre lo hacía.

Volví a aterrizar de golpe en ese pasillo de ensueño y me puse de pie con un brinco. Todavía estaba todo de blanco. Mis zapatos resonaron mientras caminaba y un silencio sepulcral se produjo cuando me detuve. Este juego mental era nuevo. Ya me había desmayado antes, pero nunca así. Probé otra puerta y enseguida me arrepentí.

Ir en caída.

Ardía.

Joder, dolía.

Mis alas crepitaban y mi plumaje lloraba mientras se volvían cenizas.

Para cuando aterricé no podía moverme. No podía respirar.

Me hice un ovillo y grité, grité, grité.

Agonía.

Confusión.

El vacío.

Sabía que me dolería, pero no tenía idea de que me arrancaría el corazón del pecho.

Mis ojos fueron hacia las copas de los árboles arriba de mí. Ni siquiera podía ver el cielo. Pero no importaba. ¿Qué sentido tenía si no podía volar?

Y luego lo vi. Mi Ángel Oscuro estaba a menos de tres metros de mí apoyado contra un árbol y con los brazos cruzados. La característica sonrisa que esperaba no apareció. En cambio, permaneció estoico, casi fastidiado.

—Bueno, eso fue impresionante —me estremecí ante su tono sarcástico. ¿*Acaso se golpeó la cabeza cuando Cayó?*—. No deberías haberme seguido hasta aquí, Evangeline.

Fruncí el ceño.

—Tú me lo pediste.

Después de la última vez que hicimos el amor me rogó que encontrara una manera de seguirlo, así que lo hice.

Sus cejas se levantaron.

—Nunca esperé que me creyeras —se empujó fuera del árbol—. Bueno, espero que puedas encontrar un camino de vuelta a casa. No deberías estar aquí.

Mi respiración trepidó cuando se dio la vuelta.

—¿Adónde vas?

—¿Acaso importa? —me miró por encima de su hombro con algo oscuro en sus ojos—. No es como si te quisiera.

Sus palabras fueron más cortantes que mis cuchillas, golpeándome en el centro del pecho y destrozando mi corazón.

—Xai... —salió como una súplica entrecortada—. No lo dices en serio. No puedes decirlo en serio.

Sus ojos sin brillo se entrecerraron con desprecio.

—¿Cómo puedes pensar que quiero esta versión de ti? ¿Estropeada, averiada y dañada? —Su sonrisa socarrona me dolió más que mis alas rotas—. Oh, lo hiciste —resopló y sacudió la cabeza—. Mi querida Evangeline. ¿Por qué querría estar contigo para toda la eternidad?

Lágrimas llenaron mis ojos mientras el pasillo se materializaba a mi alrededor. Envolví mis brazos alrededor de mi adolorido estómago para evitar que las náuseas me desconcertaran por completo.

El recuerdo se sentía demasiado real. Como si hubiera sucedido ayer. El dolor, el miedo y la soledad. Me había dejado en el bosque sin siquiera mirar atrás. Pasó casi un siglo para que lo volviera a ver, y para entonces, mi amor se había convertido en aborrecimiento.

Hasta que me engañó para volverme a acostar con él.

Limpié la humedad de mis mejillas y sacudí la cabeza.

Cualesquiera que fueran las drogas que Streator me había dado, realmente me habían jodido.

Este lugar era mi propio infierno.

Un interminable corredor de dolor y recuerdos.

—Despierta —exigí golpeándome la mejilla. El impacto ardió, pero estaba mucho más sola en este soso estado.

La perilla a mi lado se torció sola y salté hacia atrás. Un error, porque la puerta tras de mí se había abierto sin autorización.

Sangre.

Dulce y dichosa muerte.

Sonreí mientras el demonio se hacía cenizas ante mí. Una chica podría acostumbrarse a esto. Como hija de Azrael, anhelaba la retribución, pero rara vez la buscaba. Sin embargo, este gilipollas devorador de niños merecía su destino, y mi alma suspiró aliviada por haber liberado a este nivel de su miserable existencia.

Aplausos estallaron detrás de mí, enviando a un escalofrío a recorrerme la espalda. Reconocería esa esencia en cualquier parte.

—Xai —gruñí y lancé una daga por encima de mi hombro como forma de saludo.

La cogió con destreza entre sus dedos y luego se puso a admirar el trabajo artesanal.

—Encantador —murmuró—. ¿Lo hiciste tú?

—¿Qué es lo que quieres?

—A ti —contestó mientras se guardaba mi arma—. O, más bien, te tengo una oportunidad.

Levanté las cejas. Se comportaba como si no hubieran pasado varios siglos desde nuestro último encuentro. Típico.

—No, gracias —me incliné para recuperar mi plata de las cenizas del demonio y me giré para irme.

—Tal vez no fui claro —al suave tono de su voz se le pudo escuchar cierta agudeza letal que hizo que mi punto de apoyo comenzara a tambalearse—. Se trata más bien un ultimátum.

—¿Disculpa? —Lo encaré con expresión incrédula.

—Ya me has oído —me recorrió con la mirada, de una manera que yo conocía demasiado bien. La distancia y el tiempo nunca parecieron

importar. En el momento en que nos miramos fue como si el ayer no hubiera sucedido. Pero no esta vez. Me negué a caer presa del sexo una vez más.

—¿*Qué ultimátum?* —*señalé mientras me cruzaba de brazos para esconder mis erectos pezones.*

—*Lord Tardís necesita que le hagas un favor, y a cambio, te dará refugio en su territorio. Algo que me temo que necesitas después de haber masacrado al Ōrdinātum de Lord Slanderin.*

Puse los ojos en blanco.

—*La política demoníaca no me concierne.*

—*Oh, pero ellos sí, cariño. Mucho más de lo que crees. El Infierno maneja este nivel ahora, y como tal, debemos seguir sus reglas.*

—¿*O qué? ¿Me enviarán a casa? Oh, espera, no puedo volver.*

Lo intenté y fallé muchas veces.

—*No, Evangeline, te enviarán al Infierno* —*su directa respuesta me provocó escalofríos*—. *Y no pienses en huir. Solo me enviarán tras de ti, y ambos sabemos que no tendré ningún problema en entregarte.*

Me le quedé mirando boquiabierta.

—*No lo harías.*

Podía ser un bastardo sin corazón, pero nuestra historia tendría que significarle más que un ridículo acuerdo hecho con los Señores Demoníacos.

—*Vaya, lo olvidaste demasiado rápido* —*musitó*—. *Nunca te elegí, cariño. Y nunca lo haré. Esto resultaría de mejor manera si simplemente lo recordaras.*

La puerta se cerró de golpe ante ese recuerdo, haciéndome volar hacia atrás contra el muro blanco. Colapsé con un estremecimiento mientras sus crueles palabras me envolvían.

¿Por qué mi subconsciente me estaba haciendo esto? Como si no hubiera sido suficiente soportar la experiencia auténtica. ¿Pero en verdad tenía que revivir cada uno de mis momentos que más detestaba?

El destino era una cruel hija de puta.

Exhalé pesadamente y volví a ponerme de pie antes de golpear mi prisión de cemento. Mis manos se ensangrentaron, pero no sentí nada, así que continué golpeando. Pero la dura superficie no cedió, y todas las puertas que me rodeaban se abrieron al mismo tiempo.

El abrasador claro quemó mi piel antes de caer en el peor recuerdo de todos ellos.

El Infierno.

La forma en que el tiempo aquí se movía era un error. Yo no podía correr tan rápido como quería y mi cabeza palpitaba por la intensidad del lugar. Xai marcaba el ritmo, y con cada paso que daba, la distancia entre nosotros aumentaba.

—*Más despacio* —*jadeé. Y se trató de un extraño sonido. Nunca respiraba con dificultad al correr. Solo una noche en la cama de mi Ángel Oscuro me había dejado sin aliento, pero ciertamente no habíamos estado haciendo eso aquí abajo.*

—*Venga, vamos* —*dijo por encima del hombro, y juré que aceleró.*

Me esforcé, pero cada zancada parecía debilitarme más. Un ardor se abrió paso a través de mis venas mientras una sensación de temor se asentaba en la boca de mi estómago.

Este lugar invitaba a la muerte.

A la mía.

Las flamas violetas corrían a lo largo de las paredes mientras mis pies saltaban sobre una roca con costra de color obsidiana. No entendía la geografía del Infierno, pero sabía que este laberinto de corredores no era donde queríamos estar.

—*Tenemos que salir de aquí. Xai, por favor.*

Había algo malo con su risa. ¿Cómo podía reírse en un lugar como éste? Traté de coger su brazo, de detenerlo, pero se alejó de mí.

—*¿Qué está pasando?*

Xai me trajo hasta aquí, diciendo que mi último objetivo se había escondido en el Infierno y que solo él conocía el escondite del Demonio. Confié en él para guiarme porque nuevamente me había mostrado su lado sensible, pero justo ahora cuando se giró para mirarme, vi que su lado cruel había vuelto. El que amaba castigar y herir.

Mi Ángel sádico había entrado en escena.

—*¿Cuándo aprenderás, Evangeline?* —*Reflexionó mientras me* miraba con sorna—. *No te quiero a ti. Nunca te he querido. Tal vez ahora me dejes en paz para siempre y vuelvas al lugar de donde viniste.*

Me quedé boquiabierta ante el insensible hombre que me sonreía.

—No hagas esto. Otra vez no. Las cosas pueden ir bien entre nosotros, y lo sabes.

El bastardo se rio y sacudió la cabeza.

—El amor es un concepto ingenuo. ¿Cuándo dejarás de esperarlo de mí?

Mis ojos se entrecerraron.

—Para.

El cansancio no me permitió articular otra palabra. Los Ángeles no estaban hechos para visitar este nivel. Nuestras almas eran demasiado puras, aunque Xai parecía estar perfectamente bien. Quizás la suya había sido lo suficientemente mancillada como para que el Inframundo lo recibiera, o su descendencia arcangélica tenía algo que ver. Siempre prosperaba en el caos y el dolor.

Por un breve segundo, juré que la preocupación modificó la expresión en su rostro, pero luego desapareció y fue reemplazada por una careta de indiferencia.

—Disfruta del infierno, cariño.

Salió a un ritmo que mis piernas no pudieron igualar debido al nivel de fatiga, pero eso no me impidió intentar perseguirlo.

—¡Xai! —Mi grito salió como un ronco susurro. Cada parte de mi cuerpo parecía colapsar bajo las condiciones de tensión del entorno. No iba a matarme, pero me dejaría paralizada y con extrema agonía. Para siempre.

No podía dejarme aquí.

No así. No después de todo por lo que habíamos pasado.

Dos mil años de historia.

Esto solo era otro de sus crueles trucos.

Un juego divertido para ver cuánto yo podía aguantar.

Pero con el paso del tiempo supe que no era así. Me había dejado para que sufriera. Sola. En la oscuridad. Rodeada de atroces seres que prosperarían al destruir mi alma.

Me estremecí a pesar de la atmósfera de fuego. El sudor empapó mi camisa y volvió pesados a mis zapatos mientras trataba desesperadamente de correr hacia dónde se había dirigido. Pero hacía tiempo que se había ido.

Mis labios se abrieron para soltar una palabra ofensiva, pero no hubo ningún sonido. El aire espeso e infundido de azufre nubló mis pulmones y terminé en el suelo apoyada contra una pared en llamas. Me chamuscó la piel, pero no podía sentir lo suficiente como para que me importara.

El dolor me desgarró el pecho cuando Xai me rompió el corazón una vez más e hizo añicos lo que quedaba de mi determinación. Si encontrara una forma de salir de aquí, me retiraría. Para siempre. No más el trabajar como asesina para el Infierno. Podían lidiar sus propios problemas demoníacos cara al futuro. Ya era hora de que yo encontrara un poco de algo parecido a la felicidad antes de que mi alma se fragmentara irreparablemente.

La oscuridad abrumó brevemente mis sentidos, y forcé a la claridad a través de mis pensamientos, lo suficiente como para arrastrarme a un rincón hacia un lado. Una pequeña siesta podría ayudarme para recuperar un poco las fuerzas. O tal vez me dejaría inconsciente.

Cualquier cosa para terminar con la agonía que me inundaba.

—No perteneces aquí —dijo alguien desde arriba mío.

Resoplé ante lo evidente y traté de ponerme a la defensiva, pero mis extremidades se negaron a trabajar. Era peor que La Caída. No tenía energía ni pensamientos. Nada.

Algo se sujetó de mi brazo. Un hierro caliente que me hizo recordar al acero fundido. Quería pelear, gritar, hacer algo, pero mi cuerpo cayó inerte.

Y luego me encontré volando. No en la manera en que recordaba hacerlo, sino en un desplazamiento anormal de los factores que me contraían el estómago.

Un Morador del Portal.

Con brillantes ojos esmeralda.

Devolviéndome a la Tierra.

Mis ojos se abrieron de golpe cuando el sueño se desvaneció. Había reprimido esa pesadilla durante tanto tiempo que había olvidado un detalle importante que tenía que ver con mi salida.

Ese día yo no había encontrado un Morador del Portal; él me había encontrado y me había impulsado de vuelta a la Tierra.

¿Por qué?

Busqué otra puerta, una que pudiera tener una respuesta. Y me quedé paralizado.

El corredor blanco había desaparecido.

En su lugar, me encontré encerrada en una especie de jaula sobre un viejo colchón lleno de bultos. Fríos barrotes de hielo decoraban las paredes, y un falso cielo raso con parches faltantes de pladur yacía encima.

Me estremecí. Mi pasillo de los horrores no tenía nada que ver con este lugar tan real.

El horror vivía aquí, y yo había llegado sin refuerzos. Porque no me cabía la menos duda de lo que había sido ese paseo por el carril de los recuerdos. Un crudo recordatorio de que cuando más necesitaba a Xai, siempre desaparecía. Iba a depender de mí salir de este lío, así como del creado por el asesinato de Kalida. El bastardo probablemente me incriminó él solo.

Mis manos se cerraron formando puños.

Justo cuando pensaba que las cosas habían cambiado —de nuevo—, Xai me decepcionó.

Y yo solo podía culparme a mí misma.

¿Cuándo aprendería a dejarlo fuera de mi vida y que ya no entrara más?

Nunca.

Mi corazón latía en protesta Allí todavía había esperanza. Una traicionera y dolorosa emoción que en algún momento terminaría por destruir mi alma. Porque una parte de mí quería creer que no me había dejado a morir, que finalmente había cambiado para mejor, y que de hecho me amaba. En el fondo sabía que sí lo hacía, pero siempre me apartaba de la manera más cruel. Y nunca entendí la razón.

Insistió en ayudarme con este caso y las cosas entre nosotros habían sido diferentes, más reales de lo que habían sido en mucho tiempo. Genuinas. Maestro manipulador o no, algunos sentimientos no podían fingirse.

Alguien le dio una espada bendita.

El miedo se apoderó de la voz de Xai cuando articuló esas palabras. No para sí mismo. Para mí. Y le creí.

Pero también confié en él cuando me pidió que Cayera. Cuando me llevó al infierno…

Sacudí la cabeza.

Ahora no era el momento de reflexionar sobre los motivos de Xai. Había pasado una eternidad tratando de entenderlo. Si algo me había enseñado con cada una de sus despiadadas decisiones, fue a necesitar confiar en mí misma. Y lo haría.

Pero primero tenía que salir de esta jaula.

CAPÍTULO CATORCE

PEDIR PERMISO NUNCA MATÓ A NADIE. O TAL VEZ SÍ

FINGÍ QUE DORMÍA en mi catre mientras clasificaba los olores y sonidos que me rodeaban. Tres cosas se me ocurrieron rápidamente.

Primero, no estaba sola aquí abajo.

Segundo, necesitaba una llave para escapar.

Y tercero, los Demonios acechaban cerca. Al menos seis de ellos.

Un ruido sordo se repetía en lo alto, sugiriendo que Streator me había dejado en el sótano de algún club nocturno. Me dejó mis joyas, tacones de plata y palillos para el pelo. No eran mis armas preferidas, pero se las arreglarían para cuando él o uno de los infernales guardaespaldas aparecieran.

La presencia del Inframundo me serenó un poco porque significaba que este plan no había sido una completa pérdida de tiempo. Me preguntaba si la afición de Streator por la esclavitud sexual se relacionaba con el desfile de Demonios de la otra noche, pero esto demostraba que, como mínimo, él tenía varios vínculos inusuales con el Infierno. Y eso hacía que valiera la pena explorar.

Suaves llantos y resoplidos me volvieron a la realidad. Había siete mujeres más aquí abajo, cada una en su propia celda de tres metros por tres. Muchos escalofríos me recorrieron los brazos mientras pensaba en sus destinos. Mi alma angelical anhelaba justicia para ellas, e iba a buscar venganza cuando llegara el momento.

Contuve la necesidad de dar golpecitos con los dedos mientras esperaba. Si desperté muy antes de mi coma inducido por drogas, los dueños de este agujero de mierda cuestionarían mi reacción. Dada su confirmada relación con los subordinados del Infierno, eso podría llevar a algunas interesantes teorías que preferiría evitar.

Las auras demoníacas de arriba emitían pulsaciones amenazantes; una prueba de que eran del tipo que me gustaba matar. Sospeché que la mayoría eran Custodios. Para un mortal como Streator, ellos le serían más útiles.

Intenté determinar su ubicación en el club, pero los pasos acercándose me distrajeron de la tarea.

Tres grupos. Todos humanos.

Una puerta al final de la habitación se abrió para permitirles la entrada.

Los miré a través de mis pestañas mientras permanecía completamente quieta. Las sombras de la celda mantendrían mi rostro oculto hasta que se acercaran y se pararan afuera de los barrotes, pero yo podría ver sus rasgos bajo la opaca y cálida iluminación de arriba. Varias de las mujeres corrieron a las esquinas de sus espacios, mientras que una de ellas se hizo un ovillo a manera de defenderse. Estaba totalmente desnuda y con marcas a lo largo de su piel que revelaban demasiado sobre la situación en la que se encontraba.

Cuando el hombre más bajo y musculoso se rio de ella, supe quién le había causado los moretones.

Imbécil número uno. Él sería el primero en morir.

Un invisible nubarrón de intimidación rodeaba a los hombres mientras se movían con toda la intención hacia mi espacio. Todos cargaban con expresiones que sugerían que lo hacían con demasiada frecuencia y que además *disfrutaban* de su trabajo.

Pertenecían a la clase de mortales que yo asesinaba. Los sujetos que merecían una cita con la muerte.

—¿Cuándo dijo Scott que ella despertaría? —El áspero tono le pertenecía a Imbécil #1.

Lo que fuera que Streator había inyectado en mis venas, claramente tenía el propósito de joderme durante un buen rato. Sospeché que también debía llevar mezclado un narcótico, algo adictivo para mantenerme al margen como una buena mascota. Menos mal que ese tipo de drogas no funcionaba con los de mi especie. Al menos no de la misma manera como lo haría con un humano.

—Dentro de una hora más o menos —contestó su amigo gordo. *Calvito* parecía un apodo apropiado para el imbécil regordete y sin pelo.

Mis ojos se cerraron cuando se aproximaron a mi celda, dejando al tercero con el triste apodo de *Cosa Tres*. Tenía el pelo fino y castaño, además de una complexión delgada. No había nada especial sobre él.

—Entonces debería ser tiempo suficiente —contestó el Imbécil #1 mientras hacía sonar un juego de llaves.

—No puedes tocar a esta —dijo rápidamente Cosa Tres, arruinando mi diversión. Esperaba que intentaran tocarme para poder presentarles como era debido los nuevos juguetes que Gleason me había dado a principios de semana.

—Sí, Streator dijo que está intacta —refunfuñó Calvito—. Tengo que llevarla con Becks para que la inspeccione.

Vale, eso sonaba divertido.

—Hay otras maneras de aprovecharla —el Imbécil #1 realmente quería ser el primero en morir. Estaría feliz de complacerlo una vez que terminara de abrir mi maldita puerta.

—Compton dijo que nada de tocar —Cosa Tres parecía ser la voz de la razón y, por el sonido de la misma, también el que estaba al mando en aquel trío. Pero más que nada, el nombre que soltó sedujo a mi interés.

¿Quién coño es Compton? Revisé mentalmente todas las anotaciones sobre Streator y no encontré nada. *Contadme más, muchachos.*

La puerta se abrió de golpe y el impulso de patear algunos traseros me golpeó fuerte, pero la paciencia me mantuvo quieta. Necesitaba seguir con esto hasta que reunir toda la información posible.

Estos tres eran unos inútiles para mí. Yo quería a su líder. Uno que sospechaba que podría ser un Demonio. Era la única manera de explicar la presencia del Inframundo alrededor de este club, y también podría encontrarse relacionado con el desfile de los horrores de la otra noche. El Infierno no se mezclaba con los humanos, a menos que fueran útiles.

Una sudorosa mano se deslizó por mi pierna para toquetear mis bragas de seda. Me costó mucho trabajo no estremecerme cuando mi violador metió un dedo en el centro.

—Mmm, espero que Scott esté equivocado — aparentemente el Imbécil #1 tenía una afición por las mujeres en un estado de inconsciencia. Qué encanto. Esperaba que le gustaran los objetos jodidamente punzantes porque yo cargaba con unos cuantos que con gusto lo conocerían.

Unos muy largos y delgados brazos rodearon mi cuerpo y me levantaron. Mis extremidades se quedaron sin fuerzas a pesar del deseo de mi corazón de luchar. *Paciencia.*

Ignoré los obscenos comentarios de los hombres mientras nos movíamos y me concentré en cómo iba cambiando mi entorno. Sin escaleras. Solo un largo pasillo que conducía a otra área del club que se sentía un poco más cerca de la presencia demoníaca que había arriba. Hubo una pausa mientras los hombres abrieron una puerta, y luego un aire estéril y limpio me hizo cosquilleó la nariz. Mejor iluminación, pintura fresca y un olor a café. ¿Un área de oficinas?

La puerta sonó ligeramente, seguido de una serie de pitidos mientras aseguraban el área de la prisión. Luego continuamos moviéndonos.

Once pasos.

Y nos detuvimos.

—¿Es ella? —Preguntó una voz femenina. Parecía curiosa, pero de una manera morbosa.

—Sip. Necesito una prueba de virginidad para la subasta —explicó Cosa Tres mientras me dejaba caer sin mayor cuidado sobre un colchón duro. La lejía y el algodón me agredieron los sentidos al igual que el aroma implícito de sangre fresca y otro conocido olor.

Muerte.

Alguien acababa de dejar este nivel para irse a otro, en esta misma habitación.

Genial. Justo lo que mi alma necesitaba.

—Me pondré a trabajar —dijo la mujer con cierta pizca de emoción en la voz.

Bueno. No estaba muy familiarizada con las visitas al médico ya que realmente no las necesitaba, pero su reacción no me pareció normal. ¿Qué clase de médico esperaba con impaciencia un examen íntimo del paciente?

—Gracias, Becks. Estaremos arriba por si nos necesitas —la autoridad en la voz de Cosa Tres confirmó mi sospecha de que estaba a cargo. Tal vez él me sería útil después de todo.

—Estaré bien —contestó Becks mientras me aseguraba las muñecas con correas endebles. Estuve a punto de reírme. Si pensaba que me retendrían, ignoraba la clase de sorpresa que se llevaría a continuación.

El movimiento de pies fue seguido por el cierre de la puerta que me dijo que finalmente solo éramos ella y yo.

Hora de trabajar.

Me quedé quieta mientras Becks colocaba mis piernas en la cama. Cuando sus manos se acercaron a mi ropa interior, abrí los ojos, pero estaba demasiado concentrada en su tarea como para darse cuenta. Era una morena de piel aterciopelada, líneas de expresión y facciones delicadas. Nada especial, pero tampoco tirando a feo.

Mientras intentaba bajarme la ropa interior, examiné las ataduras de mis muñecas. Estaban adheridas a las barandillas de la cama. Error de novato. Un fuerte tirón me pondría en libertad, y no solo eso, también me tendría blandiendo las barras de metal. Pero para ser justos, los anteriores pacientes de la mujer probablemente no tenían mi fuerza.

Muy bien. ¿Qué tal una pruebita para que empiece la fiesta?

Cerré los ojos y gemí suavemente, pretendiendo que me movía.

—Maldita sea —Becks resopló y refunfuñó en voz baja. Dejó la seda negra alrededor de mis muslos y abrió un aparador puesto a la izquierda—. Nunca les ponen la dosis correcta —continuó con evidente irritación.

—¿Q-Qué…? —Me aclaré la garganta y me golpeé la cabeza como si quisiera aclararla—. Y-Yo… —Forcé un temblor y la miré con los ojos entrecerrados.

La médico puso algo en el mostrador y continuó moviéndose, ignorándome.

—¿Quién? —Fingí pánico cuando me di cuenta de lo que me rodeaba—. ¿D-Dónde?

—Para. No te servirá de nada —dejó de buscar para mirarme luchar de manera falsa contra las correas—. De todas formas, no es como si fueras a ser lo suficientemente inteligente, ¿cierto? Quiero decir, dejaste que un hombre como Scott te engañara.

Sacudió la cabeza como si sintiera lástima y luego rio. Su sombría diversión me dijo todo lo que necesitaba saber. No se trataba de una mujer a la que se le obligaba ejercer una profesión que perjudicara gente. A la doctora Becks le *gustaba*.

Suspiré. Maldita sea. Debí haberlo visto venir. Cuando la

miré por primera vez, su alma oscura prácticamente le cantó a La Parca dentro de mí, justo como los tres hombres que me habían sacado de mi celda. Como hija de Azrael, tenía ciertas destrezas letales que aplicaban en situaciones como ésta, además de ser un deber celestial para vengar a los inocentes.

Yo nací literalmente para proteger y matar.

Y la querida Becks era mi objetivo ideal.

Pero antes necesitaba algunas respuestas.

—Espera, tengo justo lo que necesitas —dijo.

Considerando lo que sabía sobre la trata por mis días como asesina, la médico probablemente tenía la intención de inyectarme con drogas adictivas. Enseguida, esa perra me mostró una ampolla mientras movía las cejas.

Todas las dudas que llegué a tener (si es que las hubo), desaparecieron.

Volvió a su tarea, dándome la espalda.

Hora de jugar.

Tiré de mis manos hacia arriba en un ángulo calculado y sonreí cuando los herrajes hicieron *¡pum!* La cabeza de la médico giró en el momento justo para que yo pudiera sujetar las nuevas armas.

Y luego me moví.

La espalda de Beck golpeó la pared con un ruido sordo cuando la inmovilicé con los barrotes contra su garganta.

—¿Te importaría subirme la ropa interior, por favor? Me está irritando los muslos y no creo que todavía hayamos llegado tan lejos en nuestra relación.

Sus ojos crecieron mientras y su boca quiso soltar un grito silencioso.

Resoplé y sacudí la cabeza.

—Gritar requiere oxígeno. Seguro que como médico lo entiendes, ¿no? —Hice una pausa, considerando—. Eres una, ¿verdad?

A pesar de su lamentable estado, sus ojos se entrecerraron. Eso sería un sí en el ámbito entre médicos.

—Correcto. Dejaré que respires después de que arregles las bragas que tan groseramente intentaste quitarte. Luego tendremos una charla. De mujer a mujer —se quedó mirándome boquiabierta, así que ejercí presión sobre metal contra su cuello—. No es si quieres o no, Becks. Arréglalas. Ahora —la amenaza en mi voz la llevó a moverse.

Sus dedos revoloteaban contra mis muslos mientras se esforzaba por subir el elástico. Qué sensación tan extraña tener a otra mujer vistiéndome. Muchos inmortales experimentaban con ambos sexos así como con una variedad de fetiches, pero aquello nunca me llamó la atención.

Aflojé el barrote para dejarla inhalar después de que descuidadamente me arreglara el vestido.

—Ahora, empecemos con lo obvio. ¿Para quién trabajas?

Jadeó y tosió en respuesta. Mi ceja se levantó.

—Lo siento, Becks. Esa no era la respuesta que estaba buscando.

Me moví para volver a inmovilizarla. Luego dijo:

—Espera —tosió.

En mi apuro por inmovilizarla le había lastimado la garganta. Xai me había llamado débil, pero en realidad, quería decir "oxidada". La tortura era un arte. Un movimiento en falso y el sujeto moría. Entonces, más tarde iba a necesitar ser más cuidadosa con Streator.

—Dime un nombre, doctora. Sí puedes articularlo.

Vete a la mierda, fue su respuesta.

—Qué original —lo menos que podía hacer era tratar de ser creativa. Di un paso atrás, bajé los barrotes y golpeé mis puños contra su estómago sin dejar de sostenerlos. Antes de que pudiera desplomarse, la tomé por el cuello con los objetos metálicos y la puse contra la pared—. Inténtalo una vez más, por favor.

Lágrimas resbalaron por su rostro mientras el verdadero temor se mostraba.

—Sí. Soy más fuerte de lo que parezco —confirmé—. Un nombre, Becks. No es tan difícil. ¿Para quién trabajas?

Torturar humanos realmente nunca llamó mi atención, incluso cuando sabía que se lo merecían. De ahí la razón por la que apenas la golpeé, pero claramente había sido suficiente para hacerla hablar.

—C-comp-ton —se las arregló para soltar una tosca exhalación.

Parecía ser el nombre del día.

—¿Streator también trabaja para él?

Resopló una risa entrecortada y trató de sacudir la cabeza, lo que terminó en mucha áspera tos.

—C-comp-pañeros y no... —más tos le cortó todo lo que estaba a punto de añadir.

Fruncí el ceño. Las anotaciones no decían nada sobre Streator teniendo un socio de negocios. ¿Quizás eran colegas en secreto en la industria de la trata?

—Entonces, ¿juntos prostituyen y venden mujeres?

Puso una mueca de dolor.

—N-no. C-compton subasta. St-streator busca chicas.

En español: Streator adquiría el producto y Compton lo subastaba. Igual de malo.

—¿Y los Demonios? ¿Qué puedes decirme de ellos?

La mirada que me dio fue respuesta suficiente. Pensaba que había perdido la cabeza. Típica reacción de un mortal a lo desconocido, lo que significaba que no sabía nada útil sobre Streator fuera de este retorcido pasatiempo. Pero tenía que haber una razón por la que los Demonios estuvieran involucrados. El Infierno no necesitaba que los humanos llevaran a cabo un plan como éste para llegar al pecado. Algo más estaba pasando aquí.

—¿A quién le reportan Compton y Streator?

Tal vez ella había oído un nombre que podría ayudarme.

La confusión agitó sus facciones.

—¿Qu-qué?

Bueno, esto ha sido un desperdicio total de mi tiempo.

—No me has ayudado en nada, Becks, pero me las arreglaré. Gracias igual.

Golpeé los barrotes contra el costado de su cabeza con la intención de matar en el acto. Una muerte sin dolor. El único presente que podría darle a una mujer con su destino ya elegido. Inhalé profundamente mientras su alma pasaba de este nivel al siguiente, y me tranquilicé cuando la sensación de justicia cayó sobre mí.

Paz.

Entendimiento.

Hacer lo correcto.

Eliminar el mal de la Tierra siempre me causaba un sentimiento de satisfacción. Ya lo extrañaba.

Una complicación de mi derecho de nacimiento fue la habilidad de ver la maldad en otros. Dejó a mi lado letal ansioso por establecer el equilibrio y por ayudar a la humanidad a prosperar al eliminar a aquellos con infames intenciones, pero últimamente lo había ignorado. Sobre todo, porque estaba decidida a retirarme, pero también porque necesitaba un descanso.

No me gustaba matar, pero anhelaba el acto del castigo. Y a veces ese deseo era adictivo.

Hoy iba a dejar ir ese deseo porque él mismo necesitaba de un buen entrenamiento.

Deslicé los barrotes fuera de las correas y me puse a buscar la llave para quitarme las esposas de las muñecas. Después de liberarme de los accesorios pasados de moda, registré los gabinetes para conseguir bisturíes y todo lo que fuera práctico.

Mi habilidad innata para convertir cualquier cosa y todo en

un arma mortal era una cualidad valiosa, ya que el hombre responsable de salvaguardar mi plata había desaparecido.

Metí algunos artículos en mi ropa interior de seda y usé un poco de adhesivo del gabinete para asegurar tres jeringas llenas de drogas contra mis muslos. Una sobredosis de heroína sería una forma horrible de morir, pero los hombres de este club se lo merecían.

Cogí el juego de llaves que le encontré a la doctora Becks y me asomé por la puerta para observar el pasillo vacío.

Probablemente iba a tener de veinte a treinta minutos antes de que el trío volviera con la médico. Mucho tiempo para un recorrido autoguiado de las instalaciones.

CAPÍTULO QUINCE

SI EL INFIERNO POSEYERA UN CLUB, SE VERÍA ALGO COMO ASÍ

Sin cámaras de seguridad allí abajo.

Los hombres a cargo claramente no creían que sus prisioneros pudieran escapar o suponer una amenaza; una idea equivocada que yo corregiría muy pronto.

Me moví por el pasillo con la espalda contra la pared. Mis tacones se mostraban silenciosos contra el concreto, un talento que había perfeccionado en mis días como asesina. Ayudó que el repetitivo y soso golpeteo de arriba ahogara el resto del ruido. Utilicé el bajo a mi favor, moviéndome a tiempo con el compás. Cada paso me acercaba más a la señal demoníaco de arriba. Mi meta.

El estruendo de arriba me hizo pensar en la hora. Streator y yo habíamos dejado el club cerca de la medianoche, y probablemente llevaba fuera una hora o dos, lo que significaba que la fiesta de arriba no tardaría en llegar a su fin. Pero el volumen cada vez mayor de ruido casi parecía refutar esa concepción. Debí de haberle revisado a la doctora en busca de un móvil o un reloj. Ahora ya era demasiado tarde.

Pasé por dos oficinas vacías de camino a la puerta al final del pasillo y una estaba ligeramente abierta. Le empujé tentativamente. Me encontré con escaleras y, por como sonaban, llevaban directo el club. Pero un seco crujido que provenía del calabozo al otro lado del pasillo me hizo detenerme. Me recordó a un disparo. Luego le siguieron dos más, y rápidos, paralizándome con un pie en el primer escalón.

Mierda.

Tenía la intención de volver por las víctimas más tarde, pero su miedo tocó mi corazón.

No tienes el código de la puerta.

Pero eso no me ha detenido.

Se hizo el silencio mientras la lógica se movía en mi cabeza.

Solo hubo tres disparos. No los suficientes para matar a todas las mujeres. Era más probable que uno de los guardias estuviera tratando de asustarlas para someterlas. De lo que yo había observado, las chicas estaban todas sanas y eran relativamente nuevas. Como yo. Dañarlas antes de la subasta sería contraproducente para las metas de la organización.

Mis latidos palpitaban necesitados de venganza. Esas mujeres no merecían ese destino, y yo me encargaría de que sus captores tuvieran uno más horrendo, y luego liberaría a los inocentes encerrados en la otra habitación.

Con los ojos entrecerrados, comencé a subir con un nuevo propósito en mente.

La pestilencia a Demonio se intensificaba con cada paso dado, anunciándome que me había topado con su madriguera. Había detectado al menos ocho de ellos, y para cuando llegué al final de la escalera, la cabeza me daba vueltas. La esencia pura del pecado en este nivel me recordaba al Infierno.

Tan cruel, sofocante e inesperado.

Parpadeé para disipar dicho aturdimiento mental, pero continuó.

Mis instintos estallaron. *Peligro.*

Algo poderoso acechaba aquí.

Un ser del que emanaba crueldad y dolor.

La maldad cayó sobre mí, como en el muelle de embarque, solo que peor.

Cualquier monstruosidad que existiera en este club no pertenecía a la Tierra. Contenía demasiadas cualidades infernales.

Necesito largarme de aquí.

Mis pies se movieron antes de que siquiera pudiera pensar, y me encontré mirando hacia el club. Había humanos, en su mayoría hombres, rodeando a mujeres vestidas de forma escandalosa que claramente no querían ser partícipes en esta sala. La mayoría bailaba en jaulas y otras pocas parecían estar atendiendo a los hombres en los sofás pegados a la pared trasera. Sus miradas vacías los afirmaban como veteranos de este club, mientras que las que giraban dentro de las jaulas alambradas hacían alarde de expresiones de terror.

Comprendía la dominación que había en cualquier dormitorio, pero aquí y ahora llevaba el poder a un nivel completamente nuevo. Y me enfureció. Quería quemar este lugar hasta los cimientos con todos los agresores dentro.

—Eres nueva —murmuró una profunda voz a mi izquierda. Sus gemelos de oro y su impecable traje indicaban que era poseedor de fortunas, al igual que la copa de cristal en su mano.

Todos los hombres presentes se jactaban de tener dinero.

Compradores.

Hijos de puta.

Pasar a través de la muchedumbre sin ser notada sería imposible en mi diminuto vestido morado y tacones. Si tuviera mis espadas lo haría con ellas, eliminando a tantos idiotas como fuera posible mientras llegaba a la puerta.

Una mano en mi hombro me hizo reaccionar por instinto. Sujeté los gruesos dedos y los retorcí hasta que se tronaron. El hombre con los gemelos dorados se derrumbó en el suelo y mientras tanto le di un rodillazo en la cara. Cualquier persona que usara la riqueza para conseguir un esclavo involuntario merecía dolor.

—Oh, lo siento. Eso fue grosero de mi parte —puse mi pie en su entrepierna y no dudé en hundir su miembro viril en el suelo. Su agonía era música para mis oídos—. Tal vez la próxima vez lo pensarás dos veces antes de tocar a una mujer sin su permiso.

Mi sonrisa fue muy breve cuando me di cuenta de que había captado la atención de varios fiesteros. Genial. Para nada lo que necesitaba.

Di un paso hacia atrás en el pasillo atestado de azufre a mis espaldas y busqué otra salida, pero solo vi la caja de la escalera y una única puerta. El origen de la presencia no terrestre.

Aquella abrumadora sensación del inframundo nuevamente me envolvió, dejándome sin aliento. Había detectado a los Demonios de la planta baja, pero esto se sentía diferente.

Con más poder.

Mortífero.

Incorrecto.

—¿Qué cojones? —Un corpulento humano entró en el oscuro pasillo después que yo con expresión furiosa.

Lo miré con ojos inocentes.

—Lo siento, ¿manejé incorrectamente la situación? —Ladeé la cabeza e ignoré mi repentino enfado—. ¿Debí de haberme dejado y soportarlo?

—¿Crees que esto es gracioso? —Su expresión y su tono me decían que yo no le parecía muy divertida. Qué pena por él —. Te mostraré lo que hacemos con las chicas *graciosas*.

Fue a por mí teniendo en cuenta el tamaño de su cuerpo, subestimando por completo mis habilidades a pesar de haberme visto acabar con su amigo. Gilipollas.

Arranqué el bisturí fijado a mi muslo y le herí el hombro desde un calculado ángulo cuando trató de agarrarme.

—¡Joder! —Exclamó mientras su mano caía inerte en uno de sus costados.

—No, gracias —le corté el tendón del otro hombro y lo dejé indefenso. Levanté mi pie para darle una patada en el abdomen. Cayó sobre el trasero con un fuerte ruido sordo y un chillido—. Bueno, no fue para nada entretenido.

No habían pasado ni veinte segundos y ya se había dado por vencido. Típico. Comencé a limpiar la cuchilla en mi vestido cuando la puerta del final del pasillo se abrió. La pestilencia me golpeó las entrañas y me hizo perder el control. Dejé caer el arma y me acerqué a la pared para estabilizarme, pero hizo muy poco para disipar las náuseas.

¿Qué demonios ocurre aquí? Había cazado y masacrado incontables Demonios, pero fuera lo que fuera que estuviera en esa habitación era algo horrible. La más vil creación de entre las creaciones del infierno. Literalmente quemó la bondad dentro de mí.

Azufre y fuego...

Juraba que olía a llamas apenas encendidas, pero la procedencia me confundió.

El calor y la repulsión hirvieron mi piel, y me llevó un momento darme cuenta del origen.

Los ojos rojos y brillantes del Demonio ardían mientras me retenía con una mano sobre mi garganta y la otra descendiendo por mi desnudo brazo. Había perdido la noción de lo que estaba sucediendo que ni siquiera me había dado cuenta de que él se acercaba, y mucho menos de su contacto.

—S-sssabe dulc-ccce —siseó. Su lengua se precipitó entre sus gruesos labios justo como una serpiente, y me di cuenta de que ésta era una de esas *cosas* que había visto deslizarse fuera del contenedor. Mierda. Llevé mi rodilla entre sus piernas y no conecté con nada.

Repugnante.

Plan B.

Moví mi brazo y conecté con el suyo, pero su codo sin hueso simplemente se dobló y se enderezó de nuevo.

Musculatura sólida. Como una serpiente. No tenía forma humanoide, pero residía en la Tierra.

La lógica se movió dentro de mí. Esto no debería estar pasando. Quebrantaba muchas leyes del Inframundo.

No es el momento, Eve.

Cuando su lengua demasiado larga se movió para lamerme la mejilla, reaccioné. Hasta las serpientes tenían corazón, y yo encontraría el suyo.

Mientras ignoraba la confusión y la histeria que hervían dentro de mí, cogí mis palillos para el pelo y se los clavé en el centro del pecho para después moverme fuera tan fuerte y rápido como pude.

Su grito fue escalofriante, capturando la atención de todos sus amigos no terrenales, incluyendo al muy malvado que me ocasionó náuseas.

Un demonio Peste.

No era de extrañar que me sintiese mal.

Joder.

Seis contra uno.

No podía acabar con todos con un par de zapatos de plata y dos palillos, pero no me dejaban otra opción. Los dos Custodios atacaron al unísono, pero sus movimientos eran predecibles. Me cargué a uno con una patada de talón bien posicionada y al otro con un palillo para el pelo, pero luego los otros fueron se vinieron contra mí.

Otra de esas serpientes y dos desconocidos hijos de puta de aspecto humanoide.

Pero fue el demonio de la Pestilencia el que mantuvo mi interés en alerta mientras que con su mano hacía girar una espesa y amarilla neblina de *algo*.

Esto no iba a terminar bien.

Clavé tres jeringas llenas de heroína en un brazo carnoso, pero no hizo nada. No era de extrañar.

Aquello me dejó solamente con mi collar, un palillo y un

solo zapato. Mi vestido quedó hecho pedazos estaba hecho jirones a mi alrededor. Todo sucedió tan rápido. En solo un par de segundos. Pero me negué a caer sin luchar.

Esquivé una ráfaga de la niebla del Demonio portador de la enfermedad y terminé sobre mi espalda con el hombre serpiente encima. Su furia era algo muy real. El primer tipo debió de haber sido su hermano o su amante. Culpa mía. Siseó en un idioma que yo no entendía mientras los demás me arañaban con sus dedos con garras.

Luché duro desde el suelo, tratando de ponerme de pie y arreglándomelas para derribar a uno de ellos con mi último palillo.

Sangre y otras cosas inmencionables salpicaron mi piel y la pestilencia del Demonio Peste hacía imposible respirar. Nada de lo que me pudiera darme me mataría, pero no había duda de que me incapacitaría, lo que era un peor destino que la muerte.

¿Ser prisionera del Infierno?

No, gracias.

Mi último tacón fue a dar contra el otro humanoide mientras yo seguía luchando con el hombre serpiente en el suelo. Lo empujé justo cuando otra grotesca neblina avanzaba hacia mí. Vaya uno a saber qué enfermedad estaba desencadenando en este club. Los hombres lo merecían, pero no las mujeres encerradas.

Me quité lo que quedaba de mis zapatos hechos pedazos y me puse de pie. De repente unos brazos me rodearon por detrás. Eran fuertes y firmes. Miré hacia arriba con un solo ojo.

—¡Oh, por el amor de Dios! —Espeté.

Un maldito cíclope.

En el club.

Cuatro metros de alto y metro y medio de ancho.

—¿Cómo coño te lograron pasar a través de la maldita

puerta? —Empecé a retorcerme, pero su fuerza paralizó la mía. Todo lo que me quedaba era el collar y...

Una cuchilla de plata aterrizó justo en su pupila, haciéndole explotar con un fuerte estallido. La porquería cayó sobre mi cabeza, pero luego fui libre. Tropezó hacia atrás y me limpié el pringue de los ojos justo a tiempo para ver otra cuchilla aterrizar directo en el pecho del gigante. Mi cabeza giró para ver a la última persona que esperaba que acudiera en mi ayuda.

Xai.

No perdió el tiempo en lidiar con la criatura serpentiforme, y el Demonio de la Peste huyó. Empecé a correr tras él pero me tropecé con mis propios pies y fui a parar duramente contra la pared. Mis extremidades temblaron debido al agotamiento, tanto que los dedos de mis pies se sintieron entumecidos.

De repente, las manos de Xai estuvieron en mi rostro mientras me obligaba a encontrarme con su brillante mirada. No pude evitar un jadeo de asombro o un gemido de alivio. Tan impropio de mí, pero justificado en esta demencial situación.

Yo podía entender a un club nocturno de humanos inmorales, pero ¿esta nueva tanda de las peores creaciones del Infierno? No. Ellas no tenían nada que ganar estando aquí; no como lo haría un humanoide de tipo masculino.

Nuevamente intenté ir tras el último Demonio, pero mi cuerpo se negó a trabajar.

—Eve —el apremio en la voz de Xai hizo que me concentrara en él. Había estado hablando y yo no había oído ni una palabra. La mirada que me dio decía que aquello le preocupaba.

—¿Sí? —La aspereza de mi voz sonó mal. Intenté aclararla, pero no pude.

Xai me cargó en sus brazos y empezó a moverse mientras

las luces se atenuaban mientras iluminaban sobre nuestras cabezas. Entrecerré los ojos y golpeé mis entumecidos labios. Cierto. Eso no podía ser bueno. Finalmente cogí lo que quedaba de mi vestido. No era mucho. Pero la mayor parte de mi piel estaba cubierta de una secreción negra que me provocaba arcadas.

—Es del Demonio Culebra —explicó Xai—. Una toxina paralizante.

Genial. El tipo me había eyaculado veneno.

La luz del sol me cegó un segundo más tarde, ocasionando que me encogiera de miedo.

—Una ducha, amor. Es todo lo que necesitas. Y luego hablaremos.

Asentí —o, bueno, lo intenté—, apoyada sobre su hombro.

No había duda de que hablaríamos.

Empezando con: ¿Por qué coño le había tardado tanto? Y luego yo dándole unos besos de la hostia.

Porque no me había abandonado.

Por primera vez en nuestra jodida existencia, había cumplido su palabra.

Y acababa de salvarme de un destino atroz.

—Todo está asegurado —dijo una voz profunda—. ¿Adónde vamos ahora?

—Al hotel —contestó Xai—. Después quiero que tú y Tax lo quemen todo.

—Sí, señor.

¿Quemar qué?

¿Y por qué se dirige a Xai con formalidad?

Mis ojos se negaban a abrirse al igual que mi boca.

Maldito veneno de Demonio.

¿Cómo lo había llamado Xai... Un demonio Culebra? ¿Cómo lo supo? ¿Y por qué la toxina no lo paralizaba?

Eran todas las preguntas que haría una vez que mi boca volviera a la normalidad.

CAPÍTULO DIECISÉIS

ENTONCES TAL VEZ LA ARROGANCIA DE XAI ESTÁ JUSTIFICADA

Yo quería matar algo.

Preferiblemente un demonio.

Uno con una resbaladiza lengua y una afición por supurar sobre las personas.

La toxina me dejó inmóvil, pero no me impidió sentir todo. Un repugnante incidente que me dejó completamente a merced de Xai. Me negué a pensar en lo que habría pasado si no hubiera aparecido.

Había agua escurriendo sobre mis muslos y mi estómago, para después abrirle el paso a la palma caliente de Xai. Me había dejado desnuda en la bañera con una toalla bajo la cabeza y se había puesto a quitarme la suciedad del torso.

Dentro de mi interior había furia y humillación mezcladas.

Esa cosa me había dejado indefensa.

No lo había estado.

Ni tampoco necesitado apoyo.

Hasta esta noche.

Porque esos seres del Infierno iban más allá de lo que era mi especialidad. Eran una rareza que me revolvía el estómago y me hervía la sangre. Si hubiera estado bien armada podría haber acabado con todos con unas cuantas cuchillas certeras.

Pero no. Estuve sin mis armas y siendo superada en número.

Una excusa, pensé con un suspiro mental.

Sabía que no debía entrar en batalla sin prepararme y, por consiguiente, tenía que depender de alguien para que me salvara. Aquello me irritaba y creaba un torbellino de emociones que requerían de un desahogo, pero no podía hacer un puto movimiento.

—Es un veneno tópico —dijo Xai mientras pasaba un dedo desde mi esternón hasta el ombligo—. El efecto sobre un mortal es instantáneo, pero nuestra constitución es distinta, así que el Demonio Culebra requirió esforzarse mucho para hacerte caer. No me sorprendería que hubiese derramado todo su abastecimiento de veneno sobre tus pechos.

Sonaba mucho más divertido de lo que yo me sentía. Bastardo.

—Siempre tan terca —resopló —Debiste haber esperado, amor.

Agh. Como si necesitara de su reprimenda. Yo estaba haciendo un buen trabajo en regañarme por ese lío sucedido.

—Ahí —le cerró al grifo de agua pero mantuvo su palma en mi bajo vientre—. Todavía necesitas una ducha, pero la toxina paralizante ya no está. Te sugiero que empieces despacio.

Intenté fruncir el ceño, pero no pude.

Nada.

No sentí nada.

Mi corazón se aceleró un poco cuando una inyección de adrenalina corrió por mis venas.

Y si…

Un momento…

Eso es…

Sentí un hormigueo. Primero en los dedos de las manos y de los pies antes de ascender gradualmente hacia mis extremidades. Me lamí los labios con un suspiro y agité las pestañas.

Finalmente.

La oscura mirada de Xai se encontró con la mía, ocasionando que mi ritmo cardíaco se acelerara por una razón completamente diferente. Por el deseo, el amor y algo más oscuro mezclándose juntos en sus pupilas dilatadas. No sabía si quería follarme, matarme o pasar la eternidad conmigo. Tal vez un poco de los tres.

—Te ayudaré a ponerte de pie —no esperó a que le respondiera, simplemente agarró mis caderas y me sacó de la bañera. Mis piernas se tambaleaban, pero me las arreglé para mantenerme de pie con su ayuda—. Por mucho que adore tu aspecto de guerrera, necesitas una ducha.

Un vistazo en el espejo me hizo estar de acuerdo con él. Sangre y viscosidad de Demonio se mezclaron en mi cabello rubio, dándome una apariencia de zombi. No era mi aspecto más atractivo.

Xai me condujo a la ducha de pie de gran tamaño donde me apoyé en la pared de mármol en busca de soporte. Hice una mueca cuando mostré mi indeseada debilidad. Iba en contra de mi comportamiento de costumbre, sobre todo en presencia de un depredador desnudista. Su sucia camisa con botones fue lo primero en caer al suelo, seguida de sus pantalones negros de vestir.

Sin boxers ni calzoncillos.

El hombre era jodidamente guapo con ropa, pero sin ella parecía un Dios.

Perfección.

Venerado.

Fuera de este mundo.

Merecedor de adoración.

—Me encanta cuando me miras así —musitó mientras se

metía a la ducha conmigo—. Tus manos contra la pared, amor.

Mi habitual respuesta no fue soltada por mi lengua. La furia de hacía unos minutos había sido reemplazada por agotamiento. No quería pelear con él. No por esto.

Me di la vuelta y presioné mis palmas contra los azulejos fríos. Su dedo se deslizó sobre la curva de mi espalda mientras plantaba un beso en mi hombro. Un movimiento muy tierno e inesperado, como lo fue la exhalación que le siguió. Parecía casi aliviado por mi obediencia. Incluso agradecido.

Había agua goteando cerca mientras Xai ajustaba la temperatura. Mi piel se calentó con el calor de su cuerpo desnudo muy cerca, pero demasiado lejos para tocarlo.

Anhelaba caer de espaldas sobre en él y descansar. Una loca idea considerando nuestra historia, pero él hacía alarde de una atmósfera de amparo que llamaba a mi alma. Después de todo por lo que me había hecho pasar, la parte más importante de mí seguía confiando en él. Yo amaba y odiaba que fuera así.

El calor se apoderó de mi cuero cabelludo cuando Xai comenzó a lavar la viscosidad en mi cabello. Con una mano sostuvo el cabezal de la ducha mientras usaba la otra para peinar mis enredados mechones. La sensual embestida me provocó un escalofrío que me hizo temblar.

Xai nunca cuidaba de mí. No de esta manera. Pero cada caricia calculada irradiaba un afecto que no podía ignorar. Me puso champú en el cabello, seguido de un acondicionador con aroma a eucalipto, y luego enjabonó cada centímetro de mi cuerpo.

Mis barreras emocionales se derrumbaban con cada toque.

No podía con ello.

Me dejó y luego regresó por mí.

Me apreciaba mientras fingía odiarme.

Y entonces a veces me amaba.

Una lágrima cayó, seguida de una segunda.

Quería aborrecerlo, pero ese lado atento suyo pasaba quemando a través de mis defensas. Si él fuera otra persona, lo hacía siglos que lo hubiera matado. Pero me había robado el corazón, y no importaba lo mucho que luchara para arrebatárselo de su dominio, porque fracasé.

Y ahora esto… No sabía cómo lidiar con esto.

Me volteó para que tener mejor acceso a mis pechos, y lo miré a través de mis húmedas pestañas. Sus labios rozaron mis mejillas para atrapar las lágrimas y lamerlas. Me estremecí bajo su calidez y una parte fundamental de mí se quebró, dejándome vulnerable y destrozada.

—No me dejaste —susurré.

—Nunca estás sola, Evangeline —sus palabras fueron una exhalación en mi oído mientras agarraba mis caderas—. Siempre estoy allí.

Sacudí la cabeza apoyada él, negando sus palabras.

—Mentiroso.

Sus dientes se hundieron en el punto pulsante en mi cuello, enviando una descarga a la zona de acción entre mis piernas. Mordió justo lo suficiente para pellizcar de una manera deliciosa que no provocó dolor.

—Acúsame de nuevo, cariño —un reto acentuado con amenaza.

—No es una acusación —respiré mientras arqueaba el cuello para darle un mejor acceso—. Es una realidad.

Me levantó y por instinto envolví mis piernas alrededor de su cintura. Su polla se acomodó entre mis mojados pliegues mientras me aprisionaba contra la pared con un fuerte empujón. Un movimiento experto destinada a provocar y castigar al mismo tiempo. Mi clítoris palpitaba contra su miembro caliente, rogándole que se moviera mientras me sostenía quieta y con sus dientes arañaba mi sensible cuello.

—¿Cuándo lo entenderás? —Hubo otro pellizco, este lo suficientemente fuerte para hacerme sangrar. Su lengua suavizó el pinchazo, ocasionando que una sacudida de placer me recorriera la espalda. Me encantaba este juego, y solo Xai sabía cómo me gustaba jugarlo.

Pasé mis dedos a través de su grueso cabello y tiré con fuerza para forzar a su provocativa mirada a encontrarse con la mía.

—Lo entenderé cuando dejes de ser tan jodidamente misterioso.

Su sonrisa encendió una llama en mi interior, una que solo él podía encender.

—Lo que tú llamas 'misterioso', yo lo llamo 'evidente'.

Intensifiqué mi agarre en sus sedosos mechones, lo suficiente para hacerlo estremecer.

—Eres un gilipollas.

—Y te encanta —gruñó antes de capturar mis labios en un beso repleto de sentimientos puros. Su lengua dominó la mía de un solo movimiento, pero eso no me impidió montar resistencia.

Me enfureció como ningún otro y me excitaba más que nadie. Mis pezones se pusieron erectos como dolorosos picos a medida que mi parte palpitaba necesitada.

Mierda.

No podía recordar el último hombre con el que había estado, ni cuándo. Ni me importaba. En esos momentos solo importaba una persona.

Xai.

Mis muslos se apretaron a su alrededor, rogándole que me llevara hacia donde yo sabía que solamente él podía llevarme. Pero me mantuvo prisionera contra la pared mientras me abatía con su boca.

Gemí su nombre una y otra vez, cediendo ante las silenciosas peticiones de su lengua y declarándolo a él como el vencedor, pero no era suficiente. Él quería más y parecía determinado a ir a por ello.

Su duro miembro se sentía como un sello entre mis piernas. Caliente, grueso y todo mío.

Traté de arquearme contra él, pero aquellas manos en mis caderas no se movieron. Le clavé las uñas en la espalda en protesta, provocándole una risa desde lo profundo de su pecho. El retumbo hizo que mis pechos adoloridos vibraran y que en las extremidades se me pusiera la piel de gallina.

Con mis dientes atrapé su lengua para llamar su atención.

—Fóllame, Xai.

—Mmm —me lanzó al banco de mármol y aterricé con un ruido sordo. Puso mi cabeza en su entrepierna; no era lo que yo tenía en mente, pero no era como si hubiera sido clara en cuanto a cómo quería que me follara.

Me mojé los labios de cara a lo que se venía. El hombre no se había equivocado cuando dijo que su polla era su mejor rasgo.

La sacó y presionó la punta contra mi boca para provocar. Mi lengua salió disparada para atrapar la gota del líquido pre seminal antes de que cayera. Gemí.

Carajo, había echado de menos su sabor picante.

Tan adictivo.

Necesitaba más.

Pero él tenía otra idea en mente cuando se arrodilló ante mí y se abrió paso entre mis piernas.

—Solo relájate, amor. Esto se trata de ti —susurró contra mi muslo interno.

—¿Qué me harás? —Gruñí, porque nada de esto formaba parte de sus intenciones habituales. Deberíamos estar follando ahora mismo.

—Creo que debería ser obvio —la respuesta hizo vibrar mi carne húmeda, ocasionando que un escalofrío me recorriera la espalda—. Te he echado de menos, Evangeline. Más de lo que nunca sabrás.

—Xai... —detuve una palabrota mientras no perdía de reencontrar su lengua con mi centro sensible.

La boca del hombre redefinió el sentido del pecado. El agua y la espuma de jabón fluían a nuestro alrededor, recordándome cómo todo esto había comenzado. Me había limpiado exhaustivamente, y ahora estaba lavando mi clítoris con su lengua.

Eché la cabeza hacia atrás contra el cristal mientras tiraba de mis caderas hacia adelante y ponía mis piernas sobre sus hombros. Ser tratada así de brusco debió de haberme molestado, pero no me apetecía detenerlo ahora.

La sensación hacía que mi piel ardiera y que escalofríos me recorrieran de arriba abajo los brazos. Yo era un tembloroso lío de nervios, y esas manos calientes en mis caderas no ayudaban en nada. Me mantuvo quieta cuando quise moverme, controlando cada caricia contra mi centro.

La sutil dominación de Xai me despertó sentimientos apasionados.

Esto era lo que yo anhelaba.

Ese momento en el que permitía que alguien me controlara por completo. le di a alguien más autoridad total sobre mí.

Sin decisiones.

Sin preocupaciones.

Sin pensar.

Solo placer.

La liberación que no sabía que necesitaba se acumuló dentro de mí con una ráfaga de sensaciones excitantes. Mis extremidades comenzaron a temblar mientras mis muslos se apretaban.

—Córrete, Evangeline. Necesito probar tu placer. Ahora —Xai mordisqueó mi hinchado clítoris y me miró fijamente a través de sus gruesas pestañas. La perversión que se escondía en sus oscuras profundidades fue lo que me empujó al límite. Era un aspecto prometedor para lo que vendría después, y yo necesitaba su sello más jodidamente de lo que necesitaba al mismo aire.

Me desmoroné con un grito que se había acumulado dentro de mí en los últimos días. El placer se mezcló con dolor, arrepentimiento y, sobre todo, furia. Tanto para él como para mí, y para toda esta jodida situación.

Pero, por encima de todo, sentí paz. Un sentido de pertenencia y moralmente correcto que solo Xai me proporcionaba, y por un momento recordé por qué lo amaba.

—Voy a follarte hasta que no puedas caminar —Xai me plantó un beso en mi muslo y se puso de pie—. Pero primero, quiero que me devuelvas el favor.

Sostuvo una barra de jabón, indicando lo que quería decir, y me entregó su musculosa espalda. Dos pequeñas cicatrices blancas estropeaban su piel que por lo demás estaba impecable. Yo tenía las mismas marcas en los omóplatos.

Un recordatorio de nuestro pasado.

Uno que ignoré mientras me deslizaba fuera del banco.

—¿Gratificación retrasada? Ese no es tu estilo.

Sus anchos hombros ascendieron y descendieron.

—Tal vez estoy probando algo nuevo.

—¿Nuevo? —Repetí mientras hacía espuma contra su piel bronceada—. ¿Es eso posible con nosotros?

—Eso espero —contestó en voz baja—. Más de lo que crees.

Me detuve ante sus palabras.

—¿Qué quieres decir?

Se volvió para levantarme una ceja.

—¿Te he dicho que pares?

—No lo hagas. No cambies de tema.

—No hay nada más que decir —me envolvió los dedos alrededor de las muñecas y llevó mi palma que sostenía el jabón contra su abdomen y la otra sobre su polla—. Se me agota la paciencia, Evangeline.

—Tú fuiste el que me pidió que te devolviera el favor —acaricié su excitación porque pude, y me deleité con el siseo que se le escapó de los labios—. ¿Debería lavarte poco a poco, Xai? ¿Sería lo suficiente *nuevo* para ti?

Su miembro palpitaba contra mi mano.

Continué enjabonando su abdomen y pecho mientras deslizaba mi palma opuesta de arriba y a abajo por su impresionante longitud. La tarea realmente requería ambas manos, pero él había insistido en este método.

—Evangeline... —una advertencia se escondía tras su gruñido.

Lo ignoré.

—Lo siento, ¿quieres que vaya más despacio? —Lo demostré con mis dedos alrededor de su erección, moviéndolos lentamente hacia arriba y apretando la sensible punta solamente un poquito fuerte—. ¿Qué tal eso como *nuevo*?

Me golpeó contra la pared y capturó mi chillido con su boca. La barra de jabón se me cayó de las manos mientras luchaba por equilibrarme. Sus dedos me envolvieron la nuca con un agarre violento mientras su mano opuesta agarraba mi cadera.

Esto iba a doler.

Y yo no podía esperar.

Agarré los hombros de Xai mientras me levantaba con una mano, pero a diferencia de la última vez, no apoyó su excitación contra la mía. No. Penetró de un solo empuje que provocó gritar.

Era demasiado. Y demasiado rápido.

Y él también lo sabía.

Su versión de un castigo, o una pérdida de control; no estaba segura. Probablemente una mezcla de ambos.

Mierda.

Mi cabeza cayó sobre su cuello mientras jadeaba por su embestida. No importaba lo preparada que estuviera, siempre me dolía la primera vez. Sobre todo porque habíamos pasado mucho tiempo sin vernos, y porque rara vez me acostaba con mis parejas. Nunca tenía sentido. Nadie me satisfacía como Xai.

Sus labios me rozaron la sien y la oreja. No era una disculpa de palabra, pero sí su versión de una. Le apreté los hombros como una señal de perdón porque mi boca se negaba a funcionar.

Xai partiría en dos a un mortal con su dureza, pero nunca a mí. Porque no solo aceptaba esta parte de él, sino que también la disfrutaba.

Incliné mis caderas hacia arriba y me estremecí ante la abrumadora sensación de llenura. Se sentía bien. Perfecto. Como en casa.

Mis labios se encontraron con los suyos mientras pronunciaba las palabras que yo sabía que quería:

—Fóllame.

Pero me sobresaltó al responder:

—No.

Su lengua se deslizó en mi boca, silenciando mi respuesta y confundiéndome terriblemente. Una vez más. Esta era la parte donde cogía su propio placer y me dotaba con lo mismo, pero en vez de eso, se movió lentamente dentro de mí.

Provocador.

Cariñoso.

Y replicó las acciones con su boca.

Usó el agarre que tenía en mi nuca para inclinar mi cabeza y tener un mejor acceso. Profundizó nuestro beso mientras continuaba esa sensual embestida allí abajo.

Muy en lo profundo.

Golpeando ese punto especial dentro mío con cada empujón calculado, creando un ardor lento entre mis piernas, todo concentrándose en ese placentero punto.

Mis caderas se levantaron para encontrarme con las suyas mientras él aceleraba el ritmo.

—Necesito más, Xai.

—Sé que sí —contestó—. Pero aún no.

Mis dientes atraparon su labio inferior, haciéndolo sangrar. Se limitó a sonreír.

—¿Intentas provocarme, cariño?

—Intento *alentarte* —corregí.

—A lo mejor me gusta este ritmo.

Enterré las uñas en sus hombros.

—Sé que no.

—Mmm, diría que no sabes tanto como crees, Evangeline —con su labio ensangrentado manchó el mío para después devolverme el favor con sus propios dientes—. ¿Es esto lo que querías?

—Es un comienzo —susurré mientras lamía la herida que había creado. Se curaría en segundos, pero el dolor avivaba al ardor que se encontraba gestando dentro de mí—. Hazme tuya, Xai. Por favor.

—Suplica —murmuró con aprobación en su voz—. Otra vez.

—Te necesito —gemí mientras penetraba con más fuerza que antes—. Sí, duro y rápido. Por favor, Xai —eché la cabeza hacia atrás contra la pared mientras embestía con más fuerza —. Así, pero más rápido.

—Solo te dañarás —las palabras fueron un susurro contra mi garganta.

—Me curaré.

—Mmm, sin duda —me besó la vena pulsante antes de añadir—: Nunca pude negarte, Evangeline. Incluso cuando lo intenté.

Me colgué a él mientras empujaba fuerte y profundo. Mi espalda rozó contra la pared debido a su violenta invasión. El

Arcángel dentro de él salió a jugar, y el Ángel dentro mí floreció.

Esto era lo que yo necesitaba, lo que más había echado de menos.

Solo a Xai.

Siempre Xai.

Nuestro placer mezclado empujó más allá del éxtasis hacia un lugar donde otro mundo existía.

Una tierra bañada de luces blancas y calor.

Recuerdos y siglos inundaron mis pensamientos, haciendo que brotaran lágrimas de mis ojos.

Y disfruté cada minuto.

Mis extremidades temblaban, la espalda me dolía y mi corazón se llenaba de alegría.

La felicidad, distinta a todo lo que había en este nivel, me atravesó desde por dentro mientras yo acababa alrededor de Xai, quien me siguió al límite con mi nombre como una bendición en sus labios.

Y sabía que esto solo era el principio. Porque una vez que empezado este camino, no íbamos a poder parar. Era una adicción que nos paralizó a ambos. Una contra la que no podíamos luchar.

—Más —exigió.

—Sí.

CAPÍTULO DIECISIETE

INCLUSO LOS GILIPOLLAS MERECEN
UN AGRADECIMIENTO DE VEZ EN CUANDO

Me desperté con Xai delineando la cicatriz a lo largo de mi omóplato. A pesar de milenios de curación, todavía se sentía sensible al tacto. Tuve piel de gallina a lo largo de los brazos, no por su respetuosa caricia, sino por una experiencia pasada.

Así era como siempre empezaba.

Un recordatorio de nuestra historia que terminó con Xai comportándose como un gilipollas.

Plantó un beso en mi nuca y me acarició la sensible piel con sus labios.

—Te he echado de menos, Evangeline —susurró.

Fruncí el ceño.

—Ah, ¿sí?

Hubo un segundo beso, esta vez bajo mi oído.

—Sí —respiró y presionó su erección cada vez mayor en mi culo—. No estoy ni cerca de acabar de volver a familiarizar nuestros cuerpos, pero tenemos trabajo que hacer.

Sus palabras fueron inesperadas pero bienvenidas. Me arqueé sobre él para frotar mi culo contra su duro miembro.

—¿Qué tienes en mente, cariño? —Pregunté con inocencia fingida.

Me hizo ponerme de espaldas y deslizó una musculosa

pierna entre las mías. Hubo brasas ardiendo dentro de mí gracias a su excitada mirada.

—Tax me envió un mensaje hace unos minutos. Streator volvió al hotel.

Sonreí.

—¿Piensas que es mi turno de pedirle que salga conmigo?

—Solo si me invitas, amor. Sabes que disfruto de verte trabajar.

—¿Estás sugiriendo un trío? —Fingí que lo pensaba—. Supongo que puedo hacerte el favor, pero esta vez necesitaré mis juguetes.

—La última vez yo tenía tus armas, pero te fuiste a trabajar sin mí.

—Pensé que nuevamente me habías dejado.

Él me había enseñado hacía mucho tiempo que no debía esperarlo.

Algo brilló en sus ojos, pero sucedió demasiado rápido como para verlo.

—Solo porque no puedas ver a alguien no significa que no esté ahí —rozó su boca sobre la mía—. Pediré servicio al cuarto en lo que estás lista. Algo me dice que va a ser una larga noche.

Xai salió de la cama y estiró los brazos sobre su cabeza. El movimiento de los músculos que se creaba por todo su abdomen hizo que las comisuras de mis labios se alzaran. Parecía relajado y bien saciado, pero más que dispuesto a hacerme suya de nuevo.

—He echado de menos esta vista.

—Lo mismo digo, amor —sus ojos negros recorrieron cada centímetro de mi cuerpo desnudo antes de inclinarse para atrapar mi boca en un beso lleno de oscuras promesas—. Mmm, exonerarte tiene prioridad en este momento ya que solo nos quedan cuatro días. ¿Pero después…? —Atrapó mi mirada y la sostuvo—. Después, Evangeline, serás mía. Y esta vez, no te dejaré ir.

Se enderezó y se dirigió al baño para agarrar una bata, y luego desapareció por la puerta del dormitorio, presumiblemente para ordenar comida.

Me quedé boquiabierta después de lo que había dicho sin saber qué decir o hacer.

La promesa en su tono había sido demasiado real, pero las palabras fueron las que me mantuvieron cautiva en su cama. Porque había sonado como si me hubiera reclamado suya a largo plazo, lo que, para nosotros, significaba la eternidad.

La esperanza capturó mi corazón mientras mi mente intentaba ver la intención de su truco. A Xai le encantaba un buen juego, pero esto no parecía ser una tomada de pelo.

Su comportamiento de esta semana no coincidía con sus payasadas del pasado, y sus comentarios difíciles de entender sobre que él siempre estaba allí me hicieron cuestionar mis propios recuerdos. O lo decía en serio y yo había pasado por alto algo obvio, o estaba planeando la traición de toda una vida.

Porque si Xai seguía así todas las barreras caerían, y tendría la facultad de verdaderamente romperme el corazón.

Metí los dedos a través de mi pelo y suspiré. Ahora no era el momento, no cuando teníamos cosas más importantes en las que centrarnos, como Streator.

No había nada mejor para motivar a una chica a salir de la cama que la idea de torturar a un ser inmoral.

Me puse un par de vaqueros, botas y una camiseta negra sin mangas y me escabullí a mi habitación inicial para coger algunas herramientas. Xai se encontró conmigo en la sala de estar. Cambió la bata de baño por un par de pantalones y una camisa con botones azul marina con las mangas enrolladas a la altura de los codos. No era el atuendo más apropiado para nuestra misión, pero yo sería la que haría todo el trabajo.

Porque Streator era mío para mutilar y asesinar.

Xai dejó mis palillos para el pelo y tres dagas sobre la encimera de la cocina.

—Remy los recuperó del club y yo los limpié profundamente hace rato mientras dormías.

—¿Remy? —Repetí mientras tocaba la hermosa plata. Parecían nuevos.

—Un morador del Portal. Amigo de Tax —se apartó de mi lado dirigirse a la puerta y la abrió justo cuando un empleado del hotel estaba a punto de tocar—. Puedes ponerlo allí —señaló hacia la mesa, pero la pequeña mujer rubia no pudo apartar su mirada perdida del perfil de mi Ángel Oscuro. Sus labios se separaron con un asombro no disimulado mientras sus piernas se olvidaban de cómo funcionar.

—Sí, es guapísimo —coincidí—. Pero me muero de hambre. Así que, ¿si no te importa?

Xai sonrió con suficiencia ante la impaciencia de mi tono que sin duda confundió con celos. A duras penas era eso. Estaba más que acostumbrada a que las mujeres se lo comieran con los ojos.

La rubiecita se puso en acción con sus mejillas rosas ardiéndole.

Tax entró por la puerta abierta, levantó su barbilla hacia Xai en cuanto lo vio y cogió un pedazo de pan tostado del carrito de la rubia. Le lanzó un guiño mientras se relajaba en una de las sillas.

—Remy está ocupado lidiando con el lío que dejaste en su casa —dijo con la boca llena de pan—. Está cabreadísimo, por cierto.

—Tenía que hacerse —Xai le dio a la mujer una gran propina. Ella se agachó para pasar debajo de su brazo para poder irse—. Gracias, cariño.

—Cuando quieras —tartamudeó mientras me miraba. Le hice una seña con el dedo para después seleccionar una manzana y darle un mordisco. Me pareció apropiado dado que era mi tocaya.

La sostuve hacia mi amante oscuro y le levanté una ceja.

—¿Quieres un poco?

Cerró la puerta y se acercó para probar el objeto en mi mano. Solo él podía convertir algo tan simple, como morder una manzana, en algo sexy.

—Deliciosa como siempre, Eva —murmuró con ojos perversos.

—Mátenme —comentó Tax con humor socarrón mientras pateaba su silla para equilibrarse contra la pared.

—Con mucho gusto —cambié mi manzana por uno de los palillos para el pelo recién limpiados y lo hice girar de forma burlona antes de usarlo para asegurar mi cabello junto con el otro palillo. Tax ni siquiera se inmutó.

Demasiado confiado para ser un flacucho Demonio.

—Pero en serio, Remy dice que es la última vez —Tax destapó uno de los platos y movió la nariz—. Tortilla de huevos. No, gracias a ti.

—Bien, porque es para Evangeline. No para ti —Xai me pasó el plato y luego tomó asiento junto a Tax—. Yo me encargaré de Remy.

Cogí el plato y los cubiertos de plata y salté al mostrador junto a mis bellezas. El jamón, el queso y los tomates provocaron a mis sentidos. No sabía cómo había logrado convencer a la cocina para hacer el desayuno a las once de la noche, pero estaba malditamente agradecida. A diferencia del Demonio Rastreador, a mí me encantaba todo lo que tuviera huevo.

—Pero sigo sin entenderlo, amigo —Tax miró fijamente a Xai—. ¿Por qué salvarlas a todas?

—Porque era lo correcto —respondió mientras empezaba a cortar su filete. Siempre disfrutó de un buen filete, y ese parecía cocinado a su gusto.

—¿Qué harás con todas ellas? —Presionó el Rastreador con curiosidad evidente en su voz—. ¿Formar un harén?

Mis cejas se elevaron ante la sinceridad de su voz.

—¿De qué coño estáis hablando?

La frente de Tax se arrugó mientras me miraba y a Xai.

—¿No se lo dijiste?

—Hoy casi no hemos hablado —murmuró Xai antes de dar un mordisco y relajarse en su silla—. Está hablando de las mujeres humanas del club. Las secuestré a todas en el apartamento de Remy, y aparentemente está cabreado.

Espera, ¿qué?

Tax habló antes de que el pensamiento quedara debidamente registrado.

—Oh, está más que cabreado. Ellas están histéricas —dijo.

Xai se encogió de hombros.

—Al menos están a salvo.

—Hasta que él las mande al Infierno, lo cual, por cierto, amenaza con hacer.

Xai arqueó una ceja y sacó un móvil de su bolsillo.

—Un momento —presionó la marcación rápida y escuchó mientras alguien hablaba en voz alta del otro lado de la línea.

Vaya, qué saludo tan más agradable.

—Si ya has acabado, solo te llamé para preguntarte si recuerdas aquella vez que Lord Zebulon te presentó a sus Dargarian mascota —Esperó, y esta vez la voz se escuchó en particular con menos volumen—. Sí, veo que sí. Si pudieras aguantarme otras veinticuatro horas humanas... —se calló cuando el hombre empezó a hablar de nuevo. Su expresión me dijo que cualquier cosa que el hombre le estuviera diciendo, lo satisfacía—. Excelente. Gracias, Remy —dejó el móvil a un lado y siguió comiendo como si nada hubiera pasado—. No mandará a las chicas al Infierno.

—Genial —respondí—. Y, además, ¿cómo exactamente *secuestraste* a las mujeres del club?

—No a todas, por desgracia —usó una servilleta para limpiarse la boca y señaló a mi plato que estaba casi lleno—. Come y te lo explicaré.

Comenzaba a exigir. Maravilloso.

Pero mi estómago estaba de acuerdo con él, así que le seguí el juego.

—Te seguí a ti y a Streator a ese cursi lugar en la playa y luego al club clandestino. Hice un gran esfuerzo para no matar al humano, especialmente después de que te dejó inconsciente y se tomó ciertas libertades… —sus puños se cerraron mientras mis labios se abrían.

Nunca estás sola, Evangeline.

Mi alma angelical puso una sonrisa satisfecha. *Lo dice en serio.*

—Como sea —continuó—, eché un vistazo al interior, noté la presencia demoníaca y llamé a Remy para pedirle un favor. Para cuando llegó para llevarme a las celdas, tú ya no estabas. Así que eliminé a los guardias y le ordené que se ocupara de las mujeres mientras yo iba por ti. Y joder, que bueno que llegué en ese momento.

—No te olvides de la parte de quemar el edificio con todos esos humanos dentro —agregó Tax bastante alegre—. Por lo cual, por cierto, de nada.

Xai miró dudoso al Demonio.

—¿Pides que te agradezca por haberme dado permiso de destruir algo?

—Solo digo que requirió de habilidad y esfuerzo —contestó—. No es que no lo disfrutara, porque ciertamente lo disfruté.

Ignoré el balbuceo de la criatura demoníaca sobre el caos y me concentré en los detalles relevantes.

—Salvaste a las mujeres mortales y luego quemaste el club.

—Con todos los compradores dentro —precisó Xai—. Sí.

—¿Por qué?

—Cuarentena, Evangeline. El Demonio Peste desató una enfermedad en ese club, y no quise arriesgarme a que se extendiera a la población humana. Así que, aunque fuera una muerte muy cortés, los quemé vivos a todos.

Mi corazón dio un vuelco. Su explicación insinuó que había intentado proteger la Tierra de una epidemia.

Sacudí la cabeza para aclarar mis pensamientos. El incendio no era lo que quería preguntar.

—Lo siento, me refería a las inocentes del sótano. ¿Por qué las salvaste?

—¡Ves! —Exclamó Tax—. *Eso* es lo que quiero saber. Entiendo la masacre en masa, pero ¿para qué sirven un puñado de mortales averiados?

Vale, esto último ciertamente no había sido lo que yo quería insinuar en absoluto, pero sí era —y con exactitud—, como esperaba que Xai hubiera reaccionado en dicha situación. No obstante, había salvado a todas las chicas del sótano.

—¿Por qué? —Repetí. Porque tenía que haber un motivo egoísta para su comportamiento. El hombre había perdido su bondad hacía milenios.

Juntó las manos sobre una rodilla y me examinó.

—¿Preferirías que las hubiera dejado allí para que murieran?

—Por supuesto que no.

—¿Entonces por qué siquiera preguntarlo, Evangeline?

—¿Porque no es lógico? —sugirió Tax.

Sostuve la mirada de Xai mientras le decía la verdad.

—Porque nunca he visto que te molestes por ayudar a alguien que no seas tú.

Sus ojos ardían extremadamente más oscuros.

—Sin embargo, aquí estoy arriesgando mi vida para ayudarte. Dime, ¿qué gano exactamente a hacer esto? Aparte del placer de soportar tus interminables acusaciones y ataques a mi forma de ser.

Me mofé de esa última parte.

—¿Qué esperabas, Xai? ¿Qué te cubriera de halagos? ¿Qué adorara el suelo por el que caminas?

—No, pero algún indicio de gratitud sería un gran avance. Pareces creer que estamos jugando al ajedrez, pero no te das cuenta de que no soy tu oponente. Soy tu aliado —se apartó de la mesa y cogió su móvil—. Necesito hacer una llamada a un viejo amigo del cuerpo policial sobre los mortales que aparentemente debí de haber dejado morir quemados. Después tú y yo tendremos una linda charla con Streator. Trata de recordar que es a él a quien quieres torturar y matar, amor. Nos ahorrará a ambos tiempo y esfuerzo.

Perdí la voz.

Al igual que la respiración.

Porque guau.

Había enfurecido a Xai. No. No era así. Lo había *herido*. Ni siquiera sabía que era posible.

Tax silbó y me miró rápidamente.

—He oído rumores, pero él es diferente contigo.

Le devolví la mirada desde mi asiento en lo alto del mostrador.

—Tienes ganas de morir, ¿verdad, demonio?

Parecía divertido por eso.

—Curioso que lo diga la mujer a la que solo le quedan cuatro días de vida en este nivel. Diría que eres tú la que tiene ganas de morir, considerando que sigues faltándole el respeto al único ser que quiere ayudarte —se detuvo para dedicarme una mirada reflexiva—. Debes ser un fantástico polvo por toda la mierda por la que ha pasado por ti.

Vale. Me agradaba el Rastreador de antes. Ahora, sin embargo, quería practicar mis habilidades de tiro con las cuchillas cerca de mi codo.

—¿Qué? —preguntó mientras arqueaba una delgada ceja rubia—. ¿Eso te molestó? Lo siento —el cabrón no sonaba muy arrepentido—. Pero Xai tiene razón. Podrías ser un poco más agradecida.

Toqué una de mis cuchillas y la hice girar entre mis dedos en señal de advertencia.

—Palabras peligrosas para un hombre que no sabe nada de nuestro pasado.

Resopló.

—Chica, has estado pasando el rato con los mortales por mucho tiempo. Mira más allá del pasado, ángel.

—Sigue hablando —lo reté.

Y el idiota lo tomó como una invitación y no como una advertencia.

—Todo lo que digo es que ese hombre ha pasado por un infierno por ti, literalmente, y aún no he oído ni una pizca de agradecimiento de tu ingrato trasero. Cuando regresó con las manos vacías la semana pasada después de que Lord Zebulon exigiese tu inmediata presencia, pensé que mi señor iba a matar a Xai. Pero asumió el castigo, por ti; debo añadir, y finalmente convenció al señor de que fuera razonable —sacudió la cabeza—. Xai es un hombre mucho más tolerante que yo.

El metal se aquietó en mi mano, al igual que mi corazón.

—Vuelve a la parte de Zeb castigando a Xai. ¿Qué hizo?

Los ojos claros de Tax se entrecerraron.

—¿Tú qué crees? Lo llevó al Infierno y se desató sobre él. Casi lo mata también con esa cuchilla también, pero de alguna manera Xai lo convenció de que no lo hiciera. Pero le llevó unas semanas.

Un escalofrío me recorrió la espalda mientras nuevas imágenes del nivel del diablo destellaban en mis ojos. Calor. Tortura. Y un arma diseñada para asesinar a un ser celestial.

—¿Cuánto tiempo? —Pregunté, porque el tiempo

funcionaba de manera diferente entre los niveles. Un año en el Infierno equivalía a un día en la Tierra. Y el Rastreador había mencionado *semanas...* —. ¿Cuánto tiempo estuvo en el Inframundo?

—Dos meses —contestó en voz baja.

Me tomó un momento hacer las cuentas porque las diferencias de tiempo siempre me eran difíciles de comprender.

Dos meses eran cuatro horas en la Tierra, pero para él no habría sido así. Para los seres celestiales que estuvieran rodeados de maldad por mucho tiempo, les aumentaba el riesgo de locura, pero no era aplicable en Xai. Su alma prosperaba en ambientes caóticos mientras que la mía se marchitaba.

La oscuridad a mi luz...

—Lord Zebulon también lo obligó a sanar en el infierno —agregó Tax—. Lo cual, como puedes imaginar, le llevó un tiempo.

Xai eligió ese momento para volver a la habitación, y la mirada que le dedicó al Rastreador dijo que no apreciaba nuestra conversación.

Me resbalé fuera del mostrador para ponerme entre ellos. Un instinto protector para el Demonio a mis espaldas. Conocía esa expresión en el rostro de mi Ángel Oscuro. El relato de Tax había dejado a Xai en un estado destructor, y el Rastreador era el origen de su molestia.

—Tenías que haberme llevado con Zeb y no lo hiciste —susurré.

Xai se cruzó de brazos.

—¿Se supone que debo confirmar esa inútil declaración?

—Me dijiste que querías una reunión.

Se encogió de hombros.

—Programé una, y aquí estamos. No hay nada más que decir.

Incorrecto. Había mucho más que decir.

—¿Por qué no me lo dijiste? —Pregunté en voz baja.

—¿De qué habría servido? No tiene relevancia para la presente tarea. Tampoco es como si me hubieras creído.

Este enigma de hombre.

Este peligroso, insoportable y arrogante Ángel se había ido al Infierno por mí. Literalmente.

Era cruel, autoritario y sádico, pero cuando más lo necesitaba, siempre aparecía. Y luego me alejaba cuando terminaba de ayudarme.

Todas.

Las.

Veces.

—Aléjate de mí esta vez y te mataré —amenacé mientras avanzaba hacia él—. Hemos estado en esto durante milenios, Xai. Estoy cansada. Estoy vieja. Y estoy harta.

Mi paciencia se había agotado.

Y los muros alrededor de mi corazón se habían derrumbado.

Me agarró las caderas cuando invadí su espacio personal.

—Aún tienes mucho que aprender, Eve.

Sujeté el cuello de su camisa para acercarlo más.

—Cállate y bésame.

—Pero primero tenemos que torturar a un humano con malos comportamientos, amor —sus labios rozaron los míos con cada palabra; provocación—. Considéralo una previa estimulación erótica.

—Me estás castigando —y, según Tax, me lo merecía. Pero de nuevo, Xai también. Su comportamiento previo me hizo dudar de su forma de ser, incluso si yo había sido un poco niñata al respecto.

—Estoy priorizando —corrigió con una pequeña sonrisa.

Presioné mi boca contra la suya en un suave beso que ocultó la chispa que se disparaba entre nosotros. Me quería tanto como yo a él, pero su compostura era más fuerte.

—¿Xai?

—¿Sí, Eve?

Mis labios tocaron los suyos una vez más antes de apartarme para estudiar su expresión mientras me debatía en decir o no una frase que nunca había dicho en voz alta con él presente. No con sinceridad, al menos.

Pero mientras lo miraba fijamente a los ojos, finalmente vi aquello. La preocupación, la cautela y la sinceridad total que protegía tan bien detrás de su muro de indiferencia.

Amor.

Mi corazón dio un vuelco mientras el calor se sacudía en lo más profundo.

Podía jurar que mi alma angelical sonrió cuando lo reconoció. Siempre supo cómo se sentía Xai, incluso cuando todas las demás partes de mí dudaban de él. Todavía teníamos un montón de asuntos por resolver y me debía varias explicaciones, pero quizás esta vez sería diferente.

Esperanza.

Una letal emoción diseñada para matar, y podría eventualmente. Pero al carajo.

El maldito Rastreador tenía razón; pero no era como si justo ahora importara.

Xai era el único merecedor de mis pensamientos y, sobre todo, de mi gratitud.

—Gracias.

CAPÍTULO DIECIOCHO

CÓMO INVITAR DENTRO A UN ASESINO (NIVEL BÁSICO):
DEJAR LAS PUERTAS ABIERTAS

—Él está ahí dentro —confirmó Tax—. Y apesta a demonio.

Ladeé la cabeza desde mi posición en la barandilla del balcón.

—Bah, el muerto riéndose del degollado. ¿No te estás mordiendo la lengua?

El Rastreador frunció el ceño.

—¿Te golpeaste la cabeza de camino aquí arriba?

—Es un humanismo, reciente —explicó Xai—. Se burla de ti porque estás criticando a los de tu especie.

—Al referirse a mí como un... —se calló con un movimiento de su cabeza rubia—. No importa. ¿Me necesitas para algo más o puedo tomarme el resto de la noche libre?

—¿Sabes qué aura demoníaca lo rodea? —Preguntó Xai.

—No, pero es recién salida del Infierno y no me es familiar.

—Entonces disfruta tu noche libre —contestó Xai.

Tax nos dedicó un falso saludo y cayó de espaldas por el balcón con un salto mortal. Cuando aterrizó y de pie, dos pisos más abajo, sonreí con satisfacción.

—El Demonio en realidad posee cierta habilidad.

—¿Por qué crees que somos amigos? —Xai se pasó los

dedos por su pelo despeinado por el viento y me miró divertido
—. ¿Cómo quieres jugar esto, cariño?

Pensé que nunca preguntaría.

—Una fiesta sorpresa.

—¿A través de la ventana?

—Absolutamente.

Señaló la veranda sobre nuestras cabezas.

—Las damas primero.

Me paré en el borde de la barandilla del balcón de nuestra habitación y salté para agarrar el descansillo que estaba encima de mí para después empujarme hacia arriba. Xai se me unió medio segundo después con evidente placer en su expresión.

—¿Disfrutando de la vista? —Susurré.

—Siempre.

—Entonces te va a encantar esto —cepillé un beso por encima de su mandíbula sin afeitar y me paseé sobre la superficie de mármol hacia las puertas de cristal.

La brillante iluminación interior me puso sobre las sombras del exterior, algo que funcionó a mi favor. Streator se sentó en la mesa con un hombre de negocios vistiendo ropa cara a su derecha. Parecían estar metidos en una acalorada discusión mientras que los distraídos guardaespaldas de Streator miraban la televisión desde el sofá a varios metros de distancia.

Suspiré cuando me di cuenta de que la puerta ni siquiera estaba cerrada.

No había desafío en lo absoluto.

Qué aburrido.

Deambulé hacia el lado opuesto de la terraza de gran tamaño y me asomé dentro del oscuro dormitorio. Estaba vacío. Y otra entrada no asegurada.

Sacudí la cabeza con indignación.

Streator necesitaba contratar secuaces más eficientes. Estar en el piso veinticinco no significaba seguridad. Incluso mortales flacuchos podían escalar balcones. Idiotas.

Corrí la puerta para abrirla y entré mientras Xai descansaba contra la barandilla de ladrillo del balcón con los tobillos cruzados y las manos en los bolsillos. Me guiñó el ojo mientras yo cerraba la ventana. Una manera de recordarme que él estaba allí en caso de llegar a necesitarlo, pero ambos sabíamos que no era así.

La suite principal le ganaba a la que Xai y yo habíamos compartido la noche previa, pero la pestilencia del humo de cigarrillo estropeó la elegante atmósfera. Olía a sexo, sugiriendo que Streator se había acostado con una mujer la noche anterior, o quizás incluso hoy.

Algo picante y familiar provocó a mis sentidos, pero no podía ubicarlo. Era una especie de perfume femenino, dominante y elegante.

Exploré los otros dos dormitorios de la suite y encontré un arsenal de armas que inutilicé. Los guardaespaldas nunca tendrían la oportunidad de ir a por ellas, pero ser precavida no le hacía daño a nadie.

Una vez que todo estuvo asegurado, cogí unas cuantas toallas de felpa de la suite principal y me paseé por el pasillo hacia mi presa. Nadie me miró o escuchó cuando me acerqué porque sus espaldas daban a las habitaciones y la televisión ahogaba mis pasos.

Una lástima. Siempre disfruté de una entrada dramática.

Puse las toallas sobre el mostrador y me apoyé en él.

—Vosotros estáis matando mi emoción aquí, muchachos.

La cabeza de Streator y la de su socio giraron mientras los dos guardaespaldas levantaban la vista en silencio desde el sofá. Les llevó varios segundos reconocerme. Luego se pusieron de pie con armas en alto y apuntando hacia mí.

—Excelente —murmuré—. ¿Quién quiere morir primero? —Le eché un vistazo a Streator, ya de pie, y a su elegante amigo—. Por cierto, la pregunta no fue para vosotros dos. Así que no os mováis..

—¿Violet? —La mirada color miel de Streator recorrió mi cuerpo con interés—. ¿Qué coño haces aquí? —El imbécil ni siquiera parecía preocupado, solo confundido.

De acuerdo. Tal vez esto sería divertido después de todo.

—Me gustaría poner una queja sobre nuestra cita. Fue un asco.

—Tu acento…

—Fue parte de la actuación —dije antes de tomar en cuenta al Sr. Pantalones Lindos sentado su lado—. ¿Supongo que no eres Compton? —Porque eso sería fantástico.

El bastardo se carcajeó y me miró como si me hubiera vuelto loca.

—¿Tengo pinta de zorra?

Un simple no habría bastado, pero la información adicional resultó fructífera. Referirse a Compton como una perra sugirió que el infame subastador podría ser una mujer, no un hombre como había asumido originalmente.

Interesante.

Ambos guardaespaldas habían rodeado el sofá durante mi pequeña introducción y parecían estar considerando cómo querían ocuparse de mí. La impaciencia brillaba en sus miradas. Pensaron que esto sería divertido. Qué monos.

—Nunca contestaron mi pregunta, chavales. ¿Quién quiere morir primero? Prometo que casi no dolerá —el mal se escondía en cada una de sus auras, lo que justificaba sus muertes, pero su a maldad no la tenía como objetivo por esta noche.

—Vale, pequeñina —el bruto rubiecito le entregó su arma al guardaespaldas frente a él con una sonrisa de satisfacción—. Es mía.

Su colega calvo simplemente se encogió de hombros mientras enfundaba su propia arma y sostenía la otra a su lado.

—Adelante.

—¿Nunca os han dicho que no juzguéis a un libro por su

portada? —Pregunté mientras relajaba los codos sobre el mostrador detrás de mí.

El imbécil desarmado me miró a los ojos.

—Oh, estoy juzgando, y me gustan mis posibilidades aquí.

—¿Cómo entraste aquí? —Preguntó Streator.

—Por fin una pregunta inteligente —consideré aplaudirle, pero su ego no necesitaba más mimos.

Guardaespaldas Uno debió haber asumido que estaba distraída, porque eligió ese momento para atacar. Sus largas piernas consumieron en cuatro pasos el espacio entre nosotros, dándome tiempo de sobra para palmear una de mis cuchillas y apartarme.

Lancé la daga a su pecho con una puntería perfecta. Nada elaborado o fascinante, pero sí una muerte instantánea que terminó con el primer gigante.

—¿Cómo diablos…? —el guardaespaldas Dos le agarró la garganta y con la mano envolvió la daga que yo acababa de lanzar mientras reaccionaba ante el pronto deceso de su amigo.

Mi tercera cuchilla aterrizó en el brazo del Sr. Pantalones Lindos mientras buscaba su arma. La pateé de su mano para después clavar mi pie en su barriga. Salió volando hacia la parte trasera del sofá y cayó al suelo con un ruido sordo.

Streator intentó buscar su propia arma, pero llegó demasiado tarde. Xai había entrado en la habitación a través de la puerta abierta mientras yo me ocupaba del socio de negocios, y se puso detrás del humano demasiado confiado.

—¡Joder! —Streator gritó mientras Xai le torcía la muñeca y cogía el arma de fuego.

—Eso es algo que no vamos a hacer —respondí mientras Xai empujaba al imbécil de vuelta a la silla de la mesa.

—¿Necesitas cadenas, cariño? —Preguntó Xai mientras desmontaba el arma. Consiguió las del hombre de negocios inconsciente y de los guardaespaldas muertos, y luego las desmontó con la facilidad de un hombre que limpiaba armas con frecuencia.

Puse una sonrisa.

—Sabes que prefiero cuando pelean.

Se encogió de hombros.

—El caballero que había en mí tenía para ofrecer.

—¿Quién coño sois vosotros? —Streator se rompió mientras sostenía su mano contra su pecho. Sin miedo. Solo ira. Llevé la mirada hacia él para ver si tenía más armas. Solo un hombre seguro de su posición me miraría de esa manera tan amenazadora.

Xai se relajó en el sillón reclinable de gran tamaño con el control remoto del televisor y comenzó a buscar algo más adecuado para ver mientras yo recuperaba mis cuchillas recién usadas. Después de ponerlas sobre las toallas, me volví hacia Streator.

—¿Has oído hablar de Azrael? —Pregunté realmente curiosa.

—¿Qué? —Parecía irritado. Otra reacción intrigante.

¿Por qué estás tan tranquilo, Scott Streator?

—Ángel de la Muerte —murmuré—. ¿Te suena?

Su mirada se estrechó.

—¿Estás drogada?

Me reí.

—¿Te relacionas con demonios a diario y te preguntas si los ángeles existen? —resoplé—. Pero, ya que has preguntado, soy Evangeline. Hija de la Muerte, y lo digo de manera literal. Y ese —le señalé a mi hermoso colega—, es Xai. Hijo del Caos.

Streator finalmente titubeó.

—Ah, así que has oído hablar de nosotros. Excelente —eso lo haría mucho más fácil. Tomé una silla, la volteé y me senté a horcajadas sobre ella—. ¿Quién es el mono del traje? —Moví la cabeza hacia dicho mono en el suelo. Si no contestaba, le buscaría al hombre una billetera.

—Carl DeFleur —contestó Streator.

—El dueño del club —añadió Xai. Tenía un brazo detrás de la cabeza, las piernas levantadas sobre el reposapiés y la mirada fija en el televisor. Parecía estar examinando el canal de películas—. Me imagino que se estaban reuniendo por el incendio de anoche.

—¿Fuiste tú? —Streator sonó furioso—. Joder.

—Eso es lo que pasa cuando no compruebas los antecedentes de tus citas, Streator —regañé suavemente—. Podrían terminar siendo malditamente más problemáticos de lo que crees que son. Y en este caso, te lo garantizo.

Me levanté de mi silla y me arrodillé ante DeFleur. Su pelo canoso y sus líneas de expresión sugerían que estaba cerca de los sesenta años mortales.

—¿Lo necesitamos vivo? —Pregunté con mi cuchilla sobre la garganta del bastardo.

—Solo era el dueño de la propiedad —contestó Xai—. Dudo que sea mucho más útil que eso.

—Pero sabía para qué estaban usando el club —no fue tanto una pregunta, más bien una declaración. Mi afinidad por percibir la amenaza en otros se sentía muy fuerte con este hombre. Carl DeFleur no era un buen hombre.

—No solo sabía, sino que también participaba en las actividades —Xai seleccionó una de esas cursis películas de terror y dejó el control remoto sobre la mesa—. Vi su nombre en la lista de clientes. Tenía preferencia por las chicas menores de 16 años, si mal no recuerdo.

La mueca de Streator confirmó que era verdad.

—Bueno, eso es suficiente para mí —corté la sensible piel de Carl y me permití un momento para disfrutar de la justicia de su muerte. Un regalo para la humanidad y un alma menos infame en la Tierra. Lástima que el que estaba sentado a un metro y medio de mí fuera más atroz que todos los demás juntos.

Coloqué el instrumento ensangrentado al lado de los otros en el mostrador y me volví a sentar frente a Streator. Me miró a los ojos sin pestañear. Todavía estaba muy seguro de sí mismo.

—¿A quién esperas? —Le pregunté.

Su sonrisa de respuesta confirmó mis sospechas.

—Espera y averígualo.

—Oh, lo haremos. Pero ¿qué te hace pensar que llegarán a tiempo para salvarte? —Volví a mirarlo—. Vosotros los mortales os herís muy fácilmente. Pregúntale a Becks. Yo estaba un poco impaciente y destruí su tráquea por accidente. Podría hacer lo mismo contigo.

Se encogió de hombros.

—Entonces no obtendrás nada de mí.

—¿Como el nombre de tu patrón? —Sugerí.

Otra sonrisa de su parte.

—Vete al Infierno y averígualo.

—Oh, esto va a ser muy divertido —busqué detrás de mí para recuperar la funda que había escondido en mi bolsillo, y se la mostré—. Parece bastante modesto, ¿verdad? Ocho centímetros por ocho centímetros, y de terciopelo.

Abrí la solapa para revelar los objetos afilados que había dentro. Más de una docena de astillas de plata, similares a agujas de coser, y empapadas con una toxina que no era de esta Tierra.

Un regalo de Xai de hacía varios siglos.

—Ellos me traen recuerdos deliciosos —murmuró desde su silla con sorpresa evidente en su tono. Aparentemente, él no sabía que todavía los tenía y probablemente asumió que los había descartado hace mucho tiempo. Como si yo alguna vez pudiera destruir algo tan precioso.

Cogí uno del paquete y lo enrollé entre mis dedos. Streator no se mostró para nada impresionado, algo que rectificaría en breve.

—Los Dargarian son unos pequeños hijos de puta —el comentario fue más hacia mí que a mi presa—. Son escupe fuego, en caso de que no estés familiarizado, pero es su sangre la que es especialmente poderosa. Cuando entra en contacto con, digamos, sangre mortal, todo hace *¡bum!* O eso es lo que he oído.

Dejé la silla para pararme detrás de Streator y rozarle el cuello con el pequeño alfiler

—Estos pueden parecer inocentes a simple vista, pero te aseguro que no lo son. ¿Quieres una demostración?

No esperé a que me lo confirmaran para pincharlo. Los hombres como Streator no se quebraban sin la motivación adecuada. Y estos pequeñines darían exactamente eso.

Siete segundos.

El sudor comenzó a formarse en su cuero cabelludo.

Veinte segundos.

Sus nudillos se volvieron blancos.

Treinta segundos.

Comenzó a gritar, así que añadí otra daga y observé cómo se tiraba al suelo a mis pies.

No te sientes tan confiado ahora.

—Voy a hacerte unas preguntas. Contesta a todas a mi satisfacción y te daré el antídoto —metí la funda en mi bolsillo y me arrodillé a su lado—. ¿Para quién trabajas?

—Yo —jadeó. Me complació mucho verlo sufrir, pero su respuesta de una sola palabra no me funcionó.

—Esa no es la respuesta que estoy buscando, Streator.

Amenazarlo con más agujas sería un desperdicio de material. Con dos bastaría. Masajeé la astilla en su cuello, provocando un grito que fue ahogado por la elección de película de Xai.

—Inténtalo de nuevo.

—¡Es la verdad, maldita perra! —Gritó mientras intentaba

hacerse en un ovillo más pequeño. Como si eso fuera a salvarlo.

Le quité la mano del cuello.

—Entonces, ¿tú y Compton sois socios?

—Sí.

—¿Y no le reportas a nadie?

—No —gruñó con un violento estremecimiento. La sangre Dargarian ardía de la puta madre. Lo supe porque me habían torturado con ella en varias ocasiones. Pero a diferencia de Streator, nunca cedí. Mi cuerpo fue construido para soportar las torturas más fuertes. Una bendición y una maldición.

—Entonces, ¿para quién prostituyes demonios?

—Uno de sus socios de ella —dijo, confirmando que Compton era una mujer.

—¿Qué socio? —Hice la pregunta, aunque ya sospechaba la respuesta.

—Geier —gruñó.

Y ahí estaba.

—¿Es Geier un demonio?

Jadeó una risa que pareció tener más dolor que diversión.

—No.

No es lo que esperaba oír, a menos que Geier no se hubiera revelado como un Señor Demoníaco. Zeb se asemejaba a un humano en el exterior; un típico humanoide con una apariencia artificialmente bella. Para la persona promedio, pasaba como mortal. Geier podría hacer lo mismo.

—Describe a Geier.

Streator apretó su mandíbula mientras un temblor sacudía todo su cuerpo.

—Nunca lo vi.

—¿Entonces cómo sabes que no es un demonio?

—Ella no trabajaría con uno. Los odia. Es por eso que… —cerró los ojos mientras otro temblor lo sacudía—. Joder —sus dientes comenzaron a castañetear, lo que reconocí como la segunda etapa de su tortura. El veneno calentaba la sangre extraña hasta el punto en que la víctima sentía frío. Una sensación miserable que no me arrepentía de habérsela causado.

—T-Tomó el t-trabajo de los d-demonios porque los o-odia.

—¿Cómo es que ella sabe de ellos? —Me pregunté en voz alta.

—M-Mataron a su madre.

Suspiré. Eso bastaría.

—¿Asumo que la mujer a la que te refieres es Compton?

—S-sí.

Me encontré con la mirada curiosa de Xai.

—Creo que necesitamos tener una charla con la Srta. Compton.

—No he visto nada sobre ella en los expedientes —contestó Xai—. Supongo que has oído hablar de ella mientras andabas por el club desarmada.

Oh, cierto. Él y yo no habíamos intercambiado información después del incidente. No podía sentirme mal por ello, no con el recuerdo de que el amor de Xai todavía corría por mis venas.

—Los tres peleles que me dejaron con la doctora para que me examinara la virginidad fueron demasiado amables como para darme su nombre —expliqué antes de volver a centrarme en mi temblorosa presa. Era increíble lo que dos pequeñas agujas podían hacerle a la confianza de un hombre arrogante —. ¿Dónde podemos encontrarla?

Sus labios se quedaron quietos mientras hacía una mueca de dolor.

No hubo respuesta.

Eso despertó mi interés.

Habló sobre todo lo demás, pero eligió permanecer callado sobre cómo localizar a Compton.

—No quieres que la encontremos —murmuré, estudiando su reacción. El apretón de su mandíbula me dijo todo lo que necesitaba saber. Reconocí esa mirada. Xai usaba la misma cuando alguien me amenazaba.

Estaba siendo protector.

Streator y Compton eran definitivamente más que socios de negocios. Probablemente amantes, pero también se había estado follando a Kalida. Lo que enfurecería a muchas mujeres.

Mortales o no, nos gustaba que nuestros hombres fueran fieles.

Pero Compton no era una mortal promedio. Tenía vínculos con Demonios y potencialmente con un antiguo Señor Demoníaco.

Y así, ella había llegado a un acuerdo.

Servicios de trata a cambio de eliminar a Kalida; la competencia.

Algo que solo un poderoso Demonio podía realmente lograr, ya que el linaje de Kalida la hacía difícil de matar.

¿Pero cómo consiguió Compton una relación con el inframundo? El Infierno no se mezclaba con los humanos a menos que fueran útiles, y la habilidad de prostituir y vender inocentes no calificaba su capacidad para manejar criaturas malvadas.

La sugerencia compulsiva de Zeb me movió los pensamientos. Se preguntó si Streator poseía la habilidad de imponer, pero quizás había sido Compton desde el principio.

—Creo que tenemos a nuestro objetivo —le dije, encontrándome con la mirada de complicidad de Xai. Había llegado a la misma conclusión.

—Sí —se puso de pie—. Pero aún hay algo que me gustaría aclarar, si se me permite.

Le hice señas para que continuara.

—Adelante.

Plantó un suave beso en mi sien mientras pasaba.

—Gracias, amor —se agachó junto a la forma temblorosa de Streator—. Dime, Scott, ¿por qué había demonios en el club nocturno?

Una buena pregunta. No fueron encarcelados como las mujeres en el sótano, y el demonio serpentiforme solamente había parecido curioso, no necesariamente preocupado por mi presencia. Y sus amigos no reaccionaron hasta que lo maté.

—Que te den —escupió Streator.

Ouch. Respuesta incorrecta.

Xai cogió la mano herida del gilipollas y le torció la muñeca fracturada. Un grito estridente desgarró el aire, haciéndome estremecer. Empeoraría si el imbécil en el suelo no empezara a hablar, y rápido.

—Soy un hombre posesivo, Scott, y le haces daño al único ser en existencia que realmente me importa —los tonos fríos de Xai apenas se podían oír por los gemidos del otro hombre—. Ni siquiera puedes empezar a comprender las muchas maneras en que me gustaría castigar tus pecaditos.

No le dio al imbécil la oportunidad de hablar más porque le quebró uno de sus huesos como si fuera una ramita. Streator chilló en respuesta. Yo sabía por experiencia que mi amante era despiadado, especialmente contra aquellos que lo hacían enojar. Y este humano había hecho más que eso.

—Te quedan cuatro dedos —informó Xai con un susurro siniestro—. Y ese fue solo tu meñique. Imagina cómo se sentirá el pulgar.

—¡Reunión! —Gritó Streator—. ¡Una m-maldita reunión!

Fruncí el ceño. ¿Qué podría estar haciendo un grupo de demonios víctimas de trafico ilícito reunidos en un club nocturno público? ¿Y por qué?

—Una reunión implica libertad —murmuró Xai—. Lo que parece bastante extraño considerando que has afirmado que los demonios fueron prostituidos por Geier.

—No todos —jadeó Streator—. Algunos eran amigos.

—¿De Compton? —Pregunté, aclarando.

—S-sí.

—Antes dijiste que ella odiaba a los demonios —habló Xai antes de que yo tuviera la oportunidad—. Explica.

—La mayoría —gruñó Streator—. Ella odia... a la mayoría.

—Y los otros eran amigos.

No fue tanto una pregunta como una declaración retrospectiva. La incertidumbre me remordía la consciencia. Los Demonios no se hacían amigos de los humanos.

Xai me miró con una pregunta similar en sus ojos, como si el pensamiento le hubiese golpeado al mismo tiempo. Luego su mirada se amplió con comprensión y su enfoque se volvió hacia el humano que estaba en el suelo.

—¿Cómo se llama ella? —Preguntó.

Oh, mierda.

¿Cómo se me había pasado por alto la conexión obvia?

Yo había asumido que Compton era una amante despechada que buscaba eliminar la competencia a través de sus inexplicables conexiones demoníacas. Pero esa teoría ya no valía más.

Yo podía creer en una relación de trabajo, pero no una amistad. Incluso aquellos que habían vivido en este nivel durante siglos prefirieron mezclarse con los de su propia especie. De ninguna manera un ser recién salido del Inframundo se haría amigo de un mortal.

Lo que significa que Compton no era humana en absoluto.

Sino un Demonio que odiaba a la mayoría de los otros de su reino.

Porque habían matado a su madre.

—Kalida —respiré.

El rostro de Streator palideció, confirmando mis sospechas.

Bueno, joder.

La perra estaba viva.

CAPÍTULO DIECINUEVE

LOS MORADORES DEL PORTAL SON VALIOSOS
PEQUEÑOS HIJOS DE PUTA

—Es imposible saberlo con seguridad —dijo Tax mientras se paseaba por la sala de estar—. Si Kalida mató al demonio, entonces su esencia se mezclaría con las cenizas y podría dar una identidad falso-positiva de los restos. Pero debí de haber notado la otra aura.

Un crujido de huesos siendo machacados resonó desde el comedor. Xai había llamado a unos cuantos Demonios necrófagos para que se ocupasen de los cadáveres, y claramente estaban disfrutando de su trabajo.

—Por el amor de Dios, hombre —Tax dejó de caminar para mirar suplicantemente a Xai—. *¿Por favor* podemos ir arriba?

Xai revisó el pulso de Streator.

—No. Sigue latiendo.

Tax lanzó las manos al aire.

—¡Entonces mátalo de una puta vez!

Los ojos del hombre a punto de morir volvieron a abrirse después de perder el conocimiento. La única manera de sobrevivir al veneno Dargarian era someterse a una transfusión de sangre completa, de lo contrario, el veneno mataría al cuerpo lenta y dolorosamente hasta que todos los órganos fallaran. Un final apropiado para una vida miserable, pero supuse que ya había sufrido bastante. Lo más probable es que no pudiera sentir nada dado su estado de coma.

Cogí una de mis cuchillas recién limpiadas del mostrador y le levanté una ceja a Xai. *¿Puedo?*

Respondió asintiendo con la cabeza. *Todo tuyo.*

—Streator, que descanses en el Infierno —le pasé la cuchilla por la garganta. La ligera gárgara fue la única indicación de que le costaba respirar, y luego el alivio se asentó sobre mis hombros. Otro mal estaba siendo eliminado.

Xai me envolvió con su brazo en la parte superior de la espalda y me acerqué a él. Entendía mi situación mejor que nadie.

—No comáis eso —advirtió Xai por encima de mi hombro —. Él está lleno de veneno Dargarian.

—Asqueroso —respondieron los demonios al unísono.

—Sí, pero devorarle el muslo a ese viejo es perfectamente apetitoso —dijo Tax inexpresivo.

—Está carnoso —dijo uno de ellos.

—Y también jugoso —añadió otro.

Tax sintió náuseas y fue hasta el vestíbulo.

—Bajaré cuando estéis listos para continuar —no esperó a que le dieran permiso para salir y cerró la puerta de golpe al salir.

—Que grosero —refunfuñó uno de los demonios.

La pierna de Xai empezó a vibrar contra la mía. Mantuvo un brazo sobre mí mientras que con la otra mano sacaba el móvil del bolsillo y respondía.

—¿Quién habla?

—Sabes muy bien quién habla, oscuro bastardo. Ahora, ¿dónde coño está Eve?

Mis cejas se alzaron ante el familiar tono de mi mejor amiga que resonaba por el altavoz. *¿Dónde consiguió su número?*

—Guinevere, tan encantadora como siempre —contestó secamente Xai.

—Vete a la mierda.

—¿Es una oferta, amor? Porque me temo que tengo que declinarla por respeto a Evangeline —me tiró más cerca suyo mientras hablaba y mientras yo ponía los ojos en blanco. Abrí la boca para responder, pero Gwen se adelantó.

—Primero, no podrías conmigo. Segundo, pon a Eve al teléfono.

Extendí la palma de mi mano, pero él me ignoró mientras reía.

—Querida Guinevere, parece que tienes la falsa impresión de que te considero una autoridad superior, lo cual, para ser franco, no es así.

El gruñido de Gwen se escuchó a través de la línea.

—Si algo le ha sucedido a Eve, te cortaré los testículos la próxima vez que te vea.

—¿Cuándo he permitido que algo o alguien le haga daño?

—Oh, no sé… ¿Qué hay de esa vez que la dejaste en el Inframundo?

Su diversión desapareció, y fue reemplazada por una oscura emoción que me hizo temblar. Mi mejor amiga le había tocado una fibra sensible.

—Salió de allí ilesa.

—¿Lo hizo, eh? No fuiste tú quien tuvo que cuidarla durante tres malditas semanas.

—Vale, dame el móvil —exigí, pero a Gwen ya nadie la detenía.

—Y eso solo fue la sanación física, imbécil. Ella dice que está bien, pero sé que tu comportamiento la atormenta. Al igual que las pesadillas por toda esa mierda por la que la has hecho pasar en el último milenio. Juro por todo lo que es sagrado, que, si tuviera el arma correcta, la atravesaría a través de tu arrugado y negro corazón solo para protegerla de ti y de tus jodidos juegos. Ahora, ¡ponla en el maldito teléfono!

CAPÍTULO VEINTE

APARENTEMENTE, EL INFIERNO NO ES
EL ÚNICO REINO CON SECRETOS

ONCE CHICAS con ropa masculina se encontraban acurrucadas en la habitación de huéspedes de Remy. Les había dado carta blanca suelta para acceder a su armario. La mayoría de ellas llevaban sudaderas y pantalones deportivos. No era exactamente un atuendo de Miami Beach.

Me senté en medio de la cama con las piernas dobladas debajo de mí y esperé a que las humanas terminaran las hamburguesas con queso y las patatas fritas que les había traído. Xai había sugerido el desvío a un restaurante de comida rápida.

—Considéralo una táctica de interrogatorio —había dicho con esa seca manera suya. Pero vi a través de ella. Debajo de la indiferente fachada había un hombre que se preocupaba lo suficiente como para considerar la comodidad humana.

—Gracias —susurró una de las chicas. Varias otras también lo hicieron, pero la que estaba en la esquina se quedó en silencio. Tenía las rodillas pegadas al pecho y la mirada gacha. Era la chica desnuda que se había hecho un ovillo en medio de su celda. No se veía mucho más sana con la ropa.

Mi corazón ardió de rabia al verla.

Al ver la inocencia de alguien tan cruelmente extirpada…

—Siento no haber podido hacer más —murmuré,

diciéndolo en serio—. Pero os prometo a todas que esos hombres no volverán a haceros daño.

Ya me había presentado como una de los buenas cuando entré en la habitación. Creyeron que era la agente O'Hara del FBI. Una mentira piadosa para mantenerlas tranquilas. Según Xai, las verdaderas autoridades llegarían pronto. También dijo que habría agentes femeninas cualificadas para hacerse cargo después de que yo me fuera.

—¿Los arrestaste? —Preguntó una pequeña morena con sus curiosos ojos grandes color avellana. No podía tener más de catorce años. Su ingenuidad era un faro de esperanza en el cuarto oscuro. Nadie había hecho daño a esta pequeña.

—Hubo un incendio en el club —mantuve mi voz suave y reconfortante—. Todos los hombres adentro murieron, incluyendo al rubio a cargo. Scott Streator.

Sólo una de las chicas reaccionó a mi descripción y a su nombre; la chica del rincón.

—Tenemos razones para creer que una mujer estuvo involucrada —añadí, observando sus reacciones—. Pero no sabemos mucho sobre ella. ¿Alguien reconoce el nombre de Compton o recuerda haber visto a otra mujer además de la doctora?

La mayoría me miraba con indiferencia, pero la de la esquina palideció. Cuando empezó a temblar, me deslicé de la cama para unírmele en el suelo. Me posicioné a varios centímetros de su cuerpo contra la pared y me aseguré de que tuviera suficiente espacio para escapar en caso de ser necesario. Acercarse demasiado o tocar a una víctima nunca ayudaba en este tipo de situación.

—Te dirán que hablar de ello ayuda, pero no se sentirá así. Al menos no al principio —hablé lo suficientemente alto para que todas las chicas me escucharan a la vez que mantenía un tono bajo con la intención de tranquilizar. Un truco que mi madre me había enseñado a temprana edad. *La voz de un ángel,* había dicho. La mayoría de mis rasgos provenían del árbol genético de mi padre, pero mi profunda necesidad de salvar a los inocentes provenía de la naturaleza curativa de mi madre.

—No espero que confíes en mí o que me digas lo que te hicieron, pero necesito saber más sobre Compton. Es la única manera de atraparla y evitar que lastime a otras —la sinceridad recalcó mis palabras, así como la verdad. Necesitaba que la chica me escuchara, que me creyera y que confiara en mí—. Cualquier cosa que puedas decirme sobre ella ayudará.

—Tiene cabello marrón grueso —susurró una de los otras —. Llega a la mitad de su espalda.

—Y mirada escalofriante —añadió otra, temblando—. *Brillan.*

—Pensé que éramos amigas.

—Yo también.

—Me invitó al club. Creí que íbamos a ir a bailar.

—Ella se rio…

—Fue una carcajada.

—La odio.

—Perra.

Cuatro de las chicas fueron de un lado a otro mientras compartían sus historias en un tono silencioso que crecía con cada palabra. Hasta que, finalmente, la chica de la esquina añadió su propia experiencia.

—Ella miró —se detuvo para tragar y cerró los ojos como si fuera demasiado difícil mantenerlos abiertos—. El rubio… me hizo cosas, y… y a ella le gustó. Le hizo d-decir su nombre.

—¿Compton? —Pregunté en voz baja.

Su enmarañado pelo ondeó hacia delante y hacia atrás mientras sacudía la cabeza.

—N-no —volvió a tragar—. K-Kalida —una lágrima le recorrió la mejilla—. U-una y otra vez. N-nunca olvidaré ese n-nombre —apartó la lágrima con enfado antes de abrir los ojos—. Me sentí t-tan débil…

La confusión en esa última palabra lo confirmó todo. Una Súcubo drenó la energía de su víctima. Inclusive si fue la lujuria de Streator de la que se alimentó, también habría agotado a la chica mediante representación.

Aquello confirmó mi teoría sobre que Kalida había hecho negocios con Streator para alimentar su apetito de Súcubo. Como un demonio híbrido, podía vivir solo de la lujuria, de ahí su tendencia a subastar inocentes. El público masculino le habría proporcionado una amplia energía sexual que podría complacerla durante semanas.

Gwen, como pura sangre, necesitaba de la experiencia completa, pero al menos intentaba salvar a sus víctimas. Sin embargo, no era exactamente la típica de su especie, de ahí nuestra amistad.

—¿Recuerdas la última vez que viste a Compton? — Odiaba tener que preguntar, pero necesitábamos que confirmaran que Kalida estaba viva.

Sus hombros se levantaron y cayeron en un suspiro desconsolado.

—El tiempo no s-significa nada.

—¿Alguien más la vio? —Le pregunté a la habitación.

—El lunes —dijo la más joven sentada en la cama. Añadió la fecha para aclarar, sorprendiéndome. Fue el mismo día que conocí a Streator en la piscina—. La Srta. Compton se ofreció a llevarme a casa después de la escuela, pero no fue allí adonde fuimos.

Bueno, esto se acaba de poner interesante.

—¿Conocías a la Srta. Compton?

La chica asintió con sus rizos achocolatados meneándose.

—Es amiga del señor Geier.

—¿Señor Geier? —incité a que continuara hablando con expresión cortésmente interesada. Por dentro, estaba furiosa.

La chica volvió a asentir.

—Mi vecino.

Bueno, mierda.

—¿La Srta. Compton los visita a menudo?

—Unas cuantas veces a la semana —respondió—. Siempre me llamó bonita, así que pensé que éramos amigas. Pero entonces su oscuridad tomó el control —la inocencia de su voz me hizo reestimar su edad. Parecía una adolescente, pero los humanos maduraban rápidamente hoy en día y su falta de pánico hizo que me pareciera muy ingenua. Todas las demás en la habitación llevaban al miedo encima. Pero no esta pequeña. Esta niña probablemente había crecido en un hogar protegido con padres cariñosos, convirtiéndola en una opción ilógica para un secuestro. Sin mencionar el hecho de que era vecina de Geier.

No encajaba con el perfil. Las otras chicas eran jóvenes pero con al menos dieciocho años, y no tan vírgenes como la chica sentada en la cama.

Entonces, ¿por qué te elegiría Kalida?

—¿A qué colegio vas? —Pregunté.

Nombró un lugar del que nunca había oído hablar, pero supuse que era un instituto privado. Y luego anotó su nivel actual.

Sexto grado.

Once, tal vez doce años.

Inaceptable.

El impulso de vengarme me abrumó y la sangre me comenzó a hervir.

Le infligiría un gran dolor a Kalida al momento de encontrarla.

A la mierda las consecuencias.

Me tragué mi ira y forcé mi expresión a permanecer neutral.

—¿Vives cerca del colegio?

—Ajá —respondió y recitó su dirección.

Su confianza no tenía nada que ver con mi placa falsa, sino con su bondad general. Me recordó a un Ángel intacto.

Fruncí el ceño. *¿Es por eso por lo que Kalida se la llevó?* ¿Planeaba torturar su inocencia?

Mis dedos anhelaban una espada, pero ignoré el impulso. Estas chicas ya habían sufrido bastante. No necesitaban ver mi lado vengativo.

Un suave golpe en la puerta causó una oleada de movimiento cuando varias de las mujeres se me unieron en el suelo. Incluso la chica de la esquina se acercó más. Su inherente confianza en mí para protegerlas me conmovió.

Varias de ellas me tocaron como para asegurarse de que yo todavía estaba en medio de ellas. La mayoría no habían sido atacadas físicamente durante su breve cautiverio, pero la familiaridad todavía me sorprendía. Sugería que me veían como alguien que cuidaba, lo cual era un poco irónico considerando mi predilección por la violencia.

—¿Está bien si mi amigo nos acompaña un momento? —Mi voz fue suave y tranquilizadora—. No os hará daño.

Algunas se miraron con inquietud mientras que la más pequeña asentía. Fue una de las pocas que no se movió, eligiendo sentarse con las piernas cruzadas en la cama con una expresión alegre.

—Él es seguro —proclamó con un asentimiento definitivo.

Esta niña continuaba sorprendiéndome.

—¿Conoces a mi amigo?

Movió la nariz.

—Más o menos. Es el que nos salvó.

Eché un vistazo a la puerta cerrada. *¿Cómo es posible que supiera eso?*

—¿El moreno? —Preguntó una morena a mi lado.

—Ajá —respondió la extraña chica, sonando confiada y para nada alterada.

Murmullos de aprobación siguieron a ese pronunciamiento

y Xai abrió la puerta. Me encontró entre la multitud de chicas, y una mirada de adoración destelló en sus ojos.

—Mi contacto está aquí —informó en un tono mucho más suave de lo normal—. Trae algunos médicos con él.

La niña se deslizó de la cama mientras hablaba, haciendo que su atención se desplazara hacia abajo mientras lo abrazaba. Xai no le devolvió el gesto.

—¿Sí? —Preguntó. Ella era al menos treinta centímetros más baja que él, pero parecía totalmente imperturbable al aire letal que lo rodeaba.

Demasiado ingenua.

—Gracias —dijo.

Él le dio una palmadita en la cabeza como si fuera una mascota, pero su voz tenía un toque de emoción.

—De nada, pequeña —su mirada se elevó para encontrarse con la mía, y sonrió. *No soy totalmente cruel*, pareció decir.

Lo sé.

—¿Has terminado aquí?

Lo que él realmente quería saber era si yo había encontrado nuestra pista o no, lo que significaba que por primera vez no había estado espiando. Eso me intrigó casi tanto como su mano en la cabeza de la niña. Aún no había intentado quitársela de encima, ni su lenguaje corporal indicaba que quisiera hacerlo. El abrazo me pareció paternal, un rasgo que nunca le habría asignado ni en un millón de años.

Aclaré mi garganta.

—Sí. Creo que estamos listos para proceder.

Y esa chica que estás abrazando es la clave.

—Excelente. Se lo haré saber a Shane —miró hacia abajo y sonrió—. ¿Quieres venir conmigo?

Ella asintió.

Extendió su mano y ella la aceptó sin dudarlo. Les miré fijamente, confundida. Nada sobre las reacciones de la chica era normal. Varias de las demás expresaron una confusión similar.

Me puse de pie con algo de esfuerzo y casi me derrumbo cuando una ola de miedo nubló la habitación. Tiró de mi alma, exigiendo que las mirara de frente y les ofreciera paz. Esa parte de mi ser se había fortalecido con el paso de los años y provenía del lado de la familia de mi madre; un impulso de sanar.

—El destino os ha echado cosas malas —dije en voz baja —. Pero también os ha dado otra oportunidad. Algunas de vosotras querréis esconderos de él, revolcaros en el pasado, y no puedo culparos por ello. Pero la vida es más corta de lo que pensáis. Esa gente de ahí fuera quiere ayudaros, y tiene las herramientas para hacerlo. Confiar en ellos será difícil, quizás más difícil que la vivencia por la que habéis pasado, pero esa confianza merecerá la pena el esfuerzo. Os prometo que podéis hacerlo, y ¿sabéis por qué tengo tanta confianza?

Esperé a que la víctima en la esquina se encontrara con mi mirada, ya que ella era la que más necesitaba estas palabras. Las otras en la habitación no habían sido tocadas; fueron salvadas para la subasta que nunca se llevó a cabo. Eran las afortunadas que podrían volver a sus vidas con la terapia y de esa manera seguir viviendo. Pero la mujer a la que Kalida había elegido para torturar con sus Súcubos no se recuperaría tan fácilmente. Le tomaría años, tal vez décadas, para sentirse un tanto normal, e incluso entonces, tendría pesadillas.

Me miró a través de sus gruesas pestañas, con una expresión tensa. Pero una luchadora se escondía tras esos ojos. La misma que me contó su historia a pesar de nuestro corto tiempo juntas.

Hay esperanza para ti, le dije con mi mirada.

—Sois supervivientes —dije en voz alta—. Ese no es un término para tomarlo a la ligera, y no dejéis que nadie lo menosprecie.

Xai apareció en la puerta detrás de mí. Sentí a su calidez y dedicación envolverme, aliviando mi necesidad de retribución. *Pronto, amor*, me decía. Sabía lo mucho que deseaba castigar a Kalida por esto, y él me ayudaría.

—Los médicos están en el pasillo. Están aquí para ayudaros —dijo a la habitación—. También presentarán sus credenciales.

No podía sonreír, así que todo lo que hice fue asentir con la cabeza mientras salía de la habitación, dándome cuenta de las enfermeras que estaban esperando para entrar. Al menos su amigo federal fue lo suficientemente inteligente como para traer mujeres. Yo dudaba que alguna de ellas quisiera ser tocada por hombres.

—¿Dónde está la chica? —Pregunté mientras las enfermeras cerraban la puerta del dormitorio.

Sonrió.

—Con Tax. Está fascinada por él.

—¿La dejaste sola con un demonio? —Empecé a dirigirme hacia la sala de estar—. ¿Has perdido la puta cabeza?

—Relájate, amor. Puede manejarse sola.

—¡Es una niña! Y a solas con un demonio. *Por el amor de Dios.*

Pero seguro que Xai tenía razón. La chica estaba sentada junto al rubio Rastreador con las manos en alto delante de su cara. Y él parecía… divertido.

—¿Qué está haciendo? —Susurré, desconcertada.

Un hombre de hombros anchos que asumí que era Shane, estaba parado en silencio en medio de la sala. No miró hacia nosotros. La extraña humanita en el sofá lo estaba consumiendo.

—Ella está sintiendo su aura —respondió Xai—. Creo que está fascinada por ella.

Pestañeé.

—¿Qué?

Xai ladeó la cabeza y me examinó.

—¿No puedes sentirla? —La mirada que le dirigí debió de haber respondido a esa pregunta, porque se rio—. Oh, cariño, vamos. Debería ser obvio. Me di cuenta de eso inmediatamente. Por eso la salvamos de la oficina antes del incendio. El Demonio de la Peste no la afectó en absoluto.

—¿Estaba en la oficina con los Demonios? —Eso explicaba por qué la otra noche no la recordaba, aunque no había exactamente catalogado en mi memoria a todas las víctimas—. ¿Por qué?

La chica sonrió de manera radiante, irrumpiendo en nuestra conversación.

—Tenía razón, señor Xai. Me gusta este.

Tax se rio.

—Es porque no quiero comerte.

Lo golpeó en un gesto juguetón que dejó a los tres hombres en la habitación sonriendo por sus payasadas. Y ahí fue cuando lo vi.

Esa bondad que irradiaba desde su interior.

Me recordó a la mía.

Un rayo de esperanza, así lo había llamado.

Mi mano se deslizó hacia mi boca mientras ésta amenazaba con caer.

No.

Imposible.

Pero brillaba tan intensamente.

Parecía un angelito.

—Una Nefilim —respiré. No era de extrañar que Kalida se la llevara. Eran seres muy raros—. ¿Pero de quién es la niña?

Xai se encogió de hombros.

—Tu suposición es tan buena como la mía.

—Pero seguramente lo sabríamos. Los sentiríamos en la Tierra.

Sin embargo, el único ser angelical con el que me encontré

fue Xai. Nunca nadie más de casa, pero alguien había engendrado a esta niña. Y hacía poco.

—A menos que se hayan ido a casa —murmuró Xai—. Van y vienen todo el tiempo.

Mi frente se arrugó.

—¿Qué? —Eso no tenía ningún sentido.

Xai me tomó la mejilla con una mano y puso su pulgar sobre mis labios.

—Esto, querida, es lo que nunca has entendido —me miró de frente, agarrándome con ambas manos, así que no tuve más remedio que mirar fijamente su ardiente mirada—. Los demonios pueden entrar y salir de este nivel todos los días. ¿Qué te hace estar tan segura de que los de nuestra clase no pueden también? Esa niña, Evangeline, es la prueba. Y hay varios como ella.

Nunca había conocido a un Nefilim y había asumido que eran una fantasía, pero ella demostró que estaba equivocada.

Son reales...

—Soy Shane, por cierto —añadió el agente mientras me miraba con unos brillantes ojos verdes.

Su presencia se estrelló contra mi alma, causando que me quedara sin aliento. El brazo de Xai me rodeó para mantenerme firme mientras yo abría la boca al familiar hombre que nunca había conocido pero que reconocía.

—Bueno, ella lo captó bastante rápido —musitó, mirando por encima de mi hombro.

—Eres el vivo retrato de tu padre —replicó Xai—. Nathanial es bastante conocido en nuestro nivel.

Dos Nefilim en una habitación.

—Necesito aire —no esperé por su autorización, pero dejé el apartamento y fui directo a las escaleras, subiéndolas de dos en dos hasta el techo.

CAPÍTULO VEINTIUNO

LAS EMOCIONES APESTAN

Salí y aspiré el aire de la tarde con ávidas bocanadas.

Mis manos fueron hasta mis rodillas mientras me desplomaba en el suelo y me hacía bolita.

La verdad dolía.

Había estado frente a mí todos estos siglos, pero escondida detrás de una nube de fantasía.

Ver es creer.

Me tomé esa frase a pecho. Los Nefilim eran un mito creado por Ángeles que anhelaban fornicar en la Tierra, o eso creía yo. Pero era cierto, y probablemente había conocido a otros sin darme cuenta.

Todas esas hermosas e inocentes almas… ¿Cuántos eran en realidad descendientes de mi especie?

Los Demonios pueden entrar y salir de este nivel todos los días. ¿Qué te hace estar tan segura de que los de nuestra especie no pueden también?

¿Estaba en lo cierto? ¿Teníamos una opción para ir a casa? ¿Por qué no me lo había dicho? Todos estos siglos juntos y ni una sola vez lo mencionó…

—Porque no te habrías ido —murmuró por encima mío—. Solo puedes cruzar de nuevo si es lo que tu corazón desea, Evangeline. Y a pesar de todo, aún tengo que convencerte de eso, no importa cuánto lo haya intentado.

Lágrimas llenaron mis ojos.

—No sabes lo que quiero.

—Oh, claro que sí, amor. Más de lo que crees —se arrodilló a mi lado, pero no me tocó—. Si quisieras irte, lo harías. Pero eres testaruda y te niegas a *ver*.

El dolor laceró mi pecho, dificultando la respiración.

En ese momento lo odié.

Desprecié cada broma, cada herida, cada frase hiriente que me había infligido.

No quería nada más que empujarlo del techo y verlo caer.

Y, aun así, mi corazón dolía ante la sola idea de hacerle daño.

Me enfureció.

Quería darle un puñetazo.

Arrastrarlo debajo de mí y besarlo.

Maldecir, despotricar y gritar.

Pero mi cuerpo se congeló así en una bola mientras olas de emoción y dolor me abrumaban. Porque él tenía razón.

Había estado tan cegada.

Tan ingenua.

Tan ridículamente enamorada de él que, a pesar de todo, *seguía* negándome a ver lo que tenía frente a mí. Porque no quería dejarlo. No quería *vivir* sin él.

Nuestra relación era tóxica, jodida y lamentable, pero las emociones que él evocaba en lo más profundo de mi ser no podían ser ignoradas.

—Odio cuánto te amo —susurré, mis manos enroscándose en puños—. Lo odio, joder.

—Lo sé —me agarró por la nuca de manera posesiva, proporcionándome una extraña especie de consuelo y obligándome a encontrarme con su agonizante mirada—. Me llamas egoísta, pero todo lo que he sido desde tu Caída es altruista. Porque convencerte de que no me ames ha sido la cosa más difícil que he tenido que hacer, pero es la única manera de que vuelvas a casa, Evangeline. Nunca has pertenecido a este lugar.

—Esa nunca ha sido tu decisión —argumenté furiosa—. Siempre has tratado de obligarme cuando todo lo que he querido es estar a tu lado por la eternidad. ¿Cuántos milenios has desperdiciado alejándome, Xai? ¿Y para qué? ¿Para convencerme de volver a casa con el corazón roto? ¿A eso le llamas vivir?

—No te merezco, Evangeline.

—¡Otra decisión que nunca fue tuya! —me zafé de su agarre y lo encaré fulminándole con la mirada—. Mi alma conoce a su pareja y todo lo que has hecho es negarlo. Así que tal vez tengas razón, Xai. Tal vez no me mereces, porque Dios sabe lo mucho que he intentado demostrar lo contrario mientras que todo lo que tú has hecho es deshacerte de mí como basura.

—Evangeline… —intentó acercarse, pero me puse de pie de un salto y di un paso atrás.

—Detente —levanté una mano mientras avanzaba hacia mí—. No tendremos esta conversación ahora. Tenemos un caso que resolver y es mi vida la que está en juego. La cual, finalmente me doy cuenta, es por la que has sido tan insistente en ayudarme estos últimos días. Te diste cuenta de que Zeb podría destruirme, lo que significa que finalmente entiendes cómo sería la vida sin mí. Y eso te asusta. Tanto que voluntariamente dejaste caer todas tus barreras y volviste a ser el hombre por el que Caí hace tanto tiempo; pero no debería hacer falta mi inminente muerte para que veas que estamos destinados a estar juntos. Que serías miserable sin mí porque soy la otra mitad de tu alma. *Ese* es el destino al que me sometiste hace miles de años cuando tomaste la decisión 'altruista' de alejarme. Tal vez es lo que te mereces.

O lo que ambos merecemos.

Empecé a ir hacia la puerta, pero se interpuso en mi

camino. Hubo emociones invadiendo sus negros iris mientras que con su mirada intentaba mantenerme allí.

—Muévete —le exigí.

—Oblígame.

Su reto avivó las violentas llamas que se movían en mi interior. Los últimos días habían trastornado los más oscuros recovecos de mi alma. Anhelaba la sangre y la muerte más que al propio aire.

—No quieres pelear conmigo ahora mismo, Xai.

—Al contrario, amor. Siempre quiero pelear contigo.

Intenté rodearlo, pero respondió y reaccioné con una patada en el esternón que él bloqueó con facilidad.

La furia avanzó a través de mis venas, centrándose en mi corazón, y el instinto tomó el control. Fui hacia él con todo lo que tenía, mis cansadas extremidades golpeando y buscando un punto débil.

Pero él conocía mi forma demasiado bien.

O yo no quería hacerle daño de verdad.

La verdad se me escapó, lo que solo me enfureció más.

—Te estás conteniendo —gruñó mientras continuaba con una patada que me hizo caer sobre mi culo—. Deja de pensar y pelea.

Lo fulminé con la mirada desde el suelo.

Los Ángeles no necesitaban dormir para sobrevivir, pero la falta de sueño nos debilitaba. A mí más que a él, aparentemente. Parecía la personificación de la tranquilidad mientras yo jadeaba a sus pies.

Mi cuchilla salió volando de mi mano antes de que me diera cuenta de lo que yo misma había hecho, y Xai la cogió por el extremo afilado.

—Eres mejor que esto, Evangeline —cerró el puño alrededor del cuchillo, comenzando a derramar sangrar por gusto, antes de tirarlo al suelo junto a mi cabeza—. Hazme daño.

—Te odio, joder —espeté cuando me puse de pie para empezar de nuevo.

—Lo sé —respondió mientras me cogía el tobillo y me lo torcía.

En esta ocasión yo había elegido la patada a propósito, esperando que reaccionara de la forma que yo había previsto. Mientras me obligaba a girar, saqué otra cuchilla y lo deslicé por su mejilla. Ni siquiera se inmutó, solo me agarró de la muñeca y me hizo girar hasta que mi espalda golpeó contra su torso.

La cuchilla cayó de mi palma, golpeando duro contra el asfalto y junto a la que Xai había tirado. Solo me quedaban dos más, y no estaban tan alcanzables. Pero no era como si importara.

—¿No lo ves? —Sus labios rozaron mi oído con las palabras, y odié el escalofrío que provocaron—. Vivir sin ti es mi mayor castigo. Es lo que merezco por tu Caída, pero tu muerte me destruiría. *Eso* es lo que me asusta, Evangeline. Siempre supe que la vida sin ti sería tortuosa, pero al menos estarías viva y a salvo.

Mi talón se estrelló contra su espinilla, haciendo que se estremeciera lo suficiente como para soltarme y escapar de su agarre. Me escabullí y lo encaré fulminándole con la mirada.

—¿Y qué hay de mí? Me has condenado a una vida de soledad.

—Mejor que una vida conmigo en este nivel.

Levanté las manos en el aire en señal de frustración.

—¿Y quién eres tú para tomar esa decisión por mí?

Su sangrienta palma me agarró la nuca mientras me obligaba a mirarle.

—Tu pareja —gruñó. Intenté apartarlo, pero su otro brazo me sujetó de la cintura para no dejarme ir—. Es mi deber poner tu felicidad y bienestar por encima de los míos. Siempre.

—¿Al dejarme después de la Caída? ¿Forzándome a

trabajar como una asesina? ¿Al dejarme en el Infierno? —No pude evitar la risa histérica que emergió de mí. Esta conversación redefinió el significado de locura. Nuestra volátil relación había finalmente llegado a un punto crítico. Uno del que no estaba segura de que pudiéramos dar marcha atrás—. Oh, Xai, ¿no ves cómo todos esos eventos casi me destruyen?

—Todo lo que siempre quise fue enviarte a casa donde sabía que estarías a salvo y eventualmente me olvidarías.

—No lo entiendes —respondí con voz entrecortada—. *Tú* eres mi hogar. El odio nunca ha sido la respuesta, Xai. Solo la muerte podría cortar los lazos entre nosotros.

Lo sujeté de los hombros para empujarle, pero mis extremidades rechazaron la demanda. Él me había agotado por última vez. Luchar contra él nunca arregló nada.

—Me resigné hace mucho tiempo a la idea de que me dejaras solo en este nivel, pero nunca por el camino de la muerte —apoyó su frente contra la mía en un suspiro que sugería que lo había agotado demasiado, al menos emocionalmente—. No puedo vivir sin tu alma, Evangeline. Eres mi otra mitad y el amor de mi existencia. Sin ti, dejo de serlo.

Las palabras fueron tan suaves que apenas las escuché, pero el poder que había detrás de ellas hizo añicos las barreras alrededor de mi corazón y me robó el aire de los pulmones.

—No puedo hacer mi trabajo en la Tierra contigo aquí. Todo lo que me importa es mantenerte a salvo en este nivel que está destinado a ser destruido por el Infierno —sonaba tan fragmentado como yo me sentía, dejándome anonadada.

Xai se había hecho vulnerable. A mí.

Quizás siempre había sido así mientras se escondía tras un impenetrable muro de confianza, o quizás los recientes eventos habían modificado su inquebrantable control.

—Sabes que puedo cuidar de mí misma.

—Oh, Evangeline, lo sé, pero eres mi corazón. Protegerte

es tan importante como respirar —sus labios rozaron los míos en la más suave de las caricias mientras continuaba—. Eres el ser más fuerte y terco que existe, y yo no quisiera que fuese de otra manera. Pero eso no me impide preocuparme, amor. Es irracional y lo desprecio, y he intentado todo lo que está dentro de mis posibilidades para enviarte a un lugar seguro para poder concentrarme, pero te niegas a obedecer. Y esa desobediencia me cautiva y me enfurece. Nunca podré ganar contigo, y estoy tan cansado de luchar contra ello.

Su boca capturó la mía en un beso que desató todo el dolor de sus palabras. Me aferré a él mientras me daba todo: dolor, frustración, amor, furia. Me fallaron las piernas, pero él me mantuvo firme, como siempre lo hacía.

Mi ancla.

Mi amor.

Mi otra mitad.

Este abrazo se sintió diferente. Cada toque tuvo de origen a la honestidad y a la verdad, y oh, fue tan intenso.

Paz…

Una sensación de armonía me abrumó cuando su lengua entró en mi boca para emparejarse con la mía. No se trataba de dominio o sumisión, sino de una promesa entre dos almas conectadas.

Sí…

La sangre de Xai me marcó la nuca mientras movía su agarre. Sus dos manos se dirigieron a mis vaqueros, desabrochándolos, bajando la cremallera y deslizándolos a través de mis piernas con mis bragas.

Pateé la ropa con los zapatos para quitármela, dejándome desnuda de cintura para abajo, con la excepción de las cuchillas atadas a la parte interior de mis muslos. Xai no las quitó. Disfrutaba de agregar factores de riesgo a nuestra forma de hacer el amor, y no había nada más peligroso que un Ángel armado.

El aire húmedo me recordaba que nos encontrábamos en el exterior y a la vista de cualquiera en los edificios más altos que este, pero no me importaba. Todos estaban invitados a mirar. Xai me pertenecía, y yo quería que el mundo lo supiera.

Pasó un dedo por mis mojados pliegues y sonrió contra mis labios.

—El pelear siempre te excitaba —murmuró, con aprobación evidente en su tono.

Moví mis caderas contra las suyas, deleitándome con su gruesa excitación.

—No soy la única que lo disfruta.

—Solo contigo, Evangeline.

Mis dedos se metieron en su grueso cabello mientras lo obligaba a seguir besándome hasta el suelo. El asfalto arañó mi espalda a través de mi delgada camisa, arraigándome en el momento.

Un dulce y delicioso dolor seguido de éxtasis.

Sus manos desaparecieron para desabrochar su cinturón y aflojar sus pantalones, pero su lengua nunca dejó la mía. Y luego sus palmas se encontraron en mis mejillas, inclinándome para recibir mejor su reclamo oral mientras su polla se deslizaba de manera fácil dentro de mi acogedor calor. Una fuerte embestida lo llevó hasta lo profundo, haciéndome clavar mis caderas al suelo debajo de él.

—Te amo, Evangeline —susurró—. Tanto que duele.

—Yo también te amo —me moví para encontrarme con su reclamo y gemí en su boca—. Más fuerte, Xai.

Necesitaba sentir todo.

Necesitaba que me hiciera gritar.

—Siempre —prometió. Y yo sabía lo que quería decir.

Lo que quisiera y cuando lo quisiera, él estaría ahí, como siempre lo había estado. Puede que no hubiera visto o entendido sus métodos, incluso no estar de acuerdo con sus planes, pero nunca me había abandonado aunque hubiera pretendido hacerlo. Me apreciaba a su manera, tratando de obligarme a volver a un nivel que se sentiría vacío sin él. Y por eso nunca me iría; mi lugar era junto a él, incluso cuando él creía que no era digno.

Con un brazo me rodeó los hombros para mantenerme allí mientras me follaba hasta quedar inconsciente. Placer se mezcló con el dolor mientras el asfalto grababa un patrón en mi espalda y culo. Era seguro que iba a sentir las marcas durante días, incluso después de que sanara, pero no me importaba. No con él entregándome cada parte de sí; corazón, cuerpo y alma.

—Te perseguiré —amenacé, diciéndolo en serio.

—Y dejaré que me atrapes —respondió antes de tomar mi boca en un violento beso, sellando las promesas que murmuraban entre nosotros.

Sensaciones calientes me recorrían mientras lo recibía con cada parte de mi ser.

Nadie más podía hacerme esto.

Y nunca habría otro.

No después de esto.

Mis uñas se clavaron en su cuero cabelludo, sosteniéndose por su vida mientras me llevaba hacia un rápido clímax que ni siquiera había sentido venir. Comenzó en mi corazón y se extendió en espiral hacia mis extremidades, causando que gimiera su nombre.

Joder.

Olas de energía me atravesaron mientras me estremecía debajo de él.

Sabía que aún no había terminado conmigo, a pesar de nuestras horas contadas.

El tiempo podía irse al infierno.

Al igual que esta misión.

Todo lo que importaba era este momento junto a él.

Lo besé con una ferocidad que solo él podía recibir y apreté mis piernas alrededor de su cintura. Se puso de espaldas, me llevó con él y se sentó conmigo a horcajadas. Mi camisa salió volando sobre mi cabeza, seguido de mi sostén, dejándome desnuda sobre un hombre todavía vestido. Sus pantalones solo estaban lo suficientemente desabrochados como para permitir que su excitación penetrara la mía, y mis únicos recursos de blindaje eran los dos puñales de plata atados a mis muslos.

Mi espalda se arqueó mientras sus labios, sin previo aviso, se sellaban alrededor de mi erecto pezón. Chupó tan fuerte que me estremecí. Dios, me encantaba cuando me trataba como si fuera indestructible. Nunca se contuvo, siempre me dio lo que quería y sabía exactamente lo que yo necesitaba. La almohadilla de su pulgar encontró mi clítoris mientras sus dientes se hundían en mi pecho.

Le arañé el cuero cabelludo, sujetándolo hacia mí mientras calmaba el dolor con su lengua. Su dura polla pulsaba dentro de mío, pero no se movía como yo quería mientras continuaba torturándome con su boca y su mano. Mi excitación se elevó a niveles insoportables hasta que casi le rogué que me follara de nuevo, que continuara con su reclamo y que saciara mi creciente necesidad.

Pero ignoró mis exigencias y se concentró en memorizar mis curvas con sus labios.

—Xai —gruñí, frustrada. Apreté su erección con mis paredes internas e intenté desplazar, pero una mano en mi cadera me mantuvo inmóvil—. Fóllame.

—Eso hago —susurró contra mi pezón atropellado. Me encantaba la forma en que palpitaba contra sus labios, deseando mucho y a la vez no tanto. Un dilema tan jodido que se igualaba a nuestra relación. Estando juntos éramos explosivos. Una explosión de proporciones épicas que ningún nivel podía contener, y no me hubiera gustado que fuese de otra manera.

Me puso de rodillas y me azotó para que me sometiera.

—Manos en la cornisa —exigió mientras se movía detrás de mí.

Ni siquiera intenté luchar contra ello. Solo me agarré a la barandilla del techo y abrí las piernas para su embestida. Envolvió sus manos sobre las mías mientras me azotaba por detrás.

Tan apasionado y salvaje, y exactamente lo que yo quería.

Mis rodillas estarían raspadas y ensangrentadas después de esto, pero no podía sentir nada excepto su polla golpeando ese punto en lo profundo una y otra vez y a sus labios acariciando mi cuello. Palabras de adoración abandonaron sus labios mientras su nombre temblaba en los míos.

Cualquiera que nos estuviera observando tendría un gran espectáculo, y saber eso solo aumentó mi pasión. Xai redefinió el significado del exhibicionismo, y lo amaba por ello.

Llevó mis manos a una de las suyas mientras la otra bajaba para acariciar mi sensible parte. La sensación me abrumó mientras movía mi clítoris entre sus dedos, aplicando la suficiente presión para torturar y complacer. La mezcla confusa me lanzó disparada hacia el olvido con un grito que probablemente todos en el edificio terminaron por escuchar.

—Siempre has sido mía —gruñó Xai contra mi garganta mientras aumentaba su ritmo—. Y siempre seré tuyo.

—Sí —respiré, concediendo la verdad mientras me apretaba contra él.

Era la respuesta que él necesitaba para dejarse llevar y unirse a mí en el mundo donde solo existíamos nosotros. Su gemido era música para mis oídos mientras su esencia se derramaba en lo más profundo de mi ser, marcándome de las maneras más íntimas.

Me apartó de la barandilla con un brazo fuertemente envuelto alrededor de mis pechos, y su mano condujo mi barbilla hacia atrás para encontrarse con su beso. Su miembro palpitaba dentro de mí mientras me sujetaba con fuerza, mi espalda contra su pecho, ambos sobre nuestras rodillas. Pero qué imagen tan erótica creamos, una que yo apreciaría por toda la eternidad.

—Todavía no te merezco —dijo, su boca rozando la mía con cada palabra—. Pero tampoco puedo vivir sin ti. Nunca pude.

—Todo lo que siempre he querido es que admitas que estamos destinados a estar juntos, Xai.

—Por supuesto que sí —susurró—. Pero nunca he visto el punto de admitir lo obvio.

—Pasaste miles de años negándolo.

—No, Evangeline —me tiró del pelo para forzar a mi cabeza a ir hacia atrás y encontrarme con su mirada—. Hay una diferencia entre la negación y la evasión. Todo lo que he dicho y hecho fue con un propósito.

Traté de sacudir mi cabeza, pero me mantuvo quieta.

—Pero nunca me elegiste, ¿recuerdas? Nunca me quisiste. Decías que el amor era un ingenuo concepto que no debía esperar de ti.

—Mmm, todas las palabras y preguntas cuidadosamente formuladas para alejarte, y todas ellas dichas con una pizca de verdad —me estremecí ante su crueldad, y él sonrió contra mis labios—. Yo no te elegí, Evangeline; mi alma lo hizo. Y el amor es una emoción que no se acerca a lo que siento por ti, así como nunca te he querido tanto como te he anhelado.

—Eres un imbécil —le dije, irritada por la rapidez con que invirtió todas esas frases inquietantes con unas pocas palabras.

—Lo soy —aceptó—. Pero soy tuyo, amor. Siempre.

Mi espalda ardió por el abrupto frío que dejó cuando se alejó para pararse detrás mío. Extendió su mano hacia la mía con una pregunta en sus ojos. *¿Me aceptas?*

Como si alguna vez hubiera tenido elección.

Moví mis dedos sobre los suyos y le permití que me ayudara a levantarme del suelo.

—Todavía estoy furiosa contigo.

—Bien —me rodeó con sus brazos y apretó su frente contra la mía—. Sabes cuánto adoro el sexo violento.

—Sigue así y sacaré las cuchillas.

—Mmm, me encanta cuando coqueteas conmigo —sus labios susurraron sobre los míos—. Pero tenemos un Señor Demoníaco que cazar y matar.

—Tú empezaste esto —señalé.

—Y lo terminaré —prometió—. Después de que entreguemos a Kalida a su padre y te exoneremos —su beso sólo duró un poco antes de que me azotara el culo—. Ahora vístete y ni se te ocurra limpiarte. Me gusta que te mires exhaustivamente follada. Da un grado de motivación que ambos vamos a necesitar.

Sacudí la cabeza.

—Eres insoportable.

—Tic tac, Evangeline —fue todo lo que dijo mientras se volvía hacia las escaleras. La cremallera de sus pantalones ya estaba hasta arriba, éstos abotonados y con cinturón, mientras que yo me quedé desnuda detrás de él.

Típico.

Me vestí mientras me observaba desde la puerta con una expresión acalorada. Esa mirada se oscureció con una promesa mientras recogía las cuchillas desechadas y las volvía a meter en las mangas de mi camisa.

El hombre era insaciable.

Me detuvo con una mano en el hombro. Esperaba algún tipo de comentario sarcástico, pero me sorprendió al llevar mis mechones enredados hacia arriba en una cola de caballo y asegurándola con una cinta negra de su muñeca. No era exactamente un lazo para el pelo, pero funcionó.

—Te amo, Evangeline —murmuró mientras pasaba sus nudillos por mi mejilla—. Y ya que te complace, me esforzaré por decir lo obvio más a menudo.

—Lo que puede parecerte obvio no siempre está claro para todos los demás, Señor Enigma —respondí con una sonrisa—. Pero también te amo —le pellizqué la barbilla en una reprimenda silenciosa—. Y para futuras referencias, no necesitas marcarme con sangre para que todos sepan que soy tuya.

Porque por eso me había expuesto el cuello. Quería que todos vieran su marca.

Se encogió de hombros.

—Te lo lavaré más tarde, cuando hayamos terminado.

—Sí —coincidí—. Lo harás.

CAPÍTULO VEINTIDÓS

AMOR: UN JUEGO TAN VIEJO COMO EL TIEMPO

—Esto fue divertido. No lo hagamos de nuevo por un tiempo —dijo Remy después de dejarnos en el estacionamiento del hotel—. Chau.

Desapareció antes de que pudiéramos responder.

Miré fijamente a Xai sobre el capó de su coche deportivo.

—Estoy de acuerdo con el demonio.

—No te sientes enferma del portal, ¿o sí amor? —Se burló mientras abría la puerta del conductor.

—Estoy sintiendo muchas cosas —admití mientras me unía a él dentro del biplaza. No solo por lo que había pasado en el techo, sino también en el apartamento. Shane, el Nefilim, me había mostrado una sonrisa de complicidad cuando regresamos y le había guiñado un ojo a Xai. La indulgente franqueza de los Nefilim me confundía, al igual que la situación en general.

—¿Cómo conociste a Shane? —Parecía un buen lugar para empezar con la miríada de preguntas que fluían por mi cabeza.

—Intentó matarme —respondió Xai mientras cambiaba a primera velocidad—. Falló —añadió con una sonrisa.

—¿Y le dejaste vivir? —Ya sabía que lo había hecho, pero eso no me dejó menos sorprendida.

Xai se encogió de hombros.

—Pensó que era un demonio; culpable por asociación y todo eso, y demostró ser bastante hábil con un proyectil de plata. Sin embargo, muy para su pesar, me desperté irritado y con dolor de cabeza. Pero resolvimos nuestras diferencias. Parecía un desperdicio destruir a un francotirador tan hábil.

—¿Proyectil de plata? —Repetí—. ¿Te refieres a la plata en su estado puro?

—En efecto. Su organización es muy aficionada a ellos —las gafas de sol le oscurecían los ojos pero no ocultaban su diversión. Estaba siendo deliberadamente impreciso.

—No puedes decir eso y no continuar, Xai.

Sonrió.

—Tu ignorancia es encantadora, Evangeline.

—¿Sí? Bueno, estoy a punto de no ser tan *encantadora*.

—Me encanta cuando me provocas —su mano se deslizó de la palanca de cambios para apretar mi muslo—. Se refieren a sí mismos como el Génesis, un movimiento de la religión actual que representa a su especie de una manera poco clara.

—Nunca he oído hablar de ellos.

Lo cual no era para nada sorprendente ya que hasta hoy consideraba a los Nefilim como un mito.

—Existían rumores, pero Shane me proporcionó la primera prueba. Parece que los Nefilim se han conectado en unos con otros durante siglos, pero solo como un medio para proporcionar protección mutua. Hasta ahora es que han elegido un camino violento, de ahí mi descubrimiento de su organización —movió sus largos dedos a lo largo de la parte interna de mi muslo hasta mi rodilla y de vuelta—. ¿Puedes adivinar por qué sus métodos han cambiado en la última década?

Estudié su perfil. Su piel dorada brillaba con la luz del sol de la tarde, dándole ese atractivo angelical que tanto adoraba. Ese pícaro movimiento de sus labios hacia arriba hizo que mi corazón se acelerara, al igual que sus palabras y la insinuación detrás de ellas.

—¿Estás insinuando que mi retiro lo causó?

—Hmm, no, no exactamente.

Su palma dejó mi pierna para cambiar de velocidad mientras entrábamos a la autopista. El suave ronroneo del potente motor coincidía con el del hombre al volante. Ambos eran elegantes, graduales y sexys como el pecado.

—Verás —continuó—, el Génesis se considera a sí mismo como el protector de la humanidad, lo cual, supongo, es apropiado. Es por eso por lo que tú y yo estamos aquí, ¿no es así?

Sonrió, divertido, mientras yo consideraba su comentario sin rodeos.

Xai nunca me había explicado porque él había Caído. Siempre supuse que su razón era vil, pero sus acciones últimamente pintaban una historia totalmente diferente.

Rara vez me dejaba ver lo bueno que había en él, pero existía. Lo vi hoy con la niña y antes me enteré por Tax. Xai se había ido literalmente al Infierno y había vuelto por mí, algo que no tenía que hacer. Esa no era la acción de un hombre egoísta, sino la de uno protector.

Qué ser tan voluble eres, Ángel Oscuro.

Siempre cambiando lo que sé y creo.

—Pero por muy buena que seas destruyendo demonios bribones —continuó—, no atribuyo el incremento de la violencia del Génesis a tu retiro.

—Asombrosa —corregí—. Querías decir, 'Por muy asombrosa que seas destruyendo demonios bribones…'

Un perfecto hoyuelo le arrugó la mejilla.

—Y arrogante también.

—¿Es una invitación a una demostración? —Pregunté dulcemente—. Porque estaré feliz de complacerte.

—Siempre —murmuró—. Pero todo a su debido tiempo, amor.

Llevó su mano devuelta a mi pierna y acarició la cuchilla escondida a lo largo de mi muslo interior a través de mis vaqueros mientras volvía al tema en cuestión. No era el lugar más fácil del cual sacar un arma, pero sí uno de los últimos que alguien revisaba en un cacheo.

—Los miembros del Génesis se han colocado estratégicamente en todo el mundo. Shane, por ejemplo, es un alto funcionario del Departamento de Seguridad Nacional.

Pero que detalle tan interesante.

—Eso explica por qué lo llamaste por el caso de la trata.

—Sí, pero también lo llamé por Trudy.

—¿Trudy? —Repetí.

—La joven Nefilim —el afecto en su voz me movió las fibras de mi corazón. Xai no solía manejar bien a los seres pequeños, pero parecía encontrarse bastante pillado con este—. Remy la encontró en la oficina donde los Demonios se habían estado reuniendo. Dijo que estaba sentada en el escritorio, esperándole, cuando él volvió de incendiar el club plagado de enfermedades. Cuando me llamó para darme instrucciones sobre cómo manejarla, le aconsejé que pusiera a la chica con las demás y terminara el trabajo.

—¿Sabía él que ella era una Nefilim? —Pregunté, por curiosidad. Los Ángeles poseían auras, pero no las que los Demonios podían sentir. De ahí la incapacidad de Zeb de saber si yo había matado o no a su hija. Mi presencia no podía ser sentida por un Rastreador o cualquier otro ser del Infierno. Era parte de la razón por la que sobresalía en mi trabajo. El Inframundo no podía sentirme.

—No, pero su falta de reacción al Demonio de la Peste desatando su don letal en el club sugería la singularidad de la niña. Lo confirmé cuando la conocí.

Fruncí el ceño.

—Aunque llamaste a Shane antes de conocerla.

—No, conocí a la joven mientras descansabas —murmuró
—. Entonces llamé a Shane.

Me llevó un momento recordar la última vez que había
dormido.

El día anterior por la tarde, después del sexo.

—Siento que debería ofenderme el hecho de que tuvieras
suficiente energía para hacer una entrevista después de que me
desmayara.

Porque Arcángel o no, lo había agotado.

Se rio y deslizó su mano más arriba donde el calor
irradiaba de mi núcleo.

—Oh, Evangeline, ¿es mi turno de ser arrogante?

—Siempre eres arrogante.

—Mmm —respondió, con su mano explorando—, pero en
esto, lo soy aún más.

Me mordí la lengua para no gemir. Me dolía el corazón por
sus atenciones antes en la azotea. Desafortunadamente, el sexo
con el Arcángel me había dejado molida, algo que mi
habilidad de sanación no natural no parecía estar equipada
para manejar. Si hubiera sido humana, él me habría quebrado.

Me retorcí, pero me sostuvo en su quieta con su pesada
palma.

—Estabas tratando de decirme algo —me las ingenié.

—En efecto.

Apretó lo suficiente su agarre como para hacerme
estremecer. Constantemente mezclándose con dolor y placer.
Mi cuerpo tembló mientras me soltaba para llevar esos astutos
dedos hasta mi rodilla. Me sentí aliviada y privada sin su toque
íntimo, una reacción que me negué a reconocer. Las emociones
no tenían nada que ver con la tarea en cuestión.

—Asumo que me estás diciendo todo esto porque tienes
una teoría.

Porque Xai no hablaba tanto sin un propósito. Le

encantaba provocar y jugar, pero todo lo que hacía tenía un significado, como su dominante agarre en mi pierna. Era su forma de recordarme su lugar a mi lado. Como si alguna vez pudiese olvidarlo.

—Sí. Como ya se ha dicho, el Génesis se ha colocado estratégicamente en toda la sociedad. Son pequeños pero poderosos, y han recibido entrenamiento militar. Y no me refiero a entrenamiento básico, sino a un intenso conjunto de habilidades de élite adquiridas de las Fuerzas Especiales y otras ramas secretas de los gobiernos de todo el mundo.

—Suenas impresionado.

Lo que pude apreciar, pero necesitaba ir al grano.

—Lo estoy —admitió—. No sentí a Shane hasta que la bala golpeó mi pecho, y para entonces, ya era un poco tarde para una reacción.

Emití un soplo bajo. Acercarse sigilosamente a Xai requería de una habilidad que muy pocos seres poseían.

—Muy bien, tienes mi atención.

—Como si eso fuera algo nuevo —respondió con otra caricia. Ese lado coqueto suyo raramente salía a jugar, pero me encantaba cuando lo hacía. Incluso si acentuaba su arrogancia. Puse mi mano sobre la suya en un gesto de unión.

—Deja de provocarme y da más detalles. Porque sé que me estás diciendo todo esto por una razón.

Volteó la palma de su mano hacia arriba para unir nuestros dedos y llevó mi muñeca a su boca para un suave pellizco. Un ligero reproche por mi impaciencia. Si no empezaba a hablar, y pronto, le mostraría el verdadero significado de la palabra.

—Ha habido una afluencia de bribones demonios en este nivel durante la última década. Al principio pensé que el Inframundo había decidido salir a jugar en tu ausencia, pero rápidamente me di cuenta de que era más profundo que eso. Aparentemente no fui el único que notó el desequilibrio —

nuevamente me soltó la mano para coger la palanca de velocidades mientras nos aproximábamos a la salida.

—Estás diciendo que los Nefilim también se dieron cuenta —deduje.

—Sí, lo hicieron, y se han encargado de limpiar el desastre, por así decirlo. Sorprendentemente, son bastante buenos en ello, pero no podrán manejar lo que se avecina.

El silencio abrumó al coche cuando salimos de la autopista y entramos en una carretera principal llena de palmeras y tiendas costosas. La riqueza y el estatus vivían aquí.

—Entonces, ¿cuál es tu teoría? —Pregunté, refiriéndome al aumento de la población de demonios en la Tierra—. ¿Crees que Geier está intentando recuperar su territorio mediante el uso de canallas?

—Es una posibilidad —respondió suavemente mientras girábamos hacia una calle lateral. El vecindario de Trudy ya no debía estar muy lejos—. Pero ¿por qué destruir algo que quieres poseer? Esos demonios que vimos la otra noche indican algo mucho peor. Sospecho que…

El cuerpo de Xai se puso rígido, poniendo mis sentidos en alerta máxima.

Los vellos de mis brazos se alzaron mientras la electricidad crepitaba en el aire.

Demonios.

Muchos de ellos.

—Una emboscada —susurré.

—Sí —aceptó Xai.

La adrenalina puso en marcha mi corazón, disparando fuego por mis venas.

Lucha, mi alma cobró ánimo.

Idiota, mi mente reprendió. ¿Por qué no iban a tender una trampa? Estaba tan absorta en Trudy y Shane que no había considerado lo obvio.

—Es el demonio de la peste —dije—. Debió haber corrido

a casa para delatarnos después de que arruináramos su pequeña reunión del Inframundo en el club.

Nuestras identidades, o por lo menos, nuestros *ancestros*, se habrían hecho evidentes después de la lucha con sus compañeros demoníacos. El Demonio le habría contado todo a Kalida, lo que implicaba que ella sabía que teníamos a Trudy y que la chica nos guiaría hasta aquí.

—Debimos haber anticipado esto —continué, irritada. Porque habíamos llegado sin refuerzos y con muy pocas armas. Mis sentidos me decían que estábamos más que superados en número y armamento.

Xai no dijo nada mientras seguíamos hacia el vecindario, conduciendo hacia el centro de su círculo en vez de lejos de él.

Abrí la boca para sugerir que diera la vuelta, cuando las náuseas me golpearon el abdomen con la fuerza de un tren de carga.

Qué diablos.

Joder.

Esto no debería pasar en la Tierra.

Se sentía como si estuviéramos al borde de entrar al Inframundo. Como si Xai nos hubiera conducido justo a través de un portal a la puerta del Infierno, aunque estuviéramos rodeados de mini mansiones y palmeras.

—Tenemos que dar la vuelta —me las ingenié. Mis entrañas se apretaron y mi ritmo cardíaco se disparó. No había manera de que pudiera luchar así—. Xai... —sonaba como una súplica, y no de las buenas.

Pero me ignoró y siguió conduciendo. Su postura se encontraba menos rígida que antes, confundiéndome. Cada una de mis terminaciones nerviosas zumbaba con tensión mientras que él parecía relajado.

—Nos van a llevar —fue todo lo que dijo.

—¿Qué?

No podía hablar en serio. Debía haber querido decir que

nos secuestrarían si no salíamos de aquí. Que era lo que necesitábamos hacer. Ahora.

—Es la única manera de aprender más, pero podría doler un poco —sonaba demasiado resignado para mi gusto.

La oscuridad invadió mis pensamientos. Otra indicación de que estábamos demasiado cerca de algo o alguien que emanaba un gran mal. Xai siempre manejaba la sensación mejor que yo, como se evidenciaba por su antinatural calma mientras continuaba conduciendo.

Rascaba a los invisibles bichos que se arrastraban por mis brazos mientras buscaba la cordura.

—Date la vuelta.

Este pequeño biplaza había sido construido para la velocidad y la capacidad de maniobra.

Él necesitaba usarlo.

—Es demasiado tarde para eso —murmuró—. Vas a tener que confiar en mí, Eve.

Famosas últimas palabras, pensé con una risa mental.

Cada vez que confiaba en él, me hacía daño.

Y siempre en el peor momento.

Como cuando creí que por fin estábamos avanzando…

Mi cerebro hizo un clic cuando la verdad me golpeó en la cara y envió una daga a través de mi corazón.

—Tú lo sabías —mis palabras fueron suaves como un susurro debido a que el algodón buscaba un lugar en mi garganta—. Enviaste lejos a nuestros refuerzos…

Él afirmó que los demás no eran necesarios para la misión de reconocimiento, que no quería arriesgarse a que sus auras demoníacas se sintieran. Pero desde el principio sabía que era una trampa y nos condujo voluntariamente a ella.

—Era la suposición lógica, Evangeline —sonaba tan despreocupado, como si no le importara en lo absoluto que su elección me estaba destrozando por dentro.

—Debimos de haber acordado un plan.

Uno que no implicara motas negras moviéndose ante mis ojos. La oscuridad que irradiaba de este vecindario me hacía inútil; lo que él sabía mejor que nadie.

—Creí que lo habíamos hecho —respondió mientras estacionaba el coche justo frente a nuestro destino. Ni siquiera trató de pasar desapercibido.

—Eres un bastardo —susurré. Pudo haberme advertido, pedido permiso para proceder, o hecho cualquier otra cosa que no fuera escoltarnos a ambos a una madriguera de demonios. Pero no.

—Eres débil.

Esas dos palabras me golpearon en el costado de las costillas con la fuerza de una bala. En todo el tiempo que llevábamos juntos, jamás se refirió a mí como *débil*.

—Vete a la mierda —salió entrecortado gracias a nuestro entorno que solo me enfurecía más.

Simplemente apagó el coche y puso las llaves en el tablero sin mirarme. Su expresión era de irritación, no de arrepentimiento.

Yo quería apuñalarlo, pero la lógica determinó mis acciones.

Xai quería que confiara en él, pero no podía. No después de todo lo que me había hecho pasar. No otra vez. Y no mientras me sintiera tan debilitada por lo que fuera que acechaba cerca.

Saqué el móvil de mi bolsillo y ligeramente a mi lado, fuera de la vista de Xai, y le escribí a ciegas un mensaje a Gwen.

Geier está en Miami. Añadí su dirección. *Díselo a Zeb.*

Porque pude ver la aceptación en la postura de Xai. No tenía intención de ayudarme en esto, lo que significaba que ya no tenía compañero.

O tal vez nunca lo tuve.

Estoy sola.

Otra vez.

Deslicé el teléfono debajo del asiento y esperé que Gwen entendiera mi mensaje escrito con dedos torpes. En cualquier caso, ella podría usar el localizador GPS para encontrar mi última ubicación. Al menos en este nivel.

La pestilencia del Inframundo penetró en mis poros, drenando mi energía en sacudidas crueles. El infierno se sintió cerca, como esa noche en el muelle de embarque y nuevamente en el club.

Antinatural.

Extraterrenal.

Irreal.

—Lo siento, amor —susurró Xai—. Pero vas a necesitar tu fuerza.

No lo vi moverse. Ni lo esperaba.

Su mano se anudó en mi pelo, no por ternura o seducción, sino por crueldad. Y entonces mi cabeza se encontró con el tablero. Dos veces.

Y el mundo se tornó negro.

CAPÍTULO VEINTITRÉS

EL ÁNGEL DE MI CORAZÓN FINALMENTE HABLA

SÍ.

Soy un imbécil.

Pero dejadme contaros una historia, una que no nace de la felicidad, sino de las penas del corazón. Sobre el día en que Caí…

—Tu destino está en la Tierra, Xai —mi padre se cruzó de brazos para intimidarme. Solía serlo, hacía mucho tiempo, antes de que me diera cuenta de que mi poder había superado el de Mietek, el Arcángel del Caos—. Y su lugar de *ella* es aquí.

—Me has destinado a un nivel que no tengo motivos para cuidar, a una vida de soledad, todo para proteger a los seres que viven sólo para morir.

No el futuro que yo quería o deseaba, no cuando mi corazón y mi razón para respirar existían aquí.

—Llegará un momento en que entenderás tu propósito —mi padre amaba sus enigmáticos razonamientos.

—¿Y si decido no cumplir esta profecía que has elaborado? ¿Si opto por quedarme aquí?

Su sonrisa de respuesta fue triste.

—Entonces el Inframundo gana.

—¿Por asumir el control de un reino menos digno? —Resoplé—. No veo cómo es posible o cómo mi presencia allí los disuadirá.

—Caos, Xai. Vive en tu sangre, y sólo tú puedes usarlo —su explicación rivalizaba con las otras, no era ni reveladora ni útil—. Pero ella tiene que quedarse aquí.

—Evangeline no es de las que hacen caso a las órdenes, Padre.

Su naturaleza testaruda fue lo primero que me atrajo de ella. Eso y su habilidad para seguirme el ritmo. Pocos otros poseían la habilidad y el impulso para hacerlo, y oh, cómo me gustaba moverme con ella. Una guerrera con curvas femeninas y una sonrisa letal que estaban destinadas a enloquecer a un hombre. Y todo ese cabello dorado; cómo me gustaba envolverlo alrededor de mi puño en los momentos de pasión.

—No, es por eso por lo que necesitas terminar esto —las palabras de mi padre me sacaron de mis sueños—. Ella no puede Caer. No contigo.

—¿Y si lo hace? —Pregunté, por curiosidad.

—Entonces fallarás.

Esas dos palabras hicieron que sintiera un sudor frío por la espina dorsal. Fueron dichas con tal finalidad que no podía dudar de su veracidad.

—Tus sentimientos por ella son una distracción —continuó—. Una que no puedes permitirte el lujo de dejar que interfiera. No con esto.

—Y por 'esto', te refieres a que el Infierno se apodere de la Tierra. La consecuencia sería ¿qué, exactamente?

Pude notar por el ligero fulgor en su mirada que mi pregunta no era la que él esperaba, sino más bien la que yo necesitaba hacer.

—Guerra —respondió simplemente.

Una guerra entre los reinos.

Sobre la Tierra.

Parecía ilógico desear la propiedad de un nivel más débil, pero, de nuevo, el Inframundo no era conocido por su sano juicio.

—¿Por cuánto tiempo? —Pregunté. No sobre la inminente batalla, sino sobre mi supuesto destino—. ¿Cuándo puedo volver a casa?

Los labios de mi padre dibujaron otra triste sonrisa.

—Es incierto, hijo. Pero es tu propósito. Proteger a la humanidad.

—Y evitar una guerra —respondí en tono burlón—. Pusiste mucha fe en mis alas, Padre.

—Esta responsabilidad no es para los débiles de corazón, pero no tengo dudas de que tú eres el único que la puede llevar a cabo.

—Asumiendo que no tengo distracciones —añadí con amargura—. ¿Qué se supone que debo hacer allí? ¿Merodear y hacer amistad con los literalmente muertos vivientes?

—Se llaman humanos, Xai. Y viven más de lo que te imaginas.

—Toda su existencia es el camino a la muerte.

—¿Y no te sientes triste por ellos? —Replicó—. ¿No compadeces su corto tiempo de relevancia?

Me quedé sin aliento, con los hombros caídos. No era la humanidad lo que despreciaba, sino este camino que no tenía otra opción más que seguir.

—¿Se me permite visitar? —Pregunté en voz baja.

Otra de esas compasivas miradas.

—Sabes que eso es imposible, hijo. El tiempo es diferente aquí. Un día en nuestro nivel equivale a un año en la Tierra, que es tiempo más que suficiente para que el Inframundo empiece una guerra.

Me agarró del hombro en su versión de apoyo, pero en el

momento se sintió frágil con un toque cruel. Porque este destino —el elegido para mí, no por mí—, me condenaba a una vida de soledad. Pero me iría porque era lo correcto. Aunque no lo entendiera o no me importara la difícil situación de la raza humana, creía en el honor y en el propósito, y proteger a la humanidad era mi propósito.

—Ella será feliz aquí —susurró mi padre.

—Ella me olvidará aquí —respondí con el corazón roto.

—A veces el amor requiere el mayor sacrificio, hijo. Tu corazón por el de ella —me atrajo a un abrazo—. Pero debe hacerse, o renunciarías su vida.

Sus palabras detuvieron mi corazón.

—¿Qué?

—La distracción es igual a la guerra, Xai, y la guerra es igual a la muerte —sus palabras fueron un aliento contra mi oído mientras se apartaba—. Debes hacer lo correcto por ella.

~

Evangeline Cayó.

Su hermosa y ágil forma yacía tendida en la hierba, y me dolía ir a ella. Para consolarla. Para decirle que todo estaría bien, que la sensación de ardor cesaría... Pero permanecí inmóvil, con las manos puestas en puños a mis costados mientras mi corazón se quebraba una y otra vez.

Yo había causado esto.

En un momento de debilidad, admití mi anhelo de pasar la eternidad con ella, y ella me siguió.

Mi dulce, testaruda y fuerte mujer Cayó por mí.

Me permití unos egoístas segundos de felicidad antes de sacarlos de mi mente.

No había pasado ni dos días en este nivel y ya podía ver que ella tenía que volver a casa. Los Demonios se habían instalado por todas partes, dividiendo los territorios entre ellos y determinando formas de vivir simbióticamente con los humanos.

Finalmente entendí mi propósito.

El Cielo me había enviado aquí como una advertencia, un recordatorio de que mi especie estaba observando. El Inframundo podría vivir aquí siempre y cuando eligieran no revocar el nivel. Si alguien consideraba salirse de la línea, yo serviría a la justicia rápida y angelical como una advertencia. Un Infierno tendría que acatar, o una represalia adicional resultaría de mi reino.

Pero Evangeline... Ella no merecía esta existencia. Y mi padre tenía razón. Tenerla aquí ya era una distracción, que no podía permitirme. El solo hecho de sentir su presencia en este reino me había enviado corriendo, quitando mi enfoque de mis tareas actuales y dejándolo todo a sus pies.

Si algo le pasara aquí, nunca me lo perdonaría.

¿En qué estaba pensando? Sugerir que Cayera por mí fue el acto más egoísta de mi vida.

Ella necesitaba a alguien mejor.

Un nuevo amante, uno que pudiera estar ahí para ella cuando lo necesitara, que la apreciara y adorara como se merecía.

Yo no podía ser ese hombre. No ahora, quizás nunca. Y la debía enviar a su hogar, donde pertenecía. Donde estaría a salvo.

Mi corazón se partió en mil pedazos al darme cuenta de lo que tenía que hacer, la única solución.

Tenía que *querer* volver al Cielo, y eso requería la cooperación de su alma. Pero mi Evangeline era testaruda. No me dejaría tan fácilmente, no sin un empujón creíble.

El simple hecho de decirle cómo ascender al Cielo nunca funcionaría, no con nuestro precioso vínculo que la retenía. Mi querida Evangeline no podía volar conmigo atándola a la Tierra.

La única manera de convencerla de ir sería haciéndole daño. Destruir su fe en nuestro amor, convencerla de que nunca me había preocupado por ella, y romper la conexión entre nosotros.

Sería la cosa más difícil que tendría que hacer; de eso no tenía ninguna duda. Pero no había otra opción.

Me negué a renunciar a su vida como mi padre había profetizado.

Porque, el Cielo sabía que él nunca se equivocaba.

Y no dejaría que el destino me quitara a Evangeline.

No por mi egoísmo.

Mis manos se enroscaron y desenroscaron mientras ella continuaba convulsionando en el suelo. Parecía tan fría y sola. La encarnación de mi futuro sin ella.

Pero por lo menos estaría a salvo, y un día me olvidaría y seguiría adelante con su vida.

Ese sería mi consuelo.

Porque viviría para siempre en mi corazón.

Tal vez me equivoqué ese día.

Tal vez debí haberle dicho la verdad y dejar que decidiera por sí misma, pero hice lo que me pareció correcto en ese momento.

He pasado cada día de mi existencia protegiendo y amando a Evangeline de la única manera que sé. Es mi corazón, la única razón por la que hago cualquier cosa, y todas mis decisiones son calculadas.

Hoy no es diferente.

Lo verá cuando despierte, se dará cuenta de por qué hice lo

que hice y tal vez me odie por ello. Puedo vivir con eso mientras ella continúe respirando.

La necesito fuerte, viva y lista para luchar.

Porque sin ella, dejo de ser.

CAPÍTULO VEINTICUATRO

BAÑARSE EN SANGRE. ESTÁ LEJOS DE SER
REMOTAMENTE SEXY COMO SE PIENSA

UNA PROFUNDA VOZ retumbó en mis pensamientos. Las palabras eran difusas y poco claras, recordándome a alguien que hablaba por encima del agua mientras yo nadaba por debajo.

Mi cabeza palpitaba en protesta mientras intentaba salir a la superficie.

Algo me había noqueado. Fuerte.

El instinto me mantuvo quieta mientras trataba de averiguar qué había pasado.

El recuerdo de mis últimos momentos despierta me golpeó el pecho.

Xai.

Me había vuelto a engañar.

Algo en mí necesitaba mi fuerza. Claro que sí, porque su trasero sería mío cuando lograra salir de estas ataduras.

Un momento…

Mi cerebro se encontró con mis pensamientos de ira a medida que mi entorno se registraba. El metal me atrapó las muñecas detrás del respaldo de mi silla, pero mis piernas estaban libres.

Error número uno por parte de mi agresor. No era que me estuviera quejando.

—Quizás sea lógico —escuché decir a Xai desde cerca—, pero conlleva un riesgo significativo.

—Todo gran éxito requiere un sacrificio aún mayor —respondió un hombre en un bajo y estruendoso murmullo.

Geier, mi memoria facilitó.

Me costó un considerable esfuerzo luchar contra el escalofrío que quería apoderarse de mi espalda.

La última vez que vi al antiguo Señor Demoníaco fue el día en que Zeb le derrocó. Me había puesto del lado del vencedor, algo que Geier juró nunca olvidar. Parecía que había encontrado su venganza al tenderme una trampa por el asesinato de Kalida. Bastardo astuto.

Y ahora me tenía esposada a una silla.

Fantástico.

—Tal vez sea cierto, pero no es tu sacrificio, ¿verdad? —La voz de Xai tenía un toque de irritación tan ligero que la mayoría no hubiera notado—. Pero como dije, es una oferta intrigante.

—¿Significa eso que estás dentro? —El familiar ronroneo femenino me arañó las entrañas y disparó una descarga de adrenalina por mis venas.

Kalida.

Su presencia puso a prueba milenios de paciencia. Necesitaba quedarme quieta, pero maldita sea, romper mis ataduras para estrangularla no sonaba atractivo.

Anhelaba su sangre.

Y la de Geier también.

Cálidos dedos se movieron sobre mi pómulo antes de recorrer mi línea del cuello. Sabía a quién pertenecían incluso antes de que hablara.

—Mmm —murmuró Xai—. ¿Puedo despedirme de ella?

Su pulgar acarició la sangre seca que manchaba mi piel, y sentí que estaba tratando de decirme algo, pero eso tenía que ser un pensamiento optimista.

El imbécil me había noqueado después de engañarme para que viniera aquí sin refuerzos.

Y yo aquí pensando que me amaba.

Una risa se quedó atrapada en mi garganta. Debí haberlo sabido.

Otra trampa. Otra mentira. Otra traición. Típico de Xai.

—Mientras no te importe una audiencia —respondió Kalida.

—Dicen que la confianza es la base de una relación beneficiosa —la advertencia en la voz de Xai fue seguida de un fuerte pellizco en el lóbulo de mi oreja. Quería transmitir un mensaje o poner a prueba mi conciencia, o quizás ambas—. Pero —continuó—, como resulta que disfruto de un poco de voyeurismo, cederé en este punto.

—No lo dudes —Geier parecía aburrido—. Pero ella es mía para hacer lo que quiera cuando termines.

—Por supuesto —la respuesta indiferente de Xai dolió. Había castigos peores que la muerte, y uno de ellos era ser entregada a un Señor Demoníaco por siglos de tortura.

Voy a matarte por esto.

Después de que me ocupe de Kalida y Geier, por supuesto.

—Abre los ojos, amor —dijo Xai mientras enroscaba su palma alrededor de mi nuca. Directamente sobre su marca. Que apropiado—. Sé que estás despierta.

Hice lo que me pidió, pero solo porque fingir no me haría ganar nada. Sus fundidos iris me sonreían, y yo odiaba cómo esa mirada oscura me subía el latido cardiaco. No por miedo, sino por excitación. Yo sabía lo que normalmente le seguía a esa promesa tácita, y él no me decepcionó, bajando sus labios a los míos y rozando el más suave de los besos sobre mi boca. Un gesto tan cruel considerando nuestra audiencia y ubicación, pero aún más erótico por ello.

Mi sangre bullía en respuesta a la elaborada mezcla de peligro, seducción y mentiras. La ira se mezclaba con la lujuria mientras mi alma temblaba con vehemencia y amor. Una red tan enredada de emociones.

—Abre —su lengua puntuó esa susurrada orden separando mis labios y buscando una profunda entrada.

Le permití dos embestidas antes de morder. Fuerte.

Murmuró en aprobación antes de empujar su herida lengua hacia dentro y llenar mi boca de sangre. Sus dedos se deslizaron en mi pelo para tirar de mi cabeza hacia atrás, dejándome sin otra opción más que tragar su esencia. Xai me había hecho muchas cosas a lo largo de los años, pero esto era nuevo. Él disfrutaba bastante jugar con sangre mientras luchábamos, pero nunca *bebíamos* el uno del otro.

El golpe de su pulgar a lo largo de mi garganta dejaba claro lo que quería, y el afilado ángulo con el que me sujetaba forzaba mi sumisión.

Tragué.

Dulce y picante, y puramente Xai.

Extraña energía crepitaba por mis venas, entrando en conflicto con mi respuesta mental. Quería odiarlo, pero mi alma se negaba al igual que mi corazón. Si mis manos no estuvieran atadas, sospecharía que uno lo golpearía mientras que el otro lo sujetaría cerca.

Solo tú me dejas este conflicto, pensé amargamente.

Me dolía el cuello por la posición incómoda y la rigidez de mi piel. Su marca sangrienta de antes se sentía más densa de lo que debería, casi como si él se hubiera añadido a ella. O tal vez él había sangrado más de lo que yo pensaba.

Me estremecí cuando una sensación similar irritó mi arrugado ceño. La consistencia pegajosa que pintaba mi frente no tenía sentido. Xai me había golpeado la cabeza contra el tablero. Eso debió haber resultado en un moretón, no en un corte, lo que significaba que alguien había untado mi frente con sangre que no me pertenecía.

¿Qué demonios estás tratando de hacerme, Xai? Me pregunté, más confundida que nunca. *¿A qué juego estamos jugando ahora?*

Tentativamente toqué mi lengua con la suya y me sacudí cuando me acarició de vuelta de una manera inesperadamente suave.

Mis ojos se abrieron de par en par para encontrarle mirándome. No era para nada como solíamos besarnos.

Finalmente, pareció decir.

Voy a matarte, respondí con una mirada feroz.

Inténtalo. Su diversión irradiaba a través de mí, pero no pude pillar el resto de su significado secreto. Este abrazo implicaba una especie de pacto, no el adiós que él había indicado en voz alta.

Y los Ángeles nunca compartían la sangre de esta manera por intercambio de poder...

Parpadeé.

Oh...

Sí. Sus pupilas se dilataron. *Ahora lo ves.*

La marca en mi cuello nunca fue por posesión, sino por protección. Y mientras se retiraba para dejarme examinar nuestro entorno, la razón de su inesperado obsequio se hizo evidente.

Estábamos en una habitación que recordaba a una sala de tortura medieval, excepto por la luz amarilla que colgaba descuidadamente del techo rocoso. Una mesa de herramientas sucias estaba a mi derecha y una pesada puerta de piedra en la esquina.

Había visto habitaciones como esta en mis pesadillas.

Porque estábamos en el Infierno.

Literalmente.

Sin embargo, a diferencia de todas mis visitas anteriores, me sentía bien gracias a Xai.

Su linaje de Arcángeles prosperaba en el caos, y no había lugar más caótico que el Inframundo. El linaje de mi madre que fluía por mis venas requería vida, almas sanas y felicidad general para sobrevivir, de ahí mi inherente incapacidad para funcionar en este nivel. Pero al revestirme con su esencia, Xai me había cubierto esencialmente con su aura, protegiéndome y otorgándome poder de manera temporal en el inframundo.

Eres débil de repente tomó un nuevo significado, al igual que su irritación. No se había entendido como un insulto, sino como un análisis que le molestaba.

—*Nos van a llevar... Es la única manera de aprender más, pero podría doler un poco.*

—*Tú sabías... enviaste lejos a nuestros refuerzos.*

—*Era un análisis lógico, Evangeline.*

—*Debimos haber discutido un plan.*

—*Creí que lo habíamos hecho.*

La conversación en el coche inundó mis pensamientos, obligándome a reconsiderar lo que creía saber.

¿Qué plan creía que habíamos discutido?

Rápidamente repasé nuestra larga mañana, la entrevista con las víctimas, nuestro interludio en el techo y cómo había terminado.

—*Tenemos un Señor Demoníaco que cazar y matar... Después de que entreguemos a Kalida con su padre y te exoneremos... te lo lavaré más tarde cuando hayamos terminado.*

Bueno, mierda.

Xai debió haber visto la comprensión en mi expresión porque sonrió, confirmando mi serie de pensamientos.

Menudo plan de mierda.

Me abstuve de sacudir la cabeza y me dispuse a mirarle para transmitirle mi frustración.

Tú y yo tendremos una larga charla cuando esto acabe.

Porque todo esto podría haberme sido explicado en vez de implicado a través de un montón de desconcertantes declaraciones. Sin mencionar que me noqueó solo para cubrirme de sangre. Yo le devolvería el favor más tarde. Con un cuchillo.

—Disfruta del Infierno, querida —murmuró, repitiendo la frase que usó hacía tantos años, la misma destinada a atormentar mis pesadillas. Pero ahora lo entendía. Nunca me dejó y tampoco me dejaría aquí. No sin un plan de escape. ¿De qué otra manera él pasaría por el doloroso proceso de cubrirme en su aura?

—Sospecho que te espera algo de entretenimiento —añadió con una traviesa curvatura de sus labios. Su mensaje era claro. *Diviértete matando algunos demonios*—. Desearía tanto poder ser testigo de lo que está por venir, pero hay un asunto en la Tierra que requiere mi atención.

La risa en respuesta de Kalida sugería que estaba deseando que llegara esa misión, pero dudaba que los dos tuvieran las mismas intenciones en mente. Xai claramente no había conseguido todos los detalles que necesitaba, de ahí su necesidad de ir encubierto como aliado.

Fantástico.

Rozó sus nudillos contra mi mejilla antes de arrastrar sus dedos por mi brazo hasta donde mis manos estaban atadas a mi espalda. Presionó un delgado trozo de metal contra mi palma fuera de la vista de nuestra audiencia. *Una llave.*

Cerré mi puño alrededor de ella y levanté la mirada para verle.

—Voy a disfrutar apuñalándote más tarde —dije.

Sonrió con anticipación.

—Seductor.

—Idiota —devolví.

Kalida apareció al lado de Xai, su recién manicurada mano rodeando su hombro de forma posesiva mientras me miraba con brillantes ojos negros. Los genes Súcubo de su madre le daban una figura curvilínea destinada a seducir, mientras que los de su padre le daban una tez más oscura y un pelo negro azabache.

Le sonreí.

—No puedo esperar a devolverte a Zeb.

Sería difícil no matarla primero, pero había sentencias peores que la muerte y su padre sabía cómo liberarlas. Ser su hija no significaba que se tomaría a la ligera su traición.

Se acercó a Xai y le puso una mano sobre su abdomen mientras la rodeaba con su brazo en una falsa muestra de solidaridad. Sus ojos nunca dejaron los míos mientras la emoción ardía en sus pupilas. Una señal que solo yo reconocería. *Furia.*

—Pobre pequeña Evie —susurró ella—. Estuviste dormida durante la mayor parte de la negociación, así que déjame ponerte al día —arrastró sus uñas sobre el abdomen plano de Xai de una manera posesiva que irritó mis instintos femeninos. Él podría ser un total imbécil, pero era *mío*—. Verás —continuó—, Xai te ofreció como regalo a Geier a cambio de una nueva alianza —miró a mi Ángel con adoración, pero él no le devolvió el gesto—. Está ascendiendo de mi inútil padre al jugador más fuerte.

No pude evitar la risa que brotó de mí. Aquello probablemente sonaba histérico para ellos, pero solo porque yo había intentado contenerlo y había fracasado. Porque vaya. Kalida había perdido la maldita cabeza. Había tantos errores en su cálculo, pero me decidí por el más obvio.

—¿El jugador más fuerte es Geier? —Humor llenó mi voz—. Qué monada.

El antiguo Señor Demoníaco avanzó para detenerse debajo de la única luz de la habitación para que yo pudiera verlo correctamente y a la frialdad que irradiaba de sus espeluznantes ojos de color rojizo.

Al igual que Zeb, Geier era un hombre de aspecto decente, pero con la piel pálida y cabello rubio claro recogido en una cola de caballo sobre la nuca. Parecía apropiado para su historia, ya que la última vez que gobernó la Tierra los vikingos existían. Aparentemente, nadie le dio los actualizados memorándums sobre moda.

—Estoy deseando enseñarte una lección, Evangeline — murmuró. Se mostró tranquilo con toda la confianza puesta en sí mismo. Exactamente lo que esperaba de los de su especie. La amenaza y el poder que perduraban me ocasionaron un escalofrío en la espalda. Xai me había dado la llave de mi escape, pero incluso armada, acabar con este demonio no sería una tarea fácil.

—Desgraciadamente —continuó Geier—, tenemos asuntos que atender, como Xai ya ha notado. Pero tengo la intención de jugar contigo más tarde. Unas pocas horas o días aquí abajo deberían debilitarte lo suficiente como para que pueda hacerte lo que quiera sin tener que luchar mucho.

Se acercó y extendió la mano para arrastrar un pulgar sobre mis labios, dejando claro de qué manera quería abusar de mí. Cualquier humor que me hubiera iluminado hacía unos momentos ya había desaparecido mientras me estudiaba con su astuta y calculada mirada.

Geier no sería el primer Demonio en poseer un fetiche por los Ángeles. Algo acerca de profanar algo tan puro y bueno atraía a los seres más oscuros, y el que estaba parado frente mí era uno de los más viles de todos.

Electricidad crepitaba sobre mi piel mientras trazaba mi mandíbula con el roce de su dedo. El incómodo golpe de energía indicaba sus malas intenciones y su abrumadora fuerza. Incluso en mis mejores días y en un perfecto estado, él sería un desafío para mí. Aquí abajo no tenía ninguna posibilidad, y él lo sabía y lo disfrutaba.

—Tal vez te lleve de vuelta a la Tierra de vez en cuando para recargarte —musitó—. Y cuando te sientas lo suficientemente fuerte te obligaré a volver aquí, de rodillas. Donde perteneces.

Xai se rio de eso y yo quería darle una bofetada. Era el único hombre por el que me había arrodillado, y lo sabía. Pero era un momento jodidamente inapropiado para recordarme tal cosa, y ese era el punto. Quería mi cabeza en el juego y no viviendo con miedo ante las claras amenazas del Demonio.

Porque a pesar de la llave en mi mano y la protección temporal de la esencia de Xai, las palabras de Geier me desconcertaron. La idea de estar a su merced durante cualquier periodo de tiempo me aterrorizaba. Especialmente su burla de teletransportarme entre reinos. Era mi pesadilla hecha realidad, y la excitación sexual iluminando la mirada del Demonio no ayudaba a la situación.

—Mmm, sí, veo que nos divertiremos mucho juntos —dejó caer su mano y la parte de atrás de sus nudillos apenas rozó mis pechos en el proceso antes de chasquear un dedo hacia la puerta. Dos Custodios entraron de golpe y esperaron la orden de Geier con las mismas expresiones de servidumbre—. Para cuando regrese la quiero atada desnuda a mi cama. Nadie debe tocarla excepto yo. ¿Entendéis?

—Sí, señor —respondieron al unísono.

Me encontré con los ojos de Xai por encima del hombro de Geier. El Ángel Oscuro parecía aburrido, excepto por la ligera llamarada en sus pupilas. No apreció la imagen de lo que el Señor planeaba hacerme, pero tampoco iba a detenerlo. No porque no le importara, sino porque sabía que no necesitaba hacerlo.

Confianza, dijeron sus ojos. Él sabía que podía manejar la situación, especialmente con la llave de mi libertad y las dos cuchillas escondidas bajo mis vaqueros. Se sentían como marcas contra mis muslos internos. No haberme desnudado para registrarme había sido un error, uno que Xai indudablemente había ayudado a facilitar.

¿Cómo evitó que sintieran la plata en mí?

¿Le habían permitido entrar con espadas?

¿Acaso el Inframundo les alteraba su percepción del metal precioso?

—¿Vamos? —Preguntó Xai, señalando a la puerta—. ¿A menos que necesitemos supervisar el traslado?

Geier me miró especulativamente, buscando señales de resistencia o rebelión. Lo fulminé con la mirada pero también permití que un poco del miedo que su presencia evocaba se mostrara en mi expresión. No fue difícil. Mi alma se estremecía en un ovillo en este reino, y su dominio intimidaba a la guerrera dentro de mi corazón. Eso no significaba que yo no fuera a caer luchando —lo haría—, pero en el Infierno sabía que Geier podría vencerme con el tiempo. Y esa resignación era lo que yo quería que él viera.

—No estoy preocupado —dijo después de un minuto—. Podemos irnos —asintió a sus Custodios mientras conducía al séquito hacia la puerta. Una Moradora del Portal esperaba en el pasillo con su expresión pasiva, quien extendió una mano sin hablar y Geier la cogió cuando Xai y Kalida se le unieron.

Sus ojos negros se encontraron con los míos justo antes de que el cuarteto desapareciera, y en ellos vi amor. Pero se fue muy rápido para después ser reemplazado por un par de Custodios acercándose.

Hmm... Hora de jugar.

CAPÍTULO VEINTICINCO

LAS INSTALACIONES DEL INFIERNO DEJAN MUCHO QUE DESEAR

—Hola, chicos —saludé.

Estos imbéciles ciertamente eligieron el día equivocado para conocerme.

Deslicé la llave hacia las esposas y las hice girar mientras los dos Custodios se dirigían hacia mí. El metal se abrió con facilidad y cogí las esposas antes de que cayeran al suelo.

—¿Queréis hablar primero o ir de una vez al grano? —Pregunté por simple curiosidad.

Ambos gruñeron con desinterés. Típico de los Custodios.

Me encogí de hombros.

—Bueno, lo intenté.

Sus movimientos eran predecibles y sincronizados. Mis hombros cayeron al igual que mi cabeza en una muestra de debilidad cuando uno sacó un llavero de su bolsillo. Sospeché que faltaba la que de alguna manera Xai había robado y dejado caer en mi mano. Siempre tuvo dedos astutos.

El Demonio Uno me agarró del hombro con más entusiasmo del necesario y le movió la cabeza al otro.

—Soy bueno.

—¿Lo eres? —Pregunté mientras envolvía las esposas en los nudillos de mi mano izquierda—. Porque no estoy de acuerdo.

El tonto Guardián no me vio venir hasta que fue

demasiado tarde. Le metí el puño en la yugular y le quité el aliento de la tráquea. Su agarre dejó mis hombros para envolverse alrededor de su dañada garganta mientras el otro demonio miraba sorprendido. Aproveché su conmoción y pateé en su abdomen. Mi mano derecha se encontró con su cuello mientras se desplomaba, colocándolo en una posición similar a la del otro hombre.

Los dos jadearon mientras trataban de recuperar el aliento. Todos los humanoides se debilitaban por golpes en la garganta, dejándolos en el suelo por al menos veinte segundos, dándome el tiempo justo para coger las cuchillas de mis muslos. No era el más elocuente de los derribos, pero los mendigos no podían ponerse exigentes.

—Ahora, os he preguntado si primero queréis hablar—hice girar la plata con los dedos y resoplé—.Y habéis dicho que no.

La respuesta del Demonio que se agarra al hombro fue silenciada por mi cuchilla al encontrarse con su corazón. Un lanzamiento fácil dada nuestra proximidad. Mandé la otra al pecho del Demonio Dos y esperé mientras ambos se apagaban hasta convertirse en cenizas.

—Eva dos, Inframundo cero —murmuré mientras recuperaba mis juguetes. Las limpié contra mis vaqueros antes de deslizar el metal a través de las mangas de mi camisa hacia un lugar más accesible—. Ahora encontrar el camino a casa.

Era más fácil decirlo que hacerlo. La sangre de Xai me había dado poder de manera temporal, pero dudaba que durara mucho tiempo aquí abajo. Necesitaba encontrar un Morador del Portal en un reino diseñado para la confusión y el caos. Podría llevarme años o décadas, lo que solo equivaldría a unos pocos días o semanas en la Tierra.

Fantástico.

Busqué en la habitación cualquier cosa útil. Las oxidadas herramientas de tortura sobre la mesa no servirían mucho en una pelea, y no había armas sobre las cenizas del Demonio que pudiera usar. No me sorprendía. Los Custodios confiaban solamente en su fuerza.

Una mirada al pasillo de piedra gris demostró que el antiguo Señor Demoníaco no había buscado poner más guardias. Probablemente asumió que yo estaría demasiado débil para luchar, algo que Xai podría o no haber confirmado.

—Gracias, *amor* —murmuré.

Fingir ser un aliado era ciertamente una forma de obtener información, pero yo hubiera preferido torturarlos hasta sacarles los detalles; algo que hubiera dicho si Xai hubiera pedido por mi opinión. Desgraciadamente, eligió por mí.

Como siempre lo hacía.

Como noquearme en el coche y cubrirme con su sangre.

Sus intenciones estaban en el lugar correcto, pero necesitaba dejarme protegerme o, al menos, comunicar sus intenciones. Porque me negaba a ser tratada como una marioneta, y eso fue lo que él había hecho hoy. Me había usado como pieza de negociación mientras se ponía en una situación peligrosa como un agente doble. Una idea brillante sin contar la parte de excluirme del círculo. Xai lo veía como una protección para mí —su única debilidad—, y, aunque yo lo entendía a nivel lógico, me negué a aceptarlo como algo razonable.

Entré al rocoso pasillo. La luz amarilla que colgaba del techo le daba a cada extremo un brillo siniestro.

—Aquí vamos.

Elegí hacia la izquierda porque… ¿Por qué no?

Todas las puertas estaban abiertas y conducían a habitaciones similares a la celda que acababa de dejar. No había ventanas ni escaleras, solo un pasillo interminable revestido con bordes afilados y un techo que había tenido mejores días.

La sangre de Xai me mantuvo fuerte, permitiéndome experimentar el Infierno por primera vez, y no me impresionó.

Les vendría bien un par de serios decoradores, así como un poco de luz solar. No era que el Inframundo tuviera un sol propio, sino más bien un brillo púrpura teñido de azul. Su versión de un orbe ardiente nunca fue establecida, dando la ilusión de un día interminable que solo prolongaba el tiempo en este nivel.

Todos los textos religiosos de la Tierra tenían un toque de verdad. La tortura, la sangre y el pecado eran todos comunes en el Infierno, pero quizás no de la manera en que un humano podría comprender. Aquí las almas no agonizaban tanto como eran denigradas. Disfrutaban de sus juegos peligrosos y actividades letales. De hecho, prosperaban con ellos.

De ahí este interminable pasillo.

Un truco mental, me di cuenta al pasar por la misma habitación de la que había salido hacía muchos minutos u horas.

—Joder.

Me arrepentí de haber matado a los Custodios tan temprano. Uno de ellos probablemente tenía los recursos mentales para salir de este hoyo —literalmente—, infernal. Alguna frase o movimiento abriría una salida, o tal vez el desplazamiento de una roca. Las paredes estaban intrincadamente tejidas con una extraña piedra metálica de la cual yo no sabía su nombre. Así como la plata no existía aquí, este material no existía en ningún otro lugar. Era una mezcla gris de sustancia dura con sutiles grietas que no tenían ningún significado.

Mientras rastreaba huecos y grietas, busqué un patrón y no encontré ninguno.

Todo en este lugar era caótico y no tenía sentido.

Todo estaba al revés…

Me reí de lo absurdo.

Malditos Demonios.

Levanté mi mano para pasar mis dedos a lo largo del techo

mientras vagaba, hasta que encontré el picaporte que necesitaba. Un tirón reveló un tramo de escaleras.

—Malditos demonios —murmuré mientras saltaba hacia arriba y aterrizaba sin problemas en el primer escalón. Todo giró a mi alrededor para acomodarse a la nueva dimensión y camino. El pasillo gris desapareció bajo mis pies cuando apareció uno nuevo revestido de azul y rojo. El calor abrasador chamuscaba el aire, advirtiéndome sobre no tocar nada a mi alrededor. Ascendí rápidamente, buscando con los ojos bien abiertos una salida. No iba a ser obvio, pero sí sutil. Una perilla en un espacio que no debería existir…

¡Ajá!

Una muesca negra en un escalón de piedra de otra manera liso.

Agité la mano para comprobar la temperatura y estaba falto de calor.

—Y allá vamos… —puse mi palma sobre ella y grité cuando mientras se abría en una ola gigante.

Literalmente.

Agua por todas partes.

Me cago en la puta.

Empecé a nadar hacia arriba, pero lo pensé mejor y descendí.

Hacia la nada.

Y de pronto algo.

Emergí a la superficie con un jadeo y una palabrota. La última vez que visité el Infierno, Xai me había dejado en una especie de laberinto con muros. Sin agua ni fuego, solo una búsqueda interminable. Prefería eso en vez de este absurdo océano.

Las olas se estrellaban a mi alrededor, cada una de ellas con portales a diferentes reinos del Infierno. Al menos los humanos habían creado mapas y tecnología. Los Demonios dependían de la locura para tomar decisiones y moverse.

Con un suspiro, me zambullí en una ola aleatoria y aterricé de pie en un campo de dudosa vegetación. Mi ropa y pelo estaban secos, pero mi piel se sentía húmeda y mi estómago revuelto. Me arrodillé para recuperar el aliento y la concentración, pero no sirvió de nada. Algo sobre este nivel afectaba más que los otros.

Me pasé la palma de la mano por la cara y me detuve a la altura de la frente.

—Joder...

Las olas habían arrastrado la sangre de Xai.

Por eso me sentía más débil. Su protección estaba desapareciendo...

Mis manos cayeron al suelo. Era demasiado quebradizo y áspero para llamarlo césped, pero las hojas recién cortadas eran visualmente similares. Y las colinas y las flores circundantes también se parecían a las de la Tierra. Pero el cielo violeta era claramente de otro mundo.

Un movimiento a mi izquierda me puso tensa por un posible combate.

Dos criaturas humanoides se acercaban, con sus figuras brumosas en el horizonte.

No había árboles ni rocas tras los cuales esconderse, así como tampoco tiempo de encontrar una puerta.

Pero no era como si importara. Necesitaba un Demonio que me ayudara a desplazarme sobre este nivel y a encontrar un portal para volver a casa, así que solo tenía que usar lo que quedaba de mi energía para obligar a uno de ellos a ayudarme. Pero a pesar de la disminución de la misma, me quedaba suficiente sangre de Xai para mantenerme en pie con las piernas firmes. No iba a durar mucho a este ritmo, pero la postura lo era todo en el mundo de los Demonios.

Palmé mis dagas, lista para un combate, hasta que me di cuenta de quién se acercaba.

El rubio parecía querer matarme, pero yo estaba demasiado sorprendida para opinar sobre ello.

—¿Qué demonios estás haciendo aquí? —Dije.

—¿Qué te parece? —Tax gruñó, claramente irritado—. ¿Tienes idea de cuánto tiempo te hemos estado buscando y por cuántos malditos reinos has viajado?

Remy sonrió a su lado.

—No le hagas caso. El portal comienza a enfermarlo.

—Vete a la mierda, hombre —respondió Tax con un temblor—. Joder, en este momento te odio a muerte.

—A los rastreadores no les gustan las tierras con agua —explicó Remy encogiéndose de hombros—. Tampoco parece que hayas hecho mucho —añadió, notando mi estado de derrotada.

Envainé mis armas y me pasé una mano por la cara, exhausta.

—Xai los envió.

Lo que significaba que había estado vagando mucho más tiempo de lo que pensaba, lo que Tax justamente ya había implicado. El no comer, dormir ni saber la fecha o la hora, realmente jodía mi capacidad de comprender cualquier cosa más allá de la supervivencia aquí.

—Nos envió un mensaje justo antes de que vosotros dos desaparecieran en el Inframundo, y te hemos estado buscando desde entonces —replicó Remy.

—Joder —añadió Tax con un escalofrío.

—¿Cómo me habéis encontrado?

Porque Tax no podía sentir mi aura angelical, y si me siguieron hasta aquí desde el océano, entonces este no fue un encuentro casual.

El Demonio larguirucho apuntó a su cabeza:

—Pulsera.

Lo miré fijamente.

—¿Pulsera?

¿Escuché bien?

—Tax se refiere a la que está en tu pelo —explicó Remy—. Le pertenece a su hermana.

—Xai lo usa para que pueda rastrearlo cuando lo necesite —murmuró Tax—. Y te lo puso a ti —hizo que sonara como una grave ofensa, pero yo estaba demasiado preocupada para comentar algo.

Suavemente tiré de la cinta negra que sostenía mi cola de caballo. Xai la había usado para recoger mi pelo después de nuestro interludio en la azotea. Lo que confirmaba que sabía que acabaría aquí y que necesitaría ayuda para volver a casa.

—Voy a matarlo.

O besarlo. No podía decidirme. Quería hacer las dos cosas a la vez, y también follarlo. Y probablemente abofetearlo, o cortarlo, o *algo así*. Una vez que recuperara mi fuerza. Porque ahora mismo no me sentía tan bien.

—Te ha salvado la vida —señaló Tax—. Pero, oye, si prefieres que te dejemos en las esferas inferiores, entonces nos iremos.

—No lo recomendaría —comentó Remy—. Aquí hace frío en la noche y no te ves tan ardiente, Ángel.

Esos penetrantes ojos verdes sostenían un destello de memoria. Me había visto en mi peor momento hacía todos esos siglos, acurrucada en un oscuro rincón, insegura de lo que me rodeaba e intentando protegerme solo con palabras. Ambos sabíamos que ese sería mi destino si me quedaba aquí.

Mis músculos ya se estaban atrofiando sin las marcas de Xai en mi cabeza y cuello, pero la sangre ingerida me mantenía cuerda por dentro. Al menos por ahora. Pronto sería un desastre tembloroso, pero teníamos tiempo para una breve conversación.

—Una pregunta antes de irnos.

—¿Solo una? —El Morador del Portal mostró un par de

adorables hoyuelos que me atrajeron a él un poco más. Al menos yo parecía agradarle, a diferencia del Rastreador.

—¿Dónde están todos los demonios? —No había visto ni uno solo, a excepción de estos dos y los Custodios, lo que se sentía incorrecto.

Todo sobre este nivel se siente *incorrecto.*

—Has estado viajando a través de los reinos bajos —respondió Remy—. Nadie vive aquí.

Eché un vistazo.

—¿En serio?

Podía entender que no quisieran vivir en una oleada, pero la tranquilidad en esta esfera no estaba mal.

—Quédate una hora y verás por qué —la burla en la voz de Tax coincidía con la malicia de su brillante mirada.

Mordí el anzuelo, curiosa.

—¿Qué pasará en una hora?

No era que quisiera quedarme aquí por mucho más tiempo. Mis manos empezaban a temblar, algo que intenté ocultar metiéndolas en los bolsillos.

—Todo se pondrá frío —murmuró Remy—. Muy frío.

Tax puso una sonrisa.

—Podríamos volver más tarde si quieres quedarte y disfrutar de la congelación.

—Fuiste llevada a las profundidades del Inframundo —continuó Remy, ignorando la cruel sugerencia del Rastreador—. Al menos ahí es donde la pulsera nos llevó primero, y tú has estado callejeando desde entonces. Confía en mí cuando digo que no quieres quedarte aquí.

—Callejeando —repetí—. No es como yo lo veo —me concentré en el todavía sonriente Rastreador cuando se me ocurrió una idea—. ¿Sentiste la presencia de Kalida cuando me rastreaste?

Su diversión murió.

—¿Has visto a Kalida?

—Eso es un no, entonces —Maldición. Todavía no teníamos pruebas físicas para Zeb—. ¿Qué hay de otras auras demoníacas cerca de tu punto de partida? ¿Sentiste algo o a alguien además de la pulsera de tu hermana?

El entendimiento encendió en esos ojos color avellana, pero no dio más detalles; solo dijo: —Sí.

—¿Serías capaz de rastrear esas auras?

Se cruzó de brazos.

—No soy un perro de caza.

—Eres un Demonio Rastreador.

—Y ahora está diciendo una obviedad —habló Tax arrastrando las palabras y su atención se dirigió a Remy—. ¿Podemos dejarla aquí y decirle a Xai que se congeló antes de que llegáramos?

Luché contra el impulso de introducir mi puño en su cabeza y me centré en el propósito de mi petición. El temblor se había extendido de mis manos a mis brazos, lo que significaba que no tenía energía de sobra para patearle el trasero.

—Kalida está viva y trabajando con Geier en algún plan para derrocar a tu actual Señor Demoníaco, o algo quizás peor —dije con la voz más firme que pude sacar—. Había dos Custodios trabajando con ellos, a los que por cierto ya he matado, pero también había una Moradora del Portal. Si puedes rastrearla y entregársela a Zeb, ella podría proporcionarnos la prueba que necesitamos para convencerle de que su hija está viva.

—Lo cual te exonerará —tradujo Remy.

—Sí.

—¿Y qué hay de Xai? —Preguntó Tax—. ¿Dónde está?

—¿No te lo dijo? —El silencio de ambos me ayudó a sentirme un poco mejor respecto a Xai ocultándome cosas, ya que parecía que tampoco les comunicaba sus planes—. Se alió con Geier y Kalida para aprender más sobre su operación.

Remy maldijo mientras Tax silbaba bajo.

—Idiota —murmuró el Morador del Portal.

—Sip —coincidí—. Así que ahora necesitamos a Zeb —algo que nunca pensé que diría, pero esta no era una situación habitual—. ¿Puedes llevarme a él y luego ayudar a Tax a encontrar a la Moradora del Portal?

—No necesito su ayuda —murmuró el Rastreador.

—¿Por qué no? —Preguntó Remy, sonando ofendido.

Tax palmó su nuca.

—Porque ya sé quién es y dónde encontrarla.

—Entonces, ¿por qué me echaste la bronca sobre rastrearla? —Pregunté con mi cansada voz careciendo de la molestia que sentía.

Necesito irme de este lugar. Pronto.

—Porque no me agradas —la simple respuesta de Tax sonó tan práctica que solo aumentó mi frustración—. Pero —continuó—, ahora que sé que ella puede ayudar a Xai… —se encogió de hombros como si dijera: *Bueno, ahora supongo que no me importa ayudar.*

Malditos Demonios y su jodida lógica.

—Insolente —dijo Remy, divertido—. Vale, entonces. ¿Nos vamos?

—Sip —Tax agarró el hombro del otro demonio—. Listo.

—No seas tímida, Ángel —Remy movió sus dedos hacia mí.

—Ambos parecen estar arriesgándose a perder la vida —murmuré.

—Es lo que sigues diciendo —el Rastreador arrastró sus palabras—. Sin embargo, no te veo cumpliendo esa promesa, Eve.

—Sigue así y lo haré.

El escalofrío que recorrió mi espalda arruinó la latente amenaza de mis palabras. *Definitivamente es hora de irse.*

—Promesas, promesas —cantó.

Su exceso de confianza me dejó anonadada. El demonio sabía que podía matarlo con un movimiento de muñeca, incluso en mi estado de debilidad, pero parecía no sentir ningún remordimiento acerca de burlarse de mí.

De repente comprendí porque Xai se había hecho amigo de estos hombres. No era por su utilidad, aunque eso desde luego se añadía a su encanto general, sino por su desacato general hacia la jerarquía. Fue reconfortante.

—Vámonos —Agarré el otro brazo del Morador del Portal.

Las cejas de Remy se movieron de manera burlona mientras decía:

—Aguanta, Ángel.

CAPÍTULO VEINTISÉIS

NO HAY LUGAR COMO UN DEMONÍACO HOGAR

ENVOLVÍ mi cabello húmedo en una toalla y estudié mi reflejo en el espejo. El color había vuelto a mis mejillas, pero el agotamiento se acentuaba en mis ojos azules.

El Infierno me había dejado hecha polvo. Los Ángeles no necesitaban dormir, pero ayudaba a restaurar nuestros niveles de energía cuando lo hacíamos. Y no había descansado mucho en la última semana. De ahí la necesidad de una ducha cuando regresamos al hotel de Miami para cargarme de energía mientras Tax rastreaba a la Moradora del Portal.

Estiré mis brazos sobre mi cabeza para relajar mis rígidos músculos para después secarme el pelo y sujetarlo en una cola de caballo con la cinta negra de Xai. Normalmente, estaría en contra de la idea de llevar un dispositivo de rastreo de cualquier tipo, pero nuestra situación no era nada común.

Jeans, una camiseta sin mangas, botas y varias cuchillas después, salí del baño y encontré a Remy apoyado contra la pared del pasillo. Extendió su mano para impedirme la entrada a la sala de estar donde Tax estaba sentado en el sofá, esperando.

El aire crepitaba con la llegada de otro Demonio, silenciando la pregunta que ascendía en mi garganta.

—Tienes muchos huevos al llamarme —el demonio

hembra se enfureció tan pronto como apareció. Se puso de espaldas a mí y a Remy con las manos en las caderas mientras encaraba al Rastreador en el sofá.

—Oh, Clarissa, no seas así —reprendió Tax—. La pasamos bien, tú y yo.

Reprimí un bufido. Sonaba bastante arrogante para ser un flacucho hombre, aunque supuse que de aspecto no estaba nada mal. Los labios carnosos, la mirada seductora y el cabello grueso y claro se añadían a su encanto. Pero yo prefería a mis hombres altos, sombríos y letales.

—Eres un maldito bastardo —gruñó Clarissa mientras se abalanzaba sobre él.

Remy sonrió, disfrutando del espectáculo, mientras que Tax hizo lo posible por defenderse de la furiosa diabla.

—Y de repente recuerdo por qué terminé las cosas —murmuró Tax—. Cualquier momento ahora sería genial.

—¿Cualquier momento para qué? —Exigió, su ardiente personalidad coincidiendo con su larga melena pelirroja—. ¡Como si alguna vez fuera a follarte de nuevo después de lo que hiciste!

—No estaba… —se detuvo para agarrar el puño de ella cuando casi hacía contacto con su mandíbula, y saltó del sofá en un esfuerzo por contenerla.

La sonrisa de Remy se tornó en una diversión incontrolable al observar a la hembra teletransportarse alrededor del Rastreador cada vez que intentaba agarrarla.

—¡Oh, por el amor de Dios! —Exclamó Tax—. ¡Deja de quedarte ahí parada y haz algo!

La cuchilla abandonó mi mano justo cuando la atención de la mujer se dirigió hacia nosotros para hundirse en el hueco entre sus grandes ojos de corderito, enviándola al suelo en un sorprendido coma. La cuchilla de plata no la mataría a menos que se la clavara en el corazón, pero el metal la mantendría inconsciente hasta que se la quitara.

Remy silbó.

—Recuérdame no hacerte enfadar, Ángel.

Tax examinó con mirada irritada a la mujer a sus pies.

—Podríamos haber intentado hablar con ella.

—No parecía estar de humor para hablar, Tax —le respondí mientras me alejaba de la pared para unírmele en la sala de estar—. Lo que sea que hiciste, verdaderamente la enfadó.

—Tuviste sexerno, ¿no es así? —Remy se burló, sacudiendo la cabeza. Al ver mi mirada, explicó—. Ya sabes, como un lío de una noche, ¿solo que en el Infierno donde dura un poco más que en la Tierra?

—¿En serio? —De todas las extrañas expresiones idiomáticas que un demonio podía inventar, *¿esa* fue su elección?—. ¿Podemos ir a ver a Zeb ahora?

Remy me mostró una sonrisa con hoyuelos.

—Todo trabajo y nada de diversión, ¿eh, Ángel?

—Deja de coquetear con Eve y llévanos a Lord Zebulon.

—Si crees que eso es coquetear, entonces entiendo por qué la pobre Clarissa estaba tan disgustada —respondió Remy. Evitó un golpe de Tax al teletransportarse al otro lado mío.

Puse los ojos en blanco. Hasta el cielo.

—Es como trabajar con bebés. Podrías al menos enviarme a alguien con quien trabajar.

No era como si alguien estuviera escuchando o siquiera le importara. Hacía siglos que lo habían demostrado.

Dedos calientes se envolvieron alrededor de mi muñeca y la habitación desapareció. Mi estómago se revolvió mientras la energía demoníaca me recorrió la mi piel. La sensación de los reinos desplazándose y el espacio me recordaban a la que se sentía al volar, pero se sentía *incorrecto*.

Me alejé de Remy tan pronto como una habitación familiar de tonos varoniles y ventanas de piso a techo apareció ante nosotros. No hizo comentarios sobre mi brusco movimiento, pero sus ojos vibrantes sostenían una pizca de diversión. Naturalmente, encontró humor en mi incomodidad. Algo me decía que el hombre rara vez se tomaba algo en serio.

—Entregad las armas —dos voces ordenaron desde mi izquierda.

Bueno, eso confirma que estamos en la casa de Zeb. No era que dudara de nuestro destino; Tax había demostrado ser un Rastreador muy hábil.

—Tranquilos, mascotas Dargarian —dije mientras me dirigía a la escalera principal. Conocía la casa de Zeb en Chicago mejor que la mía; después de todo, solía vivir aquí—. No estoy aquí para herir a vuestro amo, chicos. Pero necesito hablar con él, y si creéis que les daré mi plata, es evidente que no me conocéis muy bien.

El calor se arrastró sobre mis brazos cuando uno de ellos me envió un disparo de advertencia. No lo suficiente caliente para quemar, pero sí para chamuscarme los pelos rubios de las puntas. Palmeé una cuchilla y me volví.

—No queréis meteros conmigo ahora mismo.

—Drew, ella tiene razón —dijo Remy, dirigiéndose al demonio pelirrojo con los ojos negros entrecerrados.

—¿Dónde está Xai? —Preguntó en un murmullo bajo.

—Por eso estamos aquí —el Morador del Portal palmeó el hombro de Drew, alejando la atención del Dargarian de mí—. Te contaré todo mientras ella habla con nuestro señor.

—No puede ver a Lord Zebulon mientras esté armada —declaró el otro pelirrojo.

—O me dejáis verle o acabaréis como ella —hice un gesto hacia la Moradora del Portal en los brazos de Tax—. Vuestra elección.

—¿Se atreve a amenazarnos? —Refunfuñó el Dargarian.

Ignoré su queja y seguí caminando. Normalmente, esperaría a que Zeb bajara, pero ya habíamos perdido bastante tiempo. Xai estaba en una situación precaria haciendo Dios sabe qué.

Mis pasos fueron silenciosos mientras me dirigía a la habitación personal de Zeb. Dejé a Remy atrás para que discutiera en representación mía y le moví la cabeza a los Custodios que se interpusieron en mi camino al final de las escaleras.

—Vais a querer moveros ahora —les dije. Se miraron el uno al otro y luego a mí—. No os voy a pedirlo de nuevo.

—Dejadla pasar —dijo Zeb desde una puerta abierta al final del pasillo. Sus perros falderos se hicieron a un lado como un mismo organismo mientras seguía la voz de su amo hasta el dormitorio al final.

No perdí tiempo y empecé a hablar tan pronto entré.

—Tenemos…. —mi corazón dio un vuelco, deteniendo mis palabras.

Zeb estaba de pie junto a una cama con dosel, llevando pantalones negros a medida y una camisa de vestir desabrochada. Y a Gwen arrodillada a sus pies. Su oscura cabeza yacía contra su pierna mientras la acariciaba suavemente. No me miró cuando entré, su respeto por el Señor Demoníaco tenía prioridad.

—Evangeline —murmuró Zeb—. Guinevere me informó que Geier está en Miami y que podrías necesitar ayuda. ¿Te importaría explicarte mejor?

Continuó acariciando el pelo de mi mejor amiga de una manera relajante que me dejó intranquila. Su camisa desabrochada revelaba un físico bien marcado, algo que la mayoría de las mujeres admiraría, pero mi ritmo cardíaco se aceleró por una razón muy diferente. Solo había una razón por la que un hombre estaría en estado de semi desnudez alrededor de una Súcubo, especialmente una tan bella y maja como Gwen.

Cualquier reacción visible o pregunta de mi parte sería una

equivocación. La jerarquía demoníaca no era aplicable mí, pero definitivamente sí en ella. Yo esperaba que Zeb nunca se aprovechara de su posición, pero sabía que lo haría y evidentemente ya lo había hecho.

—Evangeline —la impaciencia de su tono me hizo levantar la mirada hasta sus ojos negros.

Tragué duro. *Tu hija está viva*, no era algo que quería decir con su mano tan cerca del cuello de Gwen.

—Geier está construyendo un ejército —dije en cambio—. Uno ilegal.

Una oscura ceja se alzó.

—¿Lo está? ¿Y qué tiene que ver eso con Kalida? —Preguntó mientras pasaba sus dedos por el pelo de Gwen. Ella suspiró contra él, como si estuviera contenta, y me pregunté cuánto de aquello era actuación.

—Hay alguien abajo con quien tienes que hablar.

Preferiblemente lejos de mi mejor amiga.

—¿Clarissa? —Preguntó, divertido—. ¿Te importaría explicar por qué tu plata fluye a través de su sangre?

—No habría venido por propia voluntad —le respondí—. Lo cual ya sabes.

Un escalofrío de poder me invadió, recordándome que el hombre frente a mí podía parecer imperturbable y sereno, pero su percepción y sus habilidades superaban por mucho a las de un Demonio común. Sería un digno oponente en una pelea, incluso podría matarme. Pocos seres en la Tierra poseían ese talento.

La percepción y la afinidad de Zeb por la estrategia fueron lo que le hicieron ganarse este territorio, y solo se había hecho más fuerte a lo largo de los siglos. Su habilidad para sentir a Clarissa en el suelo inferior era pan comido en comparación con lo que yo sabía que podía hacer. Se movía en un nivel que pocos podían comprender.

Todos esas idas y venidas….

Y planes maestros...

Colocar a Gwen a sus pies entre nosotros fue intencional, una forma de protegerse a sí mismo mientras me recordaba la autoridad que tenía aquí. Era un juego de ajedrez en el que él era el jugador más poderoso del tablero mientras que el resto de nosotros éramos meros peones.

Había sido así desde el principio.

—Ya sabes por qué estoy aquí —Comprendí.

Su falta de reacción confirmó mi análisis.

Sacudí mi cabeza con una risa que no sentí.

—¿Cuándo lo descubriste? —Pregunté.

—Mis sospechas se despertaron después de tu visita al muelle de embarque —miró con cariño a mi mejor amiga mientras acunaba su nuca—. Guinevere las confirmó cuando me habló de Geier. Kalida siempre admiró a ese bastardo.

Rozó sus nudillos sobre la mejilla de Gwen para después poner la palma de su mano delante de su nariz.

—¿Estás en condiciones de ponerte de pie, cariño?

—Sí, mi señor —susurró mientras aceptaba su ayuda de levantarla del suelo—. Gracias.

Le dio un beso en la sien y le susurró algo al oído que le tornó las mejillas de un color rojizo.

Por supuesto que estaría flechada del Señor Demoníaco. Era atractivo con ese marcado abdomen y afilados pómulos, y no había duda de que su energía se trasladaba al dormitorio. Sus débiles piernas sugerían lo mucho que se aferraba a él para estabilizarse, y la envolvió con un brazo alrededor de la cintura.

Entonces, ¿qué? ¿Has venido a salvarme y terminas en la cama con el hombre? ¿En serio, Gwen?

—¿Dónde está Xai? —Preguntó Zeb, sacándome de mis pensamientos.

—Cambió mi vida por un puesto en el equipo de Geier —el decirlo en voz alta me disparó una inyección de venganza llena de adrenalina por toda mi columna vertebral. Enderezó mi postura y reforzó mi confianza—. Fue un engaño para ganar confianza, y funcionó.

La celeste mirada de Gwen se encontró con la mía, y en su expresión, vi el fuego que yo amaba y adoraba. No dijo nada, probablemente por respeto a su superior, pero esa expresión me calmó. No había perdido a mi mejor amiga por los deseos y el encanto del Señor Demoníaco.

—¿De encubierto? —Musitó Zeb—. Suena bastante bien.

El hecho de que ni siquiera cuestionara las intenciones de Xai decía mucho acerca del vínculo que tenían.

—¿Estás segurísimo de que no te está traicionando después de haberlo torturado en el Infierno la semana pasada? —No pude evitar el reproche en mi tono.

Zeb simplemente se encogió de hombros.

—Me ayudó a sacar cierta frustración que de otra manera hubiera sido echada sobre ti.

—Eres un bastardo.

Gwen se estremeció ante mi abrupta declaración, mientras que el hombre a su lado se reía.

—Puede ser el caso, pero también contradice la cuestión. ¿Por qué trajiste a Clarissa?

¿Algo él que no sabía? Fascinante.

—Está trabajando para Geier y Kalida.

Asintió con la cabeza.

—Ya veo. Y la trajiste aquí para probar que mi descendencia vive.

—Sí.

—Entonces mis hombres tienen el permiso de matarla —lo dijo tan casualmente, pero sabía que sus mascotas de abajo lo escucharían y seguirían la orden—. No necesito de pruebas, Evangeline. Pareces olvidar que confío en tu juicio, así como en el de Xai.

—Oh, discúlpame. ¿Te refieres a cuando me acusaste injustamente de cometer asesinato?

—Si realmente pensara que eres culpable, te habría castigado al instante.

—Lo hiciste —respondí—. Al obligarme a trabajar con Xai.

Puso una sonrisa.

—Puedes agradecerme por esa reunión más tarde.

—¿Debo agradecerte por torturarlo en el Infierno también? —No pude evitar mencionarlo de nuevo. El bastardo me cabreó con sus payasadas arcaicas.

Gwen se encogió de miedo debido a mi tono. Zeb podría ser su Señor, pero no el mío. En ese momento, mi respeto por él pendía de un fino hilo.

Se abotonó su camisa de vestir para después fijar su mirada de achocolatada en mí.

—Mi amistad con Xai va antes que las formalidades. Necesitaba una salida que él me proporcionó, pero imagino que lo que te molesta no son tanto mis métodos, sino el hecho de que se ofreciera a protegerte.

Me crucé de brazos.

—Tanto si tienes razón como si no, lo castigaste por algo que ninguno de los dos hicimos.

—Nunca se trató de un castigo. Pero basta de hablar del pasado. Nuestro futuro es mucho más apremiante. Alguien, sospecho que Geier, está alterando el equilibrio y debilitando los muros entre nuestros reinos.

A principios de semana, Xai me preguntó si había sentido el cambio de poder para después mencionar la espada sagrada. Un escalofrío me recorrió la espalda al recordar que Zeb poseía un arma que podía matarme. *Tenemos que robársela.*

—Pareces no estar convencida, Evangeline —diversión tocó brevemente los labios del demonio—. ¿Por qué crees que

Xai se hizo entabló amistad conmigo hacía algunos milenios? ¿Por qué combatió conmigo en vez de con Geier?

Uh... Él había malinterpretado mi vacilación, pero le seguí la corriente.

—¿Porque eras el menos malo?

Xai nunca me dio una razón, solo declaró sus intenciones y actuó sobre ellas. Siempre había sido así. Dejé de interrogarlo temprano en nuestra relación porque nunca daba detalles.

Zeb puso una sonrisa.

—Nuestros intereses coinciden, Evangeline. Ambos deseamos proteger este nivel de la guerra, que es exactamente lo que sucederá si no arreglamos el desajuste de poder.

—En efecto —una profunda voz dijo detrás de mí, haciéndome sentir un escalofrío de familiaridad mientras Zeb se enderezaba sorprendido—. Sugiero que empecemos de inmediato.

—¿Y tú eres...? —El Demonio exigió con su voz sosteniendo la autoridad de quien controlaba este territorio.

Pero el ser que estaba detrás mío superaba toda ley.

Al igual que yo.

Me volví lentamente para encarar al Ángel que no había visto en más de dos mil años. Se veía exactamente como lo recordaba, con pelo rubio y blanco, llamativos ojos azules y un rostro no más viejo que el mío.

—Papá —me las arreglé para decir.

Su fría mirada derritió y me congeló el corazón.

—Hola, Eve.

CAPÍTULO VEINTISIETE

SABES QUE ES MALO CUANDO UN ARCHIDEMONIO SE APARECE

Las palabras se me escaparon.

¿Qué se le dice a un padre después de varios milenios sin verle?

¿Cómo estás?

Te he echado de menos.

Bienvenido a la Tierra.

Me quitó mis opciones al atraerme hacia un abrazo lleno de calidez, amor y una pizca de represión. El tipo de abrazo que solo un padre podría dar, todo envuelto en un margen letal. Después de todo, era el Ángel de la Muerte.

—¿Por qué ahora? —Susurré—. Después de todos estos años... ¿Por qué estás aquí ahora?

—Porque me necesitas —dijo simplemente, como si fuera la respuesta obvia.

—A nosotros, en realidad —el Arcángel Mietek apareció mientras hablaba, provocándole un jadeo a Gwen y a mí una señal de alarma.

El poder crepitó en el aire mientras los Ángeles varones afirmaban su dominio sobre Zeb de una manera no tan sutil. Me alejé de mi padre para ver al Señor Demoníaco arrastrar a mi mejor amiga detrás suyo, con postura protectora.

La falta de custodios entrando hacia la habitación sugería

que mi padre o Mietek habían hecho algo para desactivarlos. Esperaba que no los hubieran matado a todos. Remy se merecía algo mejor, y el Rastreador, a pesar de su tendencia a ser un imbécil, también.

—Sabes por qué estamos aquí —dijo el Arcángel a mi lado.

El Demonio se encontró de manera osada con la mirada de Mietek, entendiendo entonces cuando supo *quien* se había dirigido a él.

—Lo sé —fue todo lo que dijo.

—Entonces mi hijo ha hecho su trabajo —la estatura y la apariencia oscura de Mietek eran muy parecidas a las de Xai; inclusive su marcada estructura ósea era la misma.

La comprensión de su propósito aquí me hizo sentir pinchadas en el corazón. Solo una cosa sacaría al Arcángel de sus deberes en el Cielo, y sería salvar a su hijo.

—Xai está en problemas —dije dolida.

—Todos vosotros lo estáis —corrigió mi padre—. Alguien está tratando de abrir una puerta.

Mis cejas se dispararon hacia arriba.

—¿Hacia Infierno?

—Eso es lo que Xai y yo sospechábamos después del muelle de embarque —respondió Zeb mientras Gwen se asomaba por uno de sus costados—. Durante siglos hemos intentado evitar que ocurra, pero ambos sabíamos que era inevitable.

La energía acarició el aire, anunciando una nueva llegada, para que segundos después apareciera un hombre en la tumbona de Zeb en una de las esquinas. Su vibrante túnica de zafiro, ojos violetas y pelo blanco-dorado, lo pintaron indudablemente como "otro", al igual que su aspecto sobrenatural. Ningún ser en la Tierra poseía una piel tan perfecta, una boca tan poderosa o un rostro tan hermoso.

Porque eso era lo que era: hermoso.

No era guapo o excesivamente masculino, sino una

preciosidad que desafiaba la comprensión. Mi corazón dolía con tan solo mirarlo.

Gwen cayó al suelo en oración mientras Zeb inclinaba la cabeza, pero el ser no se inmutó por él. Se centró en el padre de Xai.

—Pensé que teníamos un trato, Mietek —sus tonos líricos me pusieron la piel de gallina en los brazos. *Un poder puro y absoluto*—. Te quedas en tu reino; yo me quedo en el mío —un tazón de fresas apareció en su regazo y se llevó una a la boca con expresión exuberante—. Mmm, debo decir que he echado de menos la dulzura de este nivel. ¿Nos quedamos a jugar?

Mietek cruzó sus gruesos brazos y apoyó las piernas.

—Cuidado, Ashmedai, o sospecharé que a propósito manejaste mal tu reino.

La sonrisa resultante de Ashmedai me robó el aire de los pulmones. Xai era dueño de mi alma, pero este ser poseía un atractivo letal. Del tipo que ponía a la mayoría de mujeres y hombres de rodillas en adoración.

Al igual que Gwen…

Un Archidemonio, comprendí. El Inframundo equivalente a los Árcángeles, solo que mucho más peligroso debido a sus tendencias pecaminosas. Bael era el único al que yo conocía, y no me importaba mucho recordarlo. Su especie era arrogante, seductora y enigmática.

—Administrar mal mi reino —musitó Ashmedai—. Ya veremos. Percibo —se detuvo mientras examinaba—, una fuga en el manto. Creo que te corresponde informarme de tales cosas, Zebulon. ¿Te importaría?

—Por supuesto, mi príncipe. El disturbio es nuevo, y creo que causado por Geier —corto y directo, pero con una pizca de respeto. La jerarquía demoníaca era algo extraño. Zeb nunca levantó la vista del suelo para dirigirse a su superior, algo que un hombre en su posición rara vez tenía que hacer.

El Cielo no mantenía la misma estructura de reglas.

Respetábamos a nuestros mayores, pero de una manera más amable.

Ashmedai se puso de pie, mostrando su musculoso cuerpo musculoso de más de dos metros. Se centró en Gwen.

—¿Sabías esto y elegiste entretener tus necesidades más básicas antes de notificármelo?

El hombre tiene un buen punto, Zeb.

—Guinevere me trajo el mensaje de Evangeline poco antes de que el propio ángel llegara con información adicional. Y no ocurrió nada más —la honestidad acentuó su tono, pero los Demonios destacaban en el acto de mentir.

El Archidemonio se agachó ante Gwen y con un dedo le levantó la barbilla para forzarla a encontrarse con su brillante mirada.

—¿Es eso cierto, jovencita?

—Sí, mi príncipe —respiró.

Esperé, lista para atravesar al imbécil con una cuchilla si trataba de lastimar a Gwen, pero aparte de una caricia en su mejilla, no hizo otra cosa más que pararse para dirigirse a Mietek.

—Escuché que Miami es más cálido que Chicago —su túnica se transformó en un par de pantalones cortos y sandalias —. ¿Es esto más apropiado?

No pude evitar sonreír. Mietek y mi padre habían llegado con un atuendo profesional, similar al que Xai siempre usaba, pero la elección de Ashmedai me recordó la mía.

—Necesitas una camisa, mi príncipe —susurró Gwen—. Los humanos se… distraerán.

Con un encogimiento de hombros, en su marcado físico apareció una camisa blanca que dejaba poco a la imaginación, y miró a Gwen para su aprobación. Simplemente asintió con la cabeza, pero el rubor en sus mejillas lo dijo todo. Su apariencia combinada con su poder a plena vista había invitado a la Súcubo a jugar.

Tal vez no se había alimentado de Zeb después de todo. Parecía demasiado hambrienta.

Entonces, ¿de qué se trató el intercambio de antes?

—¿Vamos? —El Archidemonio se dirigió a Mietek.

—Nunca fuiste de los que planean —respondió secamente el Arcángel—. Hay varios factores a considerar, incluyendo vidas mortales que proteger.

—¿Así que sugieres que planeemos nuestros movimientos mientras la brecha entre los reinos crece? —Ashmedai extendió las manos y nuevamente se desplomó en la tumbona para después agitarle una mano al Ángel—. Por favor. Entonces sigue perdiendo mi tiempo.

Oh, me gustaba. Engreído, pero con un toque de humor, y había tratado a mi amiga con respeto. Mi tipo de Demonio.

Como si escuchara mis pensamientos, me guiñó un ojo para después tornar sus rasgos serios y concentrarse en el para nada divertido Arcángel que estaba a mi lado.

Mietek presentó los detalles que conocía, probando así que el Cielo vigilaba las actividades en la Tierra. Mencionó la ubicación de Geier en Miami, comentó el tema de la trata de Demonios y también señaló la ubicación actual de su hijo.

—Él está proyectando —explicó cuando lo miré debido a la última parte—. Lo sentirías si abrieras tu mente. Está pasando por un dolor inmenso.

—¿Dolor? —Repetí con mi boca secándose—. ¿Qué quieres decir?

—¿Cómo crees que Geier está abriendo el portal? —Su tono condescendiente pellizcó una de mis fibra sensible.

—No lo sé, Mietek. No ando por ahí intentando crear pasadizos al Infierno.

Su expresión decía que mi sarcasmo no le divertía. Bueno, una puta pena.

—Sangre de Ángel, Evangeline —respondió mi padre—. Con una espada sagrada.

Mi mirada se dirigió a Zeb.

—¿Le diste la espada sagrada a Geier?

Su control férreo tuvo un desliz cuando ambas cejas se elevaron.

—¿Crees que soy un suicida? La espada que poseo sigue en mi poder, y antes de que vuelvas a mencionar mi tiempo con Xai en el Infierno, tal vez puedas considerar el propósito. Ambos necesitábamos saber que él podría sobrevivir, pero yo necesitaba estar en el estado mental correcto para ponerlo a prueba de manera apropiada.

—¿Así que sabías que esto iba a pasar? —Fuego ardió a través de mis venas mientras una fría dosis de engaño le seguía por detrás—. ¿Y ninguno de vosotros pensó que sería una buena idea decirme esto? ¡Podría ser *mi* sangre la que se estuviera usando para abrir un portal ahora mismo!

—¿Por qué crees que Xai aceptó un lugar en el equipo de Geier? —Zeb inclinó su cabeza en la manera denigrante usada para dirigirse hacia un niño—. El contraespionaje fue solo una parte, Evangeline. Ofreció su sangre en lugar de la tuya, como siempre planeó hacer en caso de necesidad, y así fue.

—Si, siempre has sido un problema para él —murmuró Mietek—. Distrayendo su atención, y ahora se está enfrentando al último sacrificio.

—Lo dices como si alguna vez hubieran tenido opción —el tono tranquilo de mi padre me cautivó como siempre lo hacía—. Ambos sabemos que ese nunca fue el caso, Mietek. Están destinados a esto juntos.

El Arcángel le dedicó a mi padre una mirada fulminante.

—Los susurros del destino no son el destino, Azrael.

—Quizás deberías intentar hablar más con ella —sugirió mi padre—. Después de todo, es tu pareja.

—Disculpa, pero ¿iréis pronto al grano? Me muero de aburrimiento —Ashmedai tenía otro bol en su regazo, esta vez de moras. Se metió una en la boca y añadió—: Sigo esperando un plan, a menos que permitir que el Hijo del Caos muera sea nuestro plan. ¿Lo es?

—¿Vais a matarlo? —Un toque de histeria acentuó mis palabras.

No podía perder a Xai.

No después de todo lo que hemos pasado.

A veces lo odiaba, pero lo amaba más.

Siempre.

Mi alma no podría sobrevivir sin él.

Ashmedai dejó el cuenco a un lado y volvió a ponerse de pie.

—La descendencia del Arcángel morirá si todos seguimos perdiendo el tiempo discutiendo lo que ya sabemos. Podemos volver a sellar el portal con nuestra sangre, Mietek. Como lo hicimos hace milenios. Entonces le tocara a Zebulon y a los otros de este reino limpiar el desorden. No veo qué más hay que "planear".

—Si no tenemos cuidado, cerrar el portal matará a inocentes —replicó Mietek.

—Los inocentes continuaran muriendo hasta que resellemos el Inframundo —respondió Ashmedai—. Pero, como siempre, la elección es tuya —esa última parte fue dicha de diferente manera. Estos dos claramente tenían historia.

—Él tiene razón —dije antes de que Mietek pudiera discutir —. Ya han empezado a liberar criaturas en este nivel que no deberían estar aquí. En la última semana me he enfrentado a algunas de ellas, incluyendo a un Demonio de la Peste que aún se encuentra aquí.

A Ashmedai, aquello no le pareció nada divertido.

—Geier pagará por esto con su vida.

Le dediqué a Zeb una mirada expectante. Si no admitía al otro culpable de este desastre, lo haría yo. Porque no le debía nada a Kalida.

—Parece que mi hija también puede estar involucrada —

admitió—. Fingió su propia muerte e incriminó a Evangeline, pero parece que está muy viva y trabajando con Geier.

—Ya veo —fue todo lo que dijo Ashmedai, pero su expresión implicaba que más tarde discutirían aquello con más detalle. Zeb reconoció el veredicto con un ligero asentimiento de cabeza.

—Tenemos que irnos —el tono de mi padre tenía una nota de urgencia que hacía eco de las expresiones de Mietek y Ashmedai.

Algo ha pasado, percibí, pero no…

Un dolor agudo me golpeó el pecho, empujándome hacia atrás contra la pared.

Vino de la nada y de todas partes a la vez, inundando mis pensamientos con una sensación de fatalidad que me dejó temblando.

Apenas registré a Gwen gritando mi nombre por encima del caos que violaba mi mente.

La realidad se fragmentó y volvió a juntarse.

Blanco y negro.

Mucho frío.

Sola.

Temblé.

Quema.

Hielo mezclado con lava en mis venas.

—…atrayendo energía… —la voz de Mietek. Fracturada. Sin sentido—. …ahora.

La oscuridad abrumó a la luz.

Mi estómago se revolvió.

Lo siento… la voz de Xai.

¿Imaginado o real?

Te amo.

Siempre.

Para toda la vida.

Todo apareció en un abrir y cerrar de ojos, llevándose lejos las voces y las sensaciones.

Mi cuerpo se calentó.

Se acaloró.

Demasiado.

El dolor disminuyó.

Mis ojos se empañaron para después despejarse y revelarme mi entorno. Me llevó varios segundos entenderlo.

No estaba en el dormitorio de Zeb, sino en Miami.

Estamos de vuelta en el muelle de embarque.

Y todo el Infierno se había desatado.

Literalmente.

CAPÍTULO VEINTIOCHO

LA MUERTE SE ROBÓ MI SARCASMO

HUMO.

Fuego.

Azufre.

Demonios.

"Joder", susurré.

Aterricé en la parte superior de un contenedor en medio del caos. Mi padre, Mietek, y Ashmedai no estaban en ninguna parte. Pero el suelo estaba lleno de demonios luchando contra los humanos.

No.

No exactamente humanos.

Nefilim.

Reconocí la cabeza rubia de Shane. Parecía estar disparando balas con una excelente puntería. Los Demonios estallaban en cenizas al impacto, indicando que sus armas contenían plata. Si hubiera estado en una condición mental adecuada, podría haber cuestionado más ese pequeño detalle, pero el dolor de cabeza que me partía el cerebro por la mitad me obligó a enfocar mi energía en otra parte.

Mis ojos se movieron sobre la multitud mientras ponía a prueba mi equilibrio. Algo me había hecho perder el equilibrio y alguien me había dejado caer aquí en el proceso.

El dolor había sido tan abrupto, tan confuso y profundo, y...

—¡Xai!

Empecé en un callejón sin salida con mi alma guiando mis pies mientras me movía. Mis cuchillas cayeron en mis manos, rebanando y cortando Demonios mientras avanzaba por instinto a través del muelle de embarque.

No podía ser demasiado tarde.

Más le vale no haberme dejado.

Pero incluso cuando puse todo mi esfuerzo en llegar allí, lo supe.

Mi alma lo sintió escapándoseme de las manos.

Las lágrimas corrían por mis mejillas mientras me forzaba a ir hacia él aún más rápido. Me iba a doler después, pero no me importaba. Él me necesitaba.

Las llamas lamían mi piel.

El hedor del azufre amenazaba con disuadirme, con ralentizarme, pero me negué a permitir que me consumiera.

Apuñalé algo dos veces y seguí adelante, incluso cuando me pesaba el estómago y mi mente se estremecía.

No sería demasiado tarde.

Allí.

El azul y el púrpura se movían a lo lejos, una esfera de muerte fundida.

El portal.

Los Demonios salieron en masa, dispersándose sobre la Tierra como un ejército de hormigas y justo en una especie de campo de fuerza que mi padre había creado. Aquello los electrocutó en el suelo donde se retorcieron en agonía. Me alimenté de ese dolor y permití que me reforzara lo suficiente como para atravesar el portal hacia el único reino que odiaba.

Xai yacía justo dentro con su moribundo cuerpo sobre una roca negra. Kalida y Geier no se veían por ninguna parte. Pero no era como si hubiera buscado mucho. Mis ojos eran solo para mi amante. Caí a su lado, con mis manos acunando su cara llena de sangre. La espada sagrada clavó su muñeca en la tierra. La arranqué con lo que quedaba de mi energía y la envainé contra mi antebrazo.

—Despierta —supliqué, realmente llorando—. ¡No me dejes así, joder!

Nada.

No hubo respuesta.

No hubo latidos del corazón.

Empecé a arrastrarlo hacia el portal, pero algo me golpeó fuerte en el hombro. Siseó en el impacto y esparció la agonía por mi brazo.

—Debí haberlo sabido —dijo Geier mientras salía de las sombras—. No hace falta decir que lo sospechaba. Xai te amó durante milenios, pero yo no iba a rechazar su sacrificio. Su sangre de Arcángel es más poderosa que la tuya.

Me agaché justo a tiempo para esquivar su siguiente tiro.

—Disfrutaré muchísimo matarte —susurré.

Una ola de energía me invadió cuando mi alma cobró vida para vengarse.

Muerto.

Pareja.

Morir.

Grité.

Todo el dolor, la frustración y el amor se integró y se desató, y junto con ello vino un lado de mí que casi nunca dejaba que tomara el control.

Muerte.

Mi mente se nubló con un único enfoque y el mundo se convirtió en Geier.

Venganza.

Sufrimiento.

Maldad.

Salté sobre él con armas en alto e ignoré el dolor en mi

hombro mientras le cortaba la cara, las manos y los brazos. No era débil como la mayoría de los Demonios, sino fuerte y feroz, y luchó arduamente para protegerse.

Sangre, sudor y lágrimas cubrieron mi rostro mientras cada célula angélica que poseía avanzaba para acabar con él.

Y se rio.

Disfrutando de mi forma debilitada en este nivel, pronunció tonterías que solo un sádico sin remordimientos diría.

Su cuchillo acabó en mi garganta mientras me clavaba en el suelo, y yo me quedé quieta. No por miedo o cansancio, sino para mirarle a los ojos. Quería verlo morir.

Porque alguien se había unido a mí.

Y él terminaría el trabajo.

—Tu vida está perdida —gruñí.

—¿Lo está? —Sonrió, y lo amenazante salió de él.

—Lo está —respondió mi padre mientras clavaba una espada en la cabeza de Geier desde arriba.

Intenté sonreír ante la mirada de horror en el rostro del hombre, pero mi alma se negó. Inclusive cuando su cuerpo se congeló por la plata tocando su cerebro, lo aparté de mí para arrastrarme de vuelta a Xai.

Tan pálido.

Sin aliento.

Aún sin pulso.

Enterré mi cara en su cuello y sollocé.

—¡No!

Si me dejara, lo mataría de nuevo en la otra vida.

Mis manos se enroscaron en puños alrededor de su camisa rasgada, y usé toda mi fuerza para arrastrarlo conmigo hasta el portal. Había combates sucediendo a mi alrededor. Mi padre había abandonado su puesto fuera del portal para ayudarme, y los Demonios se estaban aprovechando. Pero los combatió con una precisión que yo envidiaba, dándome el tiempo necesario para llevar a Xai de vuelta a la Tierra donde lo cubrí con mi cuerpo de la única forma de protección que podía dar.

—¡Maldito seas! —Lloré y le golpeé el pecho infructuosamente.

No hubo respuesta.

Ni siquiera una sonrisa.

Cada gota de sangre había sido drenada del cuerpo de Xai por una espada sagrada.

Recuperarse de eso…

No. Me negué a pensar en ello.

No podía.

No ahora.

—¡Necesitamos cerrarlo! —Oí gritar a Ashmedai.

—¡Entra! —Exigió Mietek mientras aparecía cerca mío, con su atención puesta en el Archidemonio.

Mi padre apareció de nuevo cubierto de sangre demoníaca y con expresión exuberante debido a la lucha. Solo me hizo llorar aún más.

Nunca me había sentido tan débil.

Tan destrozada.

Tan sola.

—Te necesitamos, Evangeline —los suaves tonos de mi padre venían de arriba—. Tienes que ayudarnos a cerrar el portal.

Lo miré fijamente.

—No puedo.

—Sí puedes.

—Xai…

—Hizo el último sacrificio, y todo será en vano si no subes aquí y nos ayudas a luchar —la severidad de su tono me partió el corazón en dos. Una mitad estaba con Xai, la otra con el deber y el honor—. Este es tu destino, hija.

Sacudí la cabeza, confundida, herida y dividida entre dos

mundos. Solo quería al Ángel que estaba debajo. Todo lo demás era diversión y disfrute. *Indulgencia egoísta.*

La muerte llenó el parque de contenedores, amenazando con extenderse más allá.

El nivel humano está en peligro.

El propósito de un Ángel en la Tierra era proteger a la humanidad de los daños.

Continué fallándoles por cada momento que lloré.

Mis labios encontraron los de Xai, apenas tocándolos mientras permitía que una última lágrima decorara su mejilla. Entonces me puse de pie con la determinación hirviendo en mi sangre.

Mietek y mi padre continuaron peleando mientras Zeb y Ashmedai se deslizaban hacia el Infierno. Yo palmeé dos cuchillas frescas y me alimenté del aire letal mientras mataba a todo lo que se interpusiera en mi camino.

—¡Ahora! —Gritó Mietek por sobre el clamor del ruido. Sus manos ensangrentadas marcaron la Tierra, no el campo de fuerza, y yo seguí el ejemplo de mi padre mientras el Arcángel murmuraba en idioma antiguo.

La electricidad y la energía etérea se mezclaban en el aire, creando lluvia y hielo cayendo del cielo. Cada gota de humedad debilitaba al ardiente orbe frente a nosotros, encogiendo el agujero hasta que pareció una pequeña esfera que chispeaba y decaía.

Un bucle de humo púrpura se deslizó hacia afuera justo cuando el agujero estalló y desapareció.

Mietek se derrumbó exhausto y mi padre con él, pero yo no sentí nada.

No sentí dolor.

O fatiga.

Solo vacío.

Él está muerto.

Zeb y Ashmedai aparecieron con dos Demonios

inconscientes en sus brazos, dejando caer bruscamente los cuerpos a sus pies.

—Reunid a todos —exigió Ashmedai. Había cambiado sus pantalones cortos por una túnica de zafiro, dándole un toque majestuoso que exigía respeto.

—Mi príncipe —las voces hablaban al unísono mientras los Demonios aparecían de la nada.

La Guardia Real, me di cuenta. Una clase de demonios de élite que protegían a los príncipes del Infierno. Eran conocidos por su letalidad y precisión, y él los había convocado para ayudar con la limpieza.

Caí sobre Xai para custodiar su cuerpo mientras los secuaces arrastraban a los Demonios heridos hasta Ashmedai. Varios de los Nefilim también se acercaron. Shane me vio y empezó a avanzar, solo para detenerse cuando vio quién estaba a mis pies. Su expresión se rompió al verme, clavando aún más el cuchillo en mi muerto corazón.

Se ha ido.

—Despiértalos —la orden de Ashmedai era para Zeb.

El Señor Demoníaco cumplió arrancando las dagas de plata de los cráneos de Kalida y Geier y entregando las armas al Archidemonio, que ni siquiera crepitaron en su palma abierta. Una muestra de poder. La plata no dañaba a los príncipes del Infierno, así como tampoco a los Ángeles.

—La Tierra está bajo el dominio del Consejo Superior, un comité compuesto por la realeza de ambos reinos. Hoy hemos sido testigos de la más grave traición. La violación del manto entre mundos se castiga al más alto grado —continuó Ashmedai en el lenguaje del Infierno, dirigiéndose a todos los Demonios heridos mientras esperaba que Kalida y Geier recuperaran la conciencia.

Me arrodillé junto a Xai, desesperada por su toque, y me estremecí ante la capa de hielo sobre su piel. En todos mis años, nunca había presenciado la muerte de un Ángel. El hecho de que tuviera que ser la de Xai...

Un sonido ahogado salió de mi garganta y lo amortigüé presionando mi cara contra su cuello, respirando su aroma restante como si me le fuera a aferrar para siempre.

El mundo a mi alrededor se desvaneció.

Mi alma se cayó en los recuerdos.

Besos robados.

Juegos de amor en el cielo.

Persiguiéndose en círculos.

Peleas interminables.

Daría cualquier cosa por volver, por oír sus enigmáticas palabras y discutir sobre algo trivial. Como trabajar para Zeb.

Joder.

Habíamos desperdiciado demasiado tiempo. Tantos años peleando, discutiendo por cosas frívolas. Su comportamiento arbitrario ya no importaba.

¿Cómo podía estar enfadada con un cadáver?

Encorvé mis puños en su camisa y luché contra el temblor que azotó mi cuerpo.

Pensar en él de tal manera...

¿Cómo pudiste hacerme esto? Quería gritarle a los Cielos por la injusticia de todo esto, pero él se lo buscó, al protegerme como siempre lo hacía. Nunca aprendió, ni siquiera al final, que yo no requería de su protección. Todo lo que siempre quise fue su amor.

Y lo tuve. Por un breve tiempo, me permitió verlo, pero no fue suficiente. Necesitaba más.

El Ángel dentro de mí revoloteaba impotente, y lo liberé para que llorara. Para volar en las estrellas, buscando lo que nunca encontraría.

Una parte de mí murió en ese momento.

Se perdió para siempre.

Hacia el descanso eterno.

—Por favor… —la voz de una mujer irrumpió en mis pensamientos como uñas en una pizarra. Kalida había caído a los pies de su padre para suplicarle por su misericordia.

—Mi hija murió —respondió fríamente—. No sé quién eres, pero no eres descendencia mía —la naturaleza despectiva de sus palabras estimuló algo dentro de mí.

—Tú —susurré, y todos los ojos se volvieron hacia mí—. Tú hiciste esto —encontré mis pasos y me acerqué a ella con cuchilla en mano. Mi control se había ido hacía tiempo desde que había quedado en el olvido, y no me importaban una mierda las formalidades o el bien y el mal—. ¿De quién fue la idea de incriminarme? ¿Tuya o de Geier?

Una noche estrellada me miraba, esos ojos de súcubo tan seductores y sin embargo tan letales. Quería arrancarlos de su linda cabecita y aplastarlos bajo mis botas. Le lanzó una tímida mirada a Ashmedai.

—No lo mires. Te estoy haciendo una pregunta —la tiré del pelo para forzar su mirada de vuelta a la mía—. Dímelo.

Ella tragó.

Bien.

Debería estar nerviosa.

—M-mía —su respuesta suave como un susurro envió adrenalina a través de mis venas, pero no sentí la necesidad de reaccionar violentamente. No todavía.

—¿Por qué? —Exigí. Comprendía su propósito de herir a Zeb; él mató a su madre, y ella claramente buscó venganza. ¿Pero por qué yo, y por qué Xai?

—Por celos —murmuró Ashmedai, respondiendo por la temblorosa diabla—. Pero qué adorable humanidad, Kalida, envidiar la relación de un Ángel con tu padre.

Los ojos de Kalida se tonaron blancos durante la profunda penetración en su mente. Probablemente dolía que un Príncipe del Infierno le abriera la mente. Pero se merecía algo mucho peor.

—Usaste una cuchilla vieja y oxidada y dejaste un desastre de escena —una parte maníaca de mí resopló, y una risa que no se parecía en nada a la mía me siguió. Porque toda la escena era una locura—. ¿Y pensaste que te saldrías con la tuya? ¿Al enfrentar a tu padre contra mí? Él conoce mis habilidades mejor que eso.

La empujé y di un paso atrás. Matarla no valía ni mi tiempo ni mi esfuerzo. Mi cuchilla en su corazón sería una forma honorable de morir, y ella no se merecía eso.

Geier se arrodilló a unos pasos de distancia con la cabeza gacha y los hombros encorvados hacia adentro.

—Pero qué escena tan triste —dije, más a mí que a alguien más—. Un Señor Demoníaco de rodillas. Nunca has sido digno de este territorio y mucho menos de este nivel. Espero que te pudras en el Infierno por toda la eternidad.

Demasiado en cuanto a mi deseo innato de buscar venganza.

No podría honrarlos de tal manera.

Nunca.

Mi padre asintió con la cabeza, comprendiéndolo, mientras que Mietek parecía desgarrado por la decisión.

Volví a mi amante con mi frente cayendo contra la suya mientras le pedía que respirara de nuevo. Mi alma angelical aun no había regresado.

Tal vez con ella se fue mi deseo de matar.

Tal vez todo estaba en mi cabeza.

Destrozado resumía cómo se sentía mi ser.

Nunca pensé ser esa mujer que dependiera de un hombre, pero mi vínculo con Xai sobrepasaba todo entendimiento. Estábamos unidos en un plano existencial que prevaleció por muy poco, y al perderlo a él… Perdió mi derecho a respirar.

Mi rostro volvió a encontrarse con su cuello mientras mis brazos lo rodeaban.

A casa.

Eso es lo que quería, lo que *necesitaba*.

Llevarlo a casa. Una última vez. Al campo de flores y a la calidez donde nuestras alas se unían como una sola.

Anhelaba la habilidad de volar.

Solo una vez más...

CAPÍTULO VEINTINUEVE

UNA ÚLTIMA PELEA ENTRE UN CIELO DESPEJADO

EL SOL ACARICIÓ la piel de mi espalda, deseando que mi cuerpo se recalentara, pero ignoré la sensación por el hielo debajo de mí. Me aferré a él con lo máximo que tenía mientras mi cuerpo temblaba.

En algún punto comprendí que lo había perdido. Que en el exterior me encontraba sollozando incontrolablemente mientras me encerraba dentro en un mundo que ya no existía.

Me hundí profundamente en ese sueño mientras luchaba por el único lugar que siempre me hizo feliz.

Y cuando abrí los ojos, estaba rodeada de los dorados y los bronces que recordaba.

Un hermoso cielo azul colgaba sobre mi cabeza, flores me rodeaban y plumas violetas acolchaban mi espalda. Xai descansaba a mi lado con sus alas de medianoche bordeadas con plata.

Me acerqué a él, salpicando su mandíbula con besos, deseando pasar un último recuerdo con él. Aunque no fuera real.

—Te amo —susurré—. El tiempo nunca cambiará eso.

Ojos del color del ónix parpadearon hacia mí, claramente como si estuvieran aturdidos.

—¿Eve? —Su ronca voz me lastimó el corazón.

—Shh… —le acaricié el pómulo y suspiré mientras su pecho se elevaba debajo de mí—. Necesito esto. Volveré pronto. Pero todavía no.

O jamás, mi alma amenazó.

Tal vez.

El Cielo podría enviar otro Ángel para vigilar la Tierra. Xai había hecho más que cumplir su propósito, y yo ya había renunciado a mucho de mi propia vida. Mi padre mencionó que la humanidad era mi destino, pero ¿y si yo no lo quería?

Eso es egoísta.

Ya lo sé.

Solo dame unos minutos de paz.

El roce de los dedos de Xai se movió a lo largo de mis alas, causándome escalofríos. Se sentía tan real.

—He echado de menos esto —se maravilló—. Eres tan hermosa, Eve.

Se me escapó una lágrima. Porque nada de esto estaba sucediendo realmente. Y sus palabras lo demostraban.

Atrapó la gota de agua con su pulgar y la succionó para después dejarme bajo él.

—¿Qué pasa, amor? ¿Por qué estamos aquí?

Más humedad se acumuló en mis párpados, derramándose sobre las esquinas. Los recorrió con su lengua y presionó el más tierno de los besos contra mi sien.

—Háblame, cariño.

—Moriste —susurré—. Estás muerto.

Su risa hizo vibrar mi vacío pecho.

—No me siento muy muerto.

—Porque estoy soñando despierta.

Temblé bajo la embestida emocional y me preocupé de que me fuera a despertar de mis últimos momentos de felicidad.

Su lengua separó mis labios, buscando una profunda entrada en la manera en que yo amaba.

Me entregué a su posesión, permitiéndole ser dueño de mi mente, cuerpo y alma, así que a la mierda con la propiedad. Siempre me dominó y ya no me importaba más. Porque yo tenía el mismo poder sobre él.

Iguales.

Amantes.

Pareja.

—Evangeline… —me palmeó las mejillas para inclinar mi cabeza para un abrazo más profundo, y yo lo dejé. Mis piernas sostuvieron sus caderas, aceptando su peso mientras su duro cuerpo se alineaba por completo con el mío.

Una vez más.

Ignoré la pequeña voz en mi cabeza intentando hacer brotar a la razón, y puse cada onza de energía que poseía en nuestro beso. Sus labios dejaron los míos para dirigirse a mi barbilla y después bajar por la columna de mi cuello hasta la parte superior de mi camiseta sin mangas.

Redujo su ritmo y trazó las puntas de mi escote con su lengua. La tela se cayó, ya desgarrada por las alas de mi espalda —algo que analizaría más tarde—, y luego mi pezón fue succionado de manera profunda por su boca. Me arqueé hacia él, deseando más y extrañando sus dientes.

—¿Qué estás haciendo? —Pregunté, confundida por ese lado gentil suyo.

Se pasó a mi otro pecho, arrojando besos en el camino.

—Adorándote… —colocó un beso de boca abierta en mi rígido pezón y lo limpió hasta el punto del éxtasis para luego deslizarse hasta donde sus manos se encontraban quitándome los vaqueros.

—Apreciándote… —lamió un camino desde mi ombligo hasta la cima entre mis muslos. Mis vaqueros se deslizaron a través de mis tobillos, donde los arrancó junto con mis bragas, dejándome desnuda debajo de él.

—Venerándote —susurró contra mis pliegues sensibles. El

aire caliente de su boca precedió a su beso íntimo, enviando ondas de placer a través de mis miembros. Aquello sobresaltó un gemido agónico de mi pecho.

Nadie conocía mi cuerpo como Xai.

Nadie lo reemplazaría nunca.

Y oh, ese lugar…

Su dedo se había deslizado dentro de mí para jugar mientras su lengua memorizaba mi sexo. Me dejó delirando bajo él y sin poder concentrarme en otra cosa que no fuera lo que me estaba haciendo.

Un sinfín de sensaciones me cosquillearon dentro de mi bajo vientre.

Se sentía como una tortura. Se sentía increíble.

—Amándote —dijo en un murmullo bajo que hizo vibrar mi sensible carne. No tenía ni idea de a qué se refería, pero mi cerebro dejó de pensar.

Me encontré en el borde de algo poderoso.

Eléctrico.

Orgásmico.

—Mmm, eso es —me mordisqueó los pliegues provocadoramente para después darme una lamida profunda que terminó donde más lo necesitaba—. Déjalo ir, Evangeline.

Me clavó los dientes en el clítoris en el momento exacto en que el éxtasis se estrelló contra mis entrañas, obligándome a levantarme del suelo. Con su mano en mi abdomen, me empujó de nuevo a la hierba mientras consumía mi placer con su boca. Me estremecí bajo él al darme cuenta de que esto no volvería a suceder y ante la intensidad del momento.

Sus ropas desaparecieron, revelando un cuerpo mucho más pálido de lo habitual, pero aún tan poderoso como lo recordaba.

—Quiero volar, Evangeline —me levantó sobre él, su polla hundiéndose en mi tembloroso calor mientras lo rodeaba con mis piernas—. Vuela conmigo.

Mis alas respondieron a la orden mientras despegábamos hacia el cristalino horizonte con sus poderosas plumas propulsándonos hacia el cielo mientras las mías estabilizaban nuestro ascenso. Me besó el cuello mientras se movía, con su felicidad marcándome en lo más profundo.

No habíamos hecho el amor así desde hacía tanto tiempo... Casi había olvidado lo intenso y hermoso que se sentía. Planeando a través del cielo sin nubes, sin preocuparnos por nada ni nadie, solo nuestras almas apareándose en los niveles más devotos.

—He echado de menos esto —susurró contra mi boca.

—Yo también.

Esta vez contuve las lágrimas y viví el momento con él, siendo amada y en paz. Mis brazos rodearon su cuello y mis dedos se enhebraron en su exquisito cabello mientras separaba sus labios con mi lengua. Me dejó guiar nuestro beso mientras se mecía suavemente debajo de mí.

No se trataba de lujuria, sino de pasión.

Una eternidad de promesas y amor.

Me permití creer que era real, aunque solo fuera por un momento, y me perdí en su abrazo.

Horas, quizás incluso días, pasaron mientras volábamos a nuestro antojo.

Perdí la cuenta de los orgasmos entre nosotros.

No importaban.

El vínculo era lo que nos mantenía unidos, lo que permitía que nuestras almas florecieran.

—No quiero que esto termine nunca —admití.

—Entonces no terminará —respondió.

Anhelaba creer eso.

Silenció la realidad con un beso devastador que duró un tiempo ilimitado. Mi cuerpo se retorció contra el suyo, buscando la fricción que deseaba, y me desaté entre las estrellas más tarde esa misma noche. Su cuerpo siguió al mío, temblando de emoción y placer, y aun así volamos.

Hasta que las lunas del Cielo se sumergieron en el firmamento y el sol se asomó de nuevo. La frente de Xai se apoyó contra la mía.

—Nos están llamando.

Sí, me lo esperaba. Solo me permitirían soñar durante un tiempo.

—Desearía que pudiéramos ignorarlos —susurré—. Para siempre.

Se rio cuando comenzamos a descender a la realidad.

—Siempre encontraremos momentos para ignorarlos.

—¿Lo prometes? —Salió ahogado por la emoción.

—Siempre —repitió—. Nunca te volveré a dejar, Evangeline. Lo prometo.

Deseaba creerle, pero en el fondo, sabía la verdad.

—Te amo, Xai. Siempre te amaré.

—Y yo a ti, cariño —presionó sus labios contra los míos para después establecernos en el campo donde todo comenzó.

El primer día que nos besamos teníamos veinte años angélicos. Aquí mismo. En este mismo lugar. Y mientras su boca acariciaba la mía, no pude evitar encontrar un lugar apropiado para dar nuestro último adiós.

Me aferré a él con tanta fuerza, aterrorizada por el momento en que ya no lo sentiría más, pero su piel nunca dejó la mía. Se sentía tan cálida y real bajo el roce de mis dedos. Una jugarreta demasiado cruel de mi imaginación.

—Estás temblando, Evangeline.

Asentí con la cabeza contra él.

—No quiero decir adiós.

Pasó sus dedos por el punto sensible entre mis omóplatos, donde mis alas se unían.

—Yo tampoco, pero tendremos que hacerlo eventualmente.

—Lo sé —susurré.

—Pero tal vez podamos negociar unas semanas en casa antes de volver a la Tierra —su sugerencia sonaba tan sincera y real que me hirió el corazón. Me estremecí contra él, incapaz de mantenerme firme por más tiempo, y sus fuertes brazos fueron lo único que evitaron que me derrumbara.

—No puedo hacer esto sin ti. No me lo pidas —un momento de verdadera debilidad. Uno que había evitado durante mucho tiempo, pero del que ya no podía esconderme más. Nunca estaría completa sin él—. No puedo.

—¿De qué estás hablando? —Me levantó la barbilla, obligándome a encontrarme con su mirada, y una repentina ola de entendimiento iluminó sus rasgos—. Crees que todo esto es un sueño.

—Es un sueño. Uno hermoso del que no quiero despertar. Nada será lo mismo sin ti.

—Seguirías siendo mi poderosa, fuerte y resistente Evangeline —me pasó los nudillos por la mejilla y sonrió—. La misma que logró llevarnos a ambos a nuestro recuerdo favorito en un momento de dolor. Todos estos milenios intentando forzarte a volver a casa y me costó casi la muerte hacerlo —se rio y sacudió la cabeza—. Debí haberlo sabido.

—¿Qué quieres decir? —Mi cerebro lleno de confusión quería leer sus palabras, pero mi corazón se negó. No podía soportar más traumas.

—¿Mi cuerpo se convirtió en piedra, amor?

Asentí con la cabeza.

—Estabas tan frío.

—¿Pero me convertí en mármol?

Me aparté para mirarlo.

—Deja de decir tonterías.

Incluso en mis sueños, el bastardo hablaba con acertijos.

—Los Ángeles se convierten en mármol cuando mueren.

No es común y claramente no lo has visto suceder, pero así es como nuestros cuerpos procesan la muerte. Geier me llevó al borde, pero nuestro vínculo me trajo de vuelta —me acunó la nuca—. Te debo una disculpa por mis métodos. Me costó lo último de mi energía penetras a través de tus muros y absorber suficiente fuerza de ti para sobrevivir —hizo una mueca—. También te debo una disculpa por no haber sido tan comunicativo con el plan, supongo.

—Si intentas convencerme de que esto es real, entonces estás haciendo un pésimo trabajo. El Xai que conozco nunca se disculpa —y aquello me cabreó un poco, sobre que mi versión inventada de él sí se disculpara. Al menos déjame con un poco de rabia a la que aferrarme cuando necesite lamentarme.

—Eso es porque normalmente tengo razón; sin embargo, en estos dos casos, no la tenía. Creí que entendías mis intenciones, pero me di cuenta demasiado tarde de que no era así. Para entonces, no podía hacer otra cosa que seguir adelante, en detrimento de ambos. Y forzándome a entrar en tu mente... —bajó su frente contra la mía—. Quiero arrepentirme, pero estoy demasiado agradecido para disculparme de todo corazón. ¿Te he hecho daño?

—La arrojaste contra una pared —declaró una voz aguda desde cerca—. La dejaste sin fuerzas, pero se despertó a tiempo para ayudarnos a luchar.

El agarre de Xai se apretó en mi cuello.

—Padre —saludó con los dientes apretados—. ¿Supongo que otra vez has venido a regañarme?

—No, pero te traje algo de ropa —respondió el Arcángel, y juré que oí una sonrisa en su voz.

Xai se arrastró para coger las ropas que Mietek sostenía para nosotros. Nos vestimos en silencio con la tela blanca y dorada. Mi cerebro analizó los eventos sucedidos, traduciendo nuestra conversación y este nuevo acontecimiento.

¿Está realmente vivo?

No.

Quizás.

Duele demasiado como para esperar que así sea.

—Ahora, ¿cómo te sientes? —Preguntó Mietek mientras palmeaba a su hijo en la espalda.

—Como si casi muriera —respondió secamente Xai.

—Lo hiciste —su padre estrechó su mirada—. Aceptar ayudar a Geier fue una estupidez.

—Era lo único que había que hacer.

—Tal vez. No obstante, llamar al Génesis fue una buena idea. Ellos demostraron ser más que dignos de nuestra causa —Mietek sonaba complacido por eso.

Xai le dedicó una mirada.

—Si, todos vosotros habéis criado pequeños soldados perfectos —me rodeó los hombros con su brazo y me abrazó —. ¿Es este el punto en el que me dices que tengo que volver?

—No. Azrael aceptó quedarse y vigilar la situación mientras te recuperas. Parece que disfruta entrenando a los Nefilim en el arte de la guerra y la muerte —musitó Mietek—. Tu padre ha cogido un interés especial por Trudy. Es bastante talentosa.

Fruncí el ceño.

—¿No la devolvisteis con su familia?

La diversión de Mietek lo abandonó.

—Kalida usó un Depurador en la familia de la chica, borrándola de sus recuerdos. Shane la acogió como suya, pero Azrael insiste en proporcionarle entrenamiento. Ya sabes cómo se pone cuando percibe potencial.

—Ingresó para someterse a una formación intrigante —respondió Xai con una sonrisa.

Los pensamientos amenazaban mi mente.

Esto tiene que ser real.

Eres creativo, pero esto está más allá de tus habilidades.

Gracias.

—¿Cuánto tiempo tenemos aquí? —Preguntó Xai con tono serio otra vez.

—Tres semanas —respondió—. Te sugiero que lo disfrutes.

—Si intentas insinuar que Eve se queda aquí, entonces piénsalo de nuevo. Ya viste lo que hizo. Somos más poderosos juntos.

Mietek me miró con curiosidad.

—Si, ¿cómo te las arreglaste para teletransportarte a ti misma y a Xai de vuelta aquí y sin ayuda? Tuvimos que despertar al Morador del Portal para trasladarte de Chicago a Miami, pero te las arreglaste para volver aquí sin ayuda. Y también aceleraste el proceso de curación de Xai.

Lo que significa que está vivo. A menos que mi cerebro haya fabricado toda esta lucha.

¿Me atrevo a creerlo?

Temblé a pesar del calor y me concentré en la pregunta de Mietek sobre cómo nos traje aquí. Algo que no debí haber podido hacer o que no me di cuenta de que podía hacer, hasta ahora. Asumiendo que esto era real.

Tiene que serlo.

Xai acarició mi ala con la suya, agregando su apoyo silencioso.

Una muestra de solidaridad.

De amor.

Aclaré mi garganta, pero mis palabras tenían una pizca áspera mientras respondía:

—Soñé con volver a casa para pasar una última noche con Xai.

—Ah, porque pensaste que estaba muerto. Los Ángeles no mueren tan fácilmente, aunque Xai estuvo admirablemente cerca.

—Admirablemente —se mofó Xai—. Tu elección de palabra no refleja la mía.

Mietek continuó como si su hijo no hubiera hablado.

—Me alegra por fin entender un poco, ya que me preguntaba sobre tu extraño comportamiento en la Tierra, Evangeline. Ashmedai te hubiera permitido matar a Kalida y a Geier, y aun así elegiste no hacerlo —se encogió de hombros—. Oh bueno, esencialmente los sometiste a un destino peor a manos de un Archidemonio cabreado, y Ashmedai puede ser muy creativo con su justicia. Sospecho que después de unos siglos de tortura morirán de forma decepcionante.

—Es más de lo que se merecen —añadió Xai tajantemente—. Si Geier no me hubiera clavado inmediatamente una espada sagrada al llegar a Miami, habría matado al bastardo yo mismo. Tal como yo estaba, apenas tenía la energía para enviarle un mensaje de texto a Shane con mi ubicación.

Así que por eso los Nefilim estaban en el muelle de embarque. El astuto bastardo había considerado cada ángulo del plan.

Asumiendo que esto es real.

Lo es.

—Oh, eso me recuerda —Mietek sacó una de las armas ofensivas de su bolsillo—. Encontré esto entre las ropas de Eve que le quitaste en el campo y me las arreglé para recuperar la otra de Zebulon, pero necesitamos determinar cómo ellos las consiguieron para empezar.

—¿Una tarea para mi regreso a la Tierra? —Supuso Xai.

—O algo para delegar en el Génesis.

Xai arqueó una ceja.

—¿Perdón?

—Oh, no me digas que todavía no te has dado cuenta —su padre sonrió—. Liderarlos es tu destino, hijo. Como también es el tuyo ahora, Evangeline.

—Suenas como mi madre —dijo Xai divertido.

El Arcángel volvió a sonreír.

—Sí, ¿verdad? Alguien me sugirió que hablara con ella un poco más, y lo hice. Hablando de eso, a ella le gustaría reunirse contigo para cenar más tarde —con eso, se dio la vuelta para irse—. Disfruta de tus tres semanas. Para entonces Azrael estará ansioso por tu regreso, pero sospecho que limpiar el desorden demoníaco de Geier en la Tierra lo mantendrá a él y a los Nefilim ocupados provisionalmente. Después de todo, dos décadas en la Tierra es mucho tiempo.

Eso me provocó una risa y a Xai, una que Mietek no escuchó por el crujido de sus alas. Se fue en una ráfaga de plumas negras y marrones, dejándonos solos en nuestro campo.

—¿Todavía piensas que estoy muerto, amor? —Musitó Xai mientras me hacía girar para mirarlo—. ¿O necesitas más persuasión?

Miré fijamente a sus iris de medianoche mientras mi corazón latía a un nocivo ritmo contra mi caja torácica. El calor se desprendió de él en sacudidas que acariciaron mi piel y calmaron mi espíritu. El Ángel dentro de mí descansaba tranquilo con la verdad, mientras que mi mente era la única considerando el sentido común.

—Si todo esto es un sueño, voy a despertarme enfadada — admití.

Puso una sonrisa.

—Bien. Tu temperamento se traslada bien en el dormitorio.

—Eres un imbécil.

Pero esa respuesta era ciertamente la que esperaba de él. *Está vivo.*

—Eso nunca cambiará, cariño.

—Bien. Tus tendencias de imbécil hacen que quiera apuñalarte, y sabes cuánto disfruto eso.

Sonrió.

—Coquetear.

Rocé mis labios contra su mandíbula y me deleité con la barba de allí.

Un escalofrío hizo que mis plumas temblaran. Uno que nació de los recuerdos y el entendimiento de que no lo había perdido. Cualquier problema que tuviéramos, estaba en el pasado. Mantener los rencores solo nos detendría, y la vida era demasiado valiosa para preocuparse por viejas heridas. Todavía teníamos varios problemas por resolver, pero teníamos una eternidad para hacerlo.

Porque él estaba vivo.

Aquí.

En el cielo.

Abrazándome.

Me pellizqué el costado en un último intento de convencerme de la veracidad de mis pensamientos, y Xai se rio. Porque mi duda era ridícula. Mi alma se habría marchitado y muerto sin él, y sin embargo la sentía flotando felizmente dentro de mí, perdida en la satisfacción del momento, amando a su pareja.

No lo perdí.

—Mmm, veo que necesitas más persuasión —bromeó—. ¿Te apetece un corto asalto? —Su mirada ardió al mirarme, dejando poco a la imaginación de cómo quería que terminara nuestra lucha.

—Eres insaciable.

—Solo contigo, Eve —me acarició el cuello y me dio un beso contra el pulso—. Lo que dije fue en serio, querida. No me voy a ir. Nunca.

—¿Y la parte sobre la mejorar la comunicación?

—Hmm… —sus labios rozaron mi oreja—. Puede que necesite que me convenzan de eso.

Intenté alejarme, pero me sostuvo contra él.

—¿Casi morir no fue suficiente?

—Touché —me mordió el lóbulo de la oreja—. Trabajaré en mi 'criptología', como tú lo llamas.

—Realmente quieres que te haga derramar sangre.

Se encogió de hombros.

—Estoy dispuesto a un combate más rudo si tú también lo estás.

Respondí al intentar derribarlo con un golpe en sus piernas, pero usó sus alas para equilibrarse en el aire.

—Atrápame, Evangeline —se fue en una ráfaga de viento que me dejó sonriendo tras de sí.

CAPÍTULO TREINTA

EL PARÍSO DE UNA SÚCUBO Y UN NEFILIM;
SOY DEMASIADA VIEJA PARA ESTO

Veintiún años terrestres después

GWEN.

Ella no podía verme todavía y tampoco sabía que me esperaba.

Tres semanas en el Cielo se sentían como poco tiempo comparado con sus dos décadas en la Tierra.

Una sombra de bondad aún irradiaba de ella, complaciendo mi corazón, pero ahora los secretos acechaban en su aura. Recuerdos que nunca compartiríamos porque la había dejado.

La vida se trataba de opciones, y yo había elegido a Xai en lugar de crecer con mi mejor amiga. Ella había seguido adelante de la manera que la mayoría lo hacía en estas situaciones, pero nuestra amistad aún se sentía fresca para mí con mi enrevesada línea de tiempo.

—¿Crees que todavía tiene planes para mis testículos? —Preguntó Xai a mi lado con sus manos metidas casualmente en los bolsillos de sus pantalones negros. Insistió en comprar un nuevo traje tan pronto como nos recuperáramos de nuestra Caída a la Tierra. La transición se había sentido más suave esta vez, pero aún así lastimaba. Al menos sabía que teníamos la capacidad de regresar si queríamos, pero ya no por más de dos décadas terrestres. Muchas cosas habían cambiado en nuestra ausencia, incluyendo a mi mejor amiga.

—¿Qué le digo? —Pregunté, ignorando su intento de humor. La había abandonado en un momento crucial sin ninguna explicación.

Xai puso su brazo alrededor de mis hombros y presionó sus labios contra mi sien.

—Dile que la has echado de menos.

Gwen se rió con ganas por algo que dijo el hombre de pelo castaño frente a ella. Él nos daba la espalda, pero deduje que era un amigo por la sinceridad de ambos, no una conquista habitual.

—Vamos, amor. El nerviosismo no te sienta bien.

—Ella es mi mejor amiga. O al menos lo *era*.

—El tiempo puede hacer crecer la distancia, pero las verdaderas amistades nunca mueren, Evangeline —otro beso en la sien seguido de un fuerte azote en el culo—. Muévete. Esta noche tenemos otras dos paradas en el tour de reencuentro, y tú insististe en que esta fuera nuestra primera parada.

Lo miré indignada. La palabra *idiota* permaneció en mi lengua, pero me la tragué. Ninguna cantidad de tiempo cambiaría sus modales. Xai no era exactamente del tipo domable, algo que siempre adoraría de él.

—Bien —abrí la puerta del pequeño restaurante de Tennessee. Estaba situado a unas treinta millas de nuestra antigua casa, lo que sugería que Gwen había elegido quedarse en la zona a lo largo de los años.

El montón de clientes del interior levantaron sus miradas expectantes, como aquella primera noche cuando Xai entró en mi bar. No perdí la ironía. Redondos ojos cerúleos se encontraron con los míos, iluminándose en los bordes, antes de que Gwen se levantara de su asiento y me echara los brazos al cuello.

La abracé con la misma fuerza y me sorprendí cuando un par de familiares ojos verdes se encontraron con los míos por encima de la cabina.

El hombre no había envejecido ni un poco.

—¿Gleason? —Había planeado encontrarlo en alguna sala de conferencias en los próximos días, pero estaba aquí sentado en un restaurante con mi mejor amiga—. ¿Qué estás haciendo aquí?

Sus cejas se alzaron.

—¿Qué estoy haciendo *yo* aquí? ¿No debería hacerte esa pregunta? —Sonrió y luego asintió a Xai—. Ha pasado mucho tiempo.

—En efecto —respondió mi Ángel Oscuro.

Me aparté de Gwen para mirar a ambos dos hombres.

—Espera, ¿cómo conoces a Gleason?

—¿Tu fabricante de plata? —Tradujo Xai—. Es parte del Génesis, querida. Lo ha sido por varias décadas.

—¿Qué? —Miré boquiabierta a Gleason—. ¿Por qué no me lo dijiste?

Se encogió de hombros.

—¿Honestamente? Quería ver cuánto tiempo te llevaba averiguarlo, y aparentemente, varias décadas es la respuesta.

—Eres un Nefilim.

—Y ahí lo tienes.

Sacudí la cabeza ante su tono condescendiente, y luego me detuve cuando me di cuenta de otra conexión.

—Hiciste las balas de plata que el Génesis usó en el muelle de embarque ese día…

—Sí —respondió.

—¿Y ahora eres amigo de Gwen?

—Es más o menos mi compañero de cuarto —Gwen sacudió la cabeza con algo de tristeza—. Han pasado muchas cosas desde la última vez que te vi, Eve.

La culpa me ha atravesó el pecho.

—Lo siento…

—No te disculpes. Lord Zebulon explicó lo que pasó, y lo entiendo. Xai es la otra mitad de tu alma —sus labios se fruncieron—. Bueno, él es ciertamente la parte más oscura, pero supongo no podemos elegir a nuestras parejas.

Xai sonrió.

—Me alegra ver que todavía me adoras, Guinevere.

Ella resopló.

—Sabes que creo que Eve se merece algo mejor, pero al menos esta vez no la dejaste bajo tierra.

—En realidad… —dirigí mi mirada a él—. Lo hiciste.

—Con protección —añadió.

—Pero aún así me dejaste atada a una silla en el Infierno.

Me palmeó la nuca.

—Con una llave —murmuró—. Un par de esposas y dos Custodios son un paseo en el parque para ti.

—Cierto, pero los reinos del Infierno no lo eran.

—Si hubieras esperado a Tax y Remy no habría sido un problema. Pero, como siempre, elegiste la impaciencia en lugar de la practicidad —me pellizcó el labio inferior—. Algún día aprenderás.

—Dominaré la paciencia cuando tú domines la comunicación.

Sonrió contra mi boca.

—Suena como un plan, amor —su beso se sintió más como una promesa, una de la que se alejó demasiado pronto.

Mi cuerpo se puso rígido cuando una presencia demoníaca, además de la de Gwen, me cosquilleó los sentidos.

—Aw, ¿crees que vinieron a darnos la bienvenida a casa? —Pregunté pestañeando juguetonamente.

La diversión irradiaba de Xai inclusive cuando su expresión se ensombrecía.

—Creo que estamos a punto de ser llamados.

—¿Zeb?

Levantó su hombro en un encogimiento de hombros parcial como si dijera: *¿Acaso importa?* Porque no, no importaba.

—Parece que nuestra reunión va a tener que esperar, Gwen —le dediqué una pequeña sonrisa—. Te he echado de menos.

—Yo también te he echado de menos, Eve —dijo dándome otro abrazo—. Pero he estado bien. Lord Zebulon y Zane me han enseñado mucho sobre el control, y estarías orgullosa. Utilizo las láminas de jardinería cuando surge la necesidad, lo cual, afortunadamente, ya no es frecuente.

Me reí a pesar del morboso tema.

—¿Ah, sí? ¿Te has quedado sin alfombras?

Se mordió el labio.

—Tal vez. Pero en serio, tenías razón sobre que son útiles. Mucho menos… —no terminó la frase—. Bueno, lo entiendes. Pero tenemos que ponernos al día pronto. Como que vendí tu bar y nuestra casa…

—Me lo imaginaba —pero de todas formas ya tendríamos que habernos movido para evitar ser detectadas—. ¿Pero quiero saber más sobre Zeb ayudándote a dominar tu control? —no pude evitar la pregunta en mi voz porque… Eh, ¿qué?

Sus mejillas se sonrojaron un poco al agachar la cabeza.

—Eh, sí —se aclaró la garganta—. En realidad es, bueno, por ti. Y ese mensaje que enviaste años atrás, que, supongo, son semanas para ti. De todas maneras, cuando me presenté para entregar tu mensaje, notó que mis niveles de energía estaban apagados y comentó sobre mi comportamiento en la región. Aparentemente, no éramos tan sigilosas como pensábamos.

Miré fijamente a Xai, quien estaba sonriendo burlonamente.

—¿Y le dijiste?

—No, él ya lo sabía. Pero puedes agradecerme después por pedirle que no intervenga. Le dije que tenías la situación bajo control.

—Insinuaste que se lo dirías si no me iba a Miami.

—En efecto. Fue la perfecta moneda de cambio.

Miré a Xai boquiabierta.

—Eres increíble.

—Gracias, amor. Ahora, ¿nos vamos? Creo que nuestra escolta afuera se está poniendo ansiosa, y sería una pena comprometer a un establecimiento tan agradable —el sarcasmo en su tono indicaba que no le importaría ver el lugar remodelado con sangre de demonio. Algunas cosas nunca cambiaban.

Nunca había conocido a alguien que me enfureciera como Xai. Y no lo reemplazaría por nada del mundo.

Lo agarré y lo besé con fuerza. Era eso o apuñalarlo, y el asesinato estaba mal visto en la Tierra.

Sus labios se curvaron.

—Mmm, me gusta hacia dónde se dirige esto.

—¿Sí? Necesitaremos pasar por mi armería primero. ¿Asumiendo que todavía existe? —Le pregunté lo último a Gleason, quien se sentó con sus flacuchos brazos extendidos sobre la cabina.

—La he mantenido a salvo, incluso del Génesis. Prefieren las balas a los cuchillos.

—Excelente. Cóbrame lo que sea.

—Ya lo he hecho, Ángel.

Me reí. Por supuesto que lo hizo.

—Gwen, nos pondremos al día más tarde. ¿Noche de chicas?

—Absolutamente.

—Bien. Nos vemos pronto —le di otro abrazo antes de coger la mano de Xai—. Vamos a necesitar un Depurador —

murmuré mientras pasábamos junto a un montóm de humanos confundidos. Todos habían escuchado nuestras conversaciones gracias al silencio del restaurante.

—Sí, Gleason se encargará de ello.

Hice una pausa en la puerta y bajé la voz.

—¿El Génesis ahora trabaja con Demonios?

—Solo los buenos —respondió Xai.

¿Existe tal cosa? Me pregunté pero me abstuve de decirlo en voz alta. Porque sabía que podían existir seres decentes del Inframundo. Gwen era uno, y Remy y Tax también. Y quizá incluso Zeb, aunque eso estaba por verse. Si él ayudó a Gwen en vez de castigarla, podría inclinarme a que me agradara el bastardo, al menos un poco.

Aún así…

—Muchas cosas podrían haber cambiado en dos décadas, Xai.

—En efecto, pero yo monitoreé la situación desde arriba. Están bien organizados, y Azrael los ha guiado bien en nuestra ausencia.

Mi pulso se disparó ante la mención de mi padre. Él sería nuestra última parada de la noche. Yo había pasado algún tiempo con mi madre en casa, pero a él lo había echado mucho de menos. Siempre sería su hija ante todo, un hábito de los rasgos que había heredado de él.

Xai agitó su mano sobre un sensor que abrió la puerta automáticamente. La tecnología se había apoderado del nivel en nuestra ausencia. No podía esperar para reaprender a conducir. Los nuevos automóviles se veían deliciosamente rápidos.

—Señores —saludó Xai mientras salíamos—. ¿A qué debemos el placer?

Nadie apareció o respondió, así que giré una cuchilla para impresionar.

—Tal vez necesitamos volver a presentarnos adecuadamente —sugerí.

—Esperaba que no fuera necesario.

—Mentiroso.

Se rió.

—Una mujer conforme a mi corazón.

—Siempre —respondí—. ¿Vamos?

—Retiraos —una familiar voz ordenó mientras Tax aparecía con expresión cansada—. ¿Por qué estás aquí?

Mi Ángel Oscuro sonrió.

—¿Qué, no me has echado de menos, viejo amigo?

—En realidad no —dijo Tax, pero su sonrisa decía lo contrario.

—Yo sí —Remy apareció frente a nosotros con expresión acogedora—. Lord Zebulon también, estará complacido de que hayas regresado. Te llevaría con él, pero es la semana de castigo, así que está en el Infierno.

La sonrisa de Xai se evaporó.

—¿Ha empeorado tanto en mi ausencia?

—¿Qué? —El Morador del Portal parecía confundido, luego se rió—. Oh, no. No es lo que piensas. Es *su* semana de castigo.

—Sigo sin entenderte —admití—. ¿A quién está castigando?

—Kalida —respondió Tax, sonando harto—. Cada año terrestre va al Inframundo durante una semana para ver al guardia de Ashmedai castigar a los antiguos Ōrdinātum.

—¿Una semana en la Tierra o en el Infierno? —Preguntó Xai. Una importante particularidad dada la variación del tiempo entre nuestros lugares.

—Tiempo terrestre —murmuró Remy con expresión reservada.

Siete años en el Infierno viendo a su hija sufrir.

—¿Todos los años?

Remy asintió, confirmando mi pregunta.

—Mierda —susurré. Su hija le había sido infiel a su linaje y merecía su destino, pero Zeb… —. ¿Por qué?

—Porque sus superiores consideran que la brecha en este territorio es culpa del Señor Demoníaco —explicó Xai—. No quiero ni imaginarme lo que le están haciendo a Geier.

Remy y Tax se estremecieron, sugiriendo que ya lo sabían.

No pregunté.

Algunas cosas eran demasiado horrendas, especialmente con el Infierno involucrado.

—¿Qué pasa con la fiesta de bienvenida? —Pregunté, cambiando a un tema más amigable.

—Curiosidad —respondió Remy.

—Sentí las pulseras —Tax movió la cabeza hacia las muñecas de Xai—. Solo una persona los posee —su mirada se dirigió a mi cola de caballo, donde una a juego sostenía mi pelo rubio—. O supongo que ahora sois dos —no parecía tan molesto por ello.

—¿Entonces venís a quedaros o estáis de visita? —Preguntó Remy.

—Quedarnos —respondimos al unísono. Xai enlazó sus dedos a través de los míos antes de añadir—: Nuestro propósito está aquí.

Tax arqueó una ceja.

—¿Haciendo qué?

Xai puso una sonrisa.

—Mantenerte a raya ya que es tan claramente necesario.

—Feliz de ver que tu sentido del humor no ha muerto — respondió el Rastreador—. Bueno, antes de que me encargues algo que no quiero hacer, me voy. Llámame cuando quieras tomar un trago, y más vale que no sea en un maldito hotel de Miami. Odio esa ciudad.

—Anotado —Xai miró a Remy—. ¿Supongo que no podrías dejarnos en Virginia?

El Morador del Portal se rió.

—No lleva ni cinco minutos y ya estás pidiendo favores.

—Apareciste antes de que pudiera llamar. No es como que tuviera un móvil en este momento, pero está en la lista.

Remy mostró su propia muñeca.

—Todo está en el reloj ahora. Dices un nombre y la imagen de la persona aparece... No importa. Nos ahorraremos la lección de tecnología. ¿En qué parte de Virginia?

Xai dio una dirección de la residencia de mi padre y alzó nuestras manos unidas. El Morador del Portal no dudó. Nos agarró y nos teletransportó en menos de un parpadeo. Mi estómago se revolvió ante la sensación, habiéndome apenas recuperado de nuestra Caída a la Tierra hacía pocas horas. A diferencia de Mietek y mi padre, no podía simplemente parecer impávida por perder las alas de nuevo. Su facilidad para desprenderse de las plumas demostraba un poder mayor que el mío, probando que incluso el más fuerte de los seres tenía superiores.

Excepto quizás Ashmadei.

—Avisadme cuando estéis listos para un recorrido por el territorio. Mucho ha cambiado desde que vosotros dos os fuisteis a jugar al Cielo —Remy guiñó un ojo antes de desaparecer, dejándome junto a Xai frente a una modesta casa en Alejandría.

El exterior de ladrillo y el patio perfectamente esculpido tenían el toque de mi madre. Se había ido durante horas para pasar semanas en la Tierra con mi padre, diciendo que disfrutaba aquí pero que prefería el hogar. Él volvería a su lado pronto. Tal vez incluso esta noche.

Una mujer con suaves rizos marrones abrió la puerta antes de que pudiéramos llamar, con un juego de cuchillas en sus manos. Admiré su mano de obra antes de adoptar su postura defensiva.

—Debes ser una de los Nephilim —musité—. Mi padre te ha enseñado algunos trucos.

Sus regordetes labios se abrieron mientras su cuerpo se quedaba quieto.

—¿Eve?

—Así es como me llaman.

Saltó fuera de las escaleras y me abrazó, casi tirándome al suelo. Yo entendía la reacción de Gwen, pero no la de esta extraña mujer. Cuando me dejó ir y fue tras Xai de la misma manera, mis manos ansiaron por mis propias armas, pero él simplemente se rió de su exuberancia y le dio una palmadita en la espalda de manera incómoda.

—Veo que tu entusiasmo no ha cambiado, Trudy.

—En realidad ahora me llamo Tru —corrigió—. Y lo siento. Ha sido muy poco profesional de mi parte, pero no puedo creer que estés aquí. No te he visto en… —su frente se arrugó—. ¿Veintiún años?

—Espera… —miré su forma atlética y sentí que mis ojos se elevaban—. Tú eres… —*la Nefilim con cara de querubín*. Excepto que ya no era una niña pequeña. Se había convertido en una hermosa mujer con intensos rizos marrones, curvas sutiles, y piernas largas y bien formadas envueltas en vaqueros—. Vaya.

El tiempo realmente pasó volando aquí abajo. Tenía que tener al menos treinta años, pero su rostro eterno me recordaba al mío. Sin arrugas ni impurezas, lo que podría ser normal para un humano, pero dudaba que las reglas de envejecimiento mortal se aplicaran en Trudy.

—¿Cómo envejecen los Nefilim? —Pregunté por curiosidad. Porque Gleason tampoco parecía tener más de treinta años.

—Aún está por determinar, pero hasta ahora, parece que han heredado la inmortalidad de sus genes angelicales —la voz de mi padre flotaba desde arriba mientras estaba de pie justo dentro de la puerta vistiendo un elegante traje. Aparentemente, también le gustaba la moda masculina. Yo prefería mis vaqueros y mi camisa de manga larga. Mucho más práctico.

—Hola, Azrael —saludó Xai—. Gracias por las vacaciones.

—Te lo merecías —respondió mi padre—. Ambos.

Sonreí.

—Estamos listos para volver al trabajo —dije.

—Bien. Tenemos mucho de lo que ponernos al día —se hizo a un lado para darnos la bienvenida a la casa—. Los Nefilim han estado muy ocupados organizando.

—Me di cuenta —respondió Xai mientras todos nos movíamos hacia la zona de estar—. Observé al Génesis desde arriba.

Mi padre se rió.

—Supongo que es un asunto que deberíamos discutir primero.

Xai se sentó en el sofá de dos plazas de cuero negro y me tiró a su lado antes de preguntar:

—¿Qué pasa con eso?

—Ya no se llaman el Génesis —respondió mi padre.

—¿En serio? —Xai parecía divertido—. Para empezar, nunca he sido un fanático, pero ¿qué han elegido ahora?

Trudy se posó en el brazo de un sillón frente a nosotros y cruzó sus tobillos cubiertos.

—Elegimos un nombre más apropiado para nuestro origen, o mejor dicho, para nuestra existencia como hijos de los Ángeles.

Compartí una mirada con Xai. Ninguno tenía la menor idea.

—¿Cuál es el nombre de la organización que estamos aquí para dirigir? —Pregunté, curiosa.

Trudy sonrió, lenta y sensual, mientras prolongaba el suspenso. Su excitación era palpable.

Luego pronunció tres palabras que describían perfectamente el grupo de seres que darían forma al futuro de este mundo y protegerían a la humanidad en los siglos venideros.

—El Oscuro Origen.

EPÍLOGO

La sentí en la oscuridad esperando para atacar, pero en cambio pretendí admirar el cielo nocturno.

Cogimos esta casa en las montañas porque nos recordaba a los Cielos. Tan oscuro, pacífico y remoto. Perfecto para este pequeño juego que ella quería jugar.

Esperé por el sonido del metal cortar el aire y cogí la cuchilla justo antes de que me golpeara el hombro. Siempre por el extremo afilado. Me gustaba la forma en que su plata me hacía sangrar.

—Bienvenida a casa, amor —murmuré mientras me volvía hacia ella.

Continuó con el lanzamiento con varias maniobras impresionantes que me hicieron retroceder hasta el borde del balcón. La agarré del tobillo e intenté girarla, solo para hacerla ir en la dirección contraria para que después tratara de desequilibrarme.

Seis meses de constante combate con los Nefiilim habían mejorado la fuerza y las habilidades de Evangeline.

Ella tomó el mango de entre mi mano y me rasgó la piel mientras quitaba cruelmente la cuchilla. Siseé ante el dolor mientras sonreía.

—Te he echado de menos, Evangeline.

Hacía tres días se había ido a visitar a Guinevere, y había sido una agonía sin ella. No era como si lo fuera a admitir en voz alta. Sofocar a la hija de la muerte iba en contra de la corriente. Necesitaba libertad para volar.

—Demuéstralo —me desafió con un golpe de la cuchilla ensangrentada.

Tan combativa.

Mi dura polla volvió difícil concentrarme, pero me las arreglé para coger su muñeca y girarla como yo quería. Sus omóplatos se estrellaron contra mi pecho cuando la obligué a soltar el arma, pero en lugar de ceder a mis exigencias, se agachó y rodó, llevándose mi pie con ella.

Me preparé para la caída, aterrizando con facilidad sobre mi espalda, y sonreí mientras ella se me subía a horcajadas. Si esperaba que luchara para quitármela de encima, entonces tenía preparada otra cosa.

Mis dedos se enroscaron en su pelo, forzándola a recibir mi beso mientras le daba la bienvenida a casa con mi boca, como era debido. Gimió contra mí y su ágil forma se relajó mientras la dominaba con mi lengua.

Incluso desde el principio, se sometió; no que yo lo necesitara. Su alma de guerrera fue lo que me atrajo hacia ella. Nunca desistía en una pelea. Como fue evidenciado por la cuchilla fresca presionada en mi garganta.

La ignoré mientras seguía adorando su boca. Le envolví el brazo en la parte baja de su espalda para mantenerla allí mientras intentaba mecerse contra mí.

—¿Cómo estuvo Tennessee? —Susurré, prolongando el momento.

—Interesante —su lengua recorrió mi labio inferior—. Creo que algo está pasando entre Gwen, Zane y Zeb.

—¿Ah, si?

Eso no me sorprendía. El Señor Demoníaco tenía una debilidad por los Súcubos, y Zane había estado enamorado de

Guinevere durante más de un siglo. Sin embargo, el Íncubo nunca se lo dijo, lo que era una pena considerando que los sentimientos eran mutuos.

—No creo que me guste, pero ella parece feliz.

—Mmm… —la hice girar y coloqué mis caderas entre sus muslos abiertos antes de acariciarle el cuello—. Tal vez uno de ellos es su pareja. *O tal vez ambos.*

—No creo que los demonios puedan tener pareja —respiró y se arqueó contra mi dureza. La cuchilla se deslizó suavemente a través de mi garganta y hasta mi espalda, donde Eve hábilmente cortó la parte trasera de mi suéter.

Debí haber sabido que no debía dejarla armada.

—Cuidado, querida. Ya sabes lo que pienso del toma y daca.

—Eso es con lo que cuento —murmuró mientras el borde afilado atravesaba mi cinturón. Le agarré las muñecas y se las clavé a los costados de su cabeza.

Su tímida sonrisa casi fue mi perdición.

—Te amo, Evangeline.

Pasó sus pies con calzados por mis piernas, terminando en mis muslos.

—Yo también te amo, Xai.

—Solo me aseguro de que estamos hablando en los mismos términos, amor, porque estoy a punto de destruirte. *De la manera más placentera, por supuesto.*

—Bien —murmuró—. No te tendría si no fuera así.

AGRADECIMIENTO

Mi corazón y aprecio van para Matt ante todo por su tolerancia y toda la ayuda que me proporciona cuando me pierdo en la cueva de la escritura. Es un marido increíble y el mejor amigo, y el amor de mi vida.

A Allison, mi extraordinaria lectora alfa… ¡Gracias! Sin ti, Xai habría muerto… dolorosamente.

Lo mismo para Louise y Melissa, por mantenerme cuerda y decirme que no se me permitía matar a Xai por mucho que él me cabreara. (Justo ahora está sonriendo con superioridad en mi cabeza)

Bethany: Eres una increíble editora y amiga; ¡te estoy muy agradecida!

Pam y Jenny: Completáis mi equipo y os quiero a vosotras dos. ¡Muchas gracias por todo lo que hacéis! Uno de estos días, entenderé las comas. O no.

Tracey: Por ser un constante estímulo en mi vida y un gran

amigo. También me impidió matar a Xai… (Parece haber un tema aquí).

Dodie: Mi Obi Wan, por siempre sacarme de crisis y ofrecerme entretenidos datos ;)
Delphine, Laura, LK, Louise, Melissa, Nathalie, y Tracey: Gracias a todas por ser mis conejillos de indias y por ser lectoras beta de la historia. Estaba nerviosa, como todos sabéis.

Famous Owls: ¡Vosotros sois lo máximo! Gracias por ser una parte tan importante de mi equipo; ¡os quiero!

Nada de esto sería posible sin mi equipo ARC, Itsy Bitsy, IndieSage PR. Gracias… gracias… ¡gracias!

Y a los lectores: Gracias por apostar por esta nueva historia. Espero que hayan disfrutado de Xai y Eve. Por favor ponganse en contacto y háganme saber a quiénes les gustaría ver a continuación en la serie Origen Oscuro. Hay un montón de voces divertidas en ese mundo que no puedo esperar a explorar :)

¡Gracias a todos! <3

ACERCA DEL AUTOR

La autora de best-sellers del *USA Today*, Lexi C. Foss, es un escritora perdida en el mundo de la informática. Vive en Atlanta, Georgia, con su marido y sus peludos hijos. Cuando no se encuentra escribiendo, está ocupada tachando cosas su lista de lugares para visitar. Muchos de los lugares que ha visitado se pueden ver en sus escritos, incluyendo el mítico mundo de Hydria que está basado en Hydra en las islas griegas. Es poco convencional, toma demasiado café y le encanta nadar.